在阿尔巴尼亚长大

Free

Lea Ypi

Coming of Age at the End of History

[英] 莱亚·乌皮 —— 著 吴文权 —— 译

上海三联书店

以此书纪念我的祖母

黎曼·乌皮[①]（尼尼），1918—2006

[①] 作者姓氏 Ypi 在阿尔巴尼亚语发音为"玉比"，在英语中发音为"乌皮"，因作者已移民英国，且此发音广泛流传，故选后者，特此说明。——编者注

人类不是按照自己的意愿创造历史,
尽管如此,他们仍然创造历史。

——罗莎·卢森堡①

---

① 出自卢森堡所著《尤尼乌斯提纲草案》第 1 章。

目　录
CONTENTS

i　　　　自由：拥抱后的反思　　柯静
xv　　　中文版序

001　　**第一部分**

003　　第1章　斯大林铜像
017　　第2章　另一个叫乌皮的人
032　　第3章　四七一：一份简史
043　　第4章　恩维尔伯伯永远离开了我们
056　　第5章　可口可乐罐
069　　第6章　小姐同志
083　　第7章　散发着防晒霜的味道
101　　第8章　布里嘉蒂斯塔
116　　第9章　艾哈迈德拿到了学位
126　　第10章　历史的终结

143　第二部分

145　第 11 章　灰袜子
160　第 12 章　雅典来信
176　第 13 章　人人渴望离开
189　第 14 章　竞争性游戏
200　第 15 章　我总随身带把刀
213　第 16 章　这些都是公民社会的一部分
229　第 17 章　鳄　鱼
242　第 18 章　结构性改革
253　第 19 章　别　哭
265　第 20 章　像欧洲其他地方一样
276　第 21 章　1997
295　第 22 章　哲学家们只解释世界，
　　　　　　　而问题在于改变世界

306　后　记
312　致　谢

自由：拥抱后的反思

柯静

2021年11月，阿尔巴尼亚第24届地拉那书展上出现"洛阳纸贵"现象，一本题为《在阿尔巴尼亚长大》的新作登上畅销书榜首，而作者莱亚·乌皮把签售活动安排在阿尔巴尼亚社会主义时期领导人恩维尔·霍查的故居，进一步激发了媒体对该书的报道热度。在回答为何做此安排时，乌皮说："儿时就梦想见到恩维尔伯伯，这是我给他的'惩罚'：一个来自曾被镇压的阶级敌人家庭的孩子，偏偏在他的家里谈论左派思想的重要性，而且还要推销一本书。"①

在一个新自由主义为主流意识形态的社会，公然宣

---

① "ENVER HOXHA DUHET TË JETË NË FERR!" / LEA YPI: PSE E PREZANTOVA LIBRIN TIM, NË VILËN E TIJ, https://berati.tv/enver-hoxha-duhet-te-jete-ne-ferr-lea-ypi-pse-e-prezantova-librin-tim-ne-vilen-e-tij/

称自己为"左派",乌皮何许人也?为何写这本书?作者经历了怎样的生命轨迹,怀着怎样的感悟书写自由?又如何看待恩维尔·霍查及其社会主义的阿尔巴尼亚?带着种种疑问,我开始关注乌皮。

乌皮现为伦敦政治经济学院政治学系教授,其研究重点是康德和马克思的哲学思想。她 1979 年出生于阿尔巴尼亚首都地拉那,1997 年毕业于都拉斯的乔治·斯坎德培中学,随后前往意大利罗马智慧大学学习,先后于 2002 年和 2004 年获得哲学硕士学位和文学/新闻学硕士学位。2008 年获得佛罗伦萨欧洲大学学院政治理论博士学位,之后进入牛津大学博士后项目,并于 2011 年加入伦敦政治经济学院。乌皮学术成果丰硕,从她的专著、论文和学术讲座可以看出,其学术兴趣与现实世界关系密切,主要关注点包括全球公正、政治能动性、政党政治、民主与自由、移民、领土权、民族主义等问题[①]。作

---

① 主要著作包括《全球公正与前卫政治能动性》(*Global Justice and Avant-Garde Political Agency*,2011)、《党派的意义》(*The Meaning of Partisanship*,2016,与丈夫乔纳森·怀特合著)、《理性的建构:康德纯粹理性批判中的目的性与体系统一性》(*The Architectonic of Reason: Purposiveness and Systematic Unity in Kant's Critique of Pure Reason*,2021),即将出版的有《民族主义:赞成与反对》(*Nationalism: For and Against*,与大卫·米勒合著)、《领土正义:世界主义视角》(*Territorial Justice: A Cosmopolitan Account*)。

为在阿尔巴尼亚长大、在西方求学和工作二十余年的学者，乌皮的学术视角独特，学术观点带有明显的反思性和批判性。

《在阿尔巴尼亚长大》是乌皮突破以往的学术性写作、以文学笔调创作的政治哲学著作。作品大部分写于新冠疫情期间，当时作者居住在柏林，因图书馆关闭、学校停课，作为三个孩子的母亲，她只有躲到"柜子"里才能写作。疫情让她对"自由"有了更深的感悟，原计划写一本关于"自由"的哲学书，专门讨论自由主义和社会主义两种制度下"自由"观念的交叠，但落笔时，作者脑海里浮现了对"自由"有不同理解的一个个具体人物，于是，关于"自由"的抽象论述变成了把家国历史与哲学思想融为一体的回忆录。

2021年12月中旬，我收到了在阿尔巴尼亚的友人寄来的该书英文版。打开包装，映入眼帘的是灰白底色上的一张照片，照片中间立着一个插有一枝红玫瑰的可乐罐，可乐罐下面垫着图案精致的花布，可乐罐前面是醒目的四个白色大写字母"FREE"，副标题是"Coming of Age at the End of History"。该如何解读书名和颇具象征意义的符号呢？我迫不及待阅读起来。

全书共三百余页，分为两大部分，旨在通过作者自己的生活经历和感悟，探讨自由的真谛，阐释社会主义制度和资本主义制度下自由的不同内涵。第一部分有十章，以儿童的视角，讲述"我"的家庭背景、成长故事、阿尔巴尼亚民众在社会主义时期的生活状况，以及1990年阿尔巴尼亚社会主义制度终结时"我"的困惑与不安。第二部分包含十二章，记录了十一至十八岁的"我"眼中观察到的阿尔巴尼亚首次多党民主选举、转型过程中阿尔巴尼亚人遭受的冲击和社会动荡，以及阿尔巴尼亚民众的期望与失望。回忆录截止到作者十八岁那年，着重描写了1990年和1997年两个特殊年份发生的事情，它既是一本个人成长的心路历程，也是一本关于国家的历史书写，记录了东欧社会主义阵营最后一个堡垒倒塌时一个孩子及其国家的不幸遭遇。

1990年对作者本人和阿尔巴尼亚国家而言，是历史断裂之年。12月12日，阿尔巴尼亚正式宣布实行多党制，近半个世纪的社会主义制度宣告终结。十一岁的莱亚第一次思考"什么是自由"的问题，她不明白为什么人们要上街高喊"自由、民主"的口号。尽管她出生在"出身"不好的家庭，却从未感到自由的缺失。她的童年自由而快乐：学校和少年宫的生活充实有趣，孩子们在老师的教育下对党的领导和美好未来充满信心，虽然物资缺乏，但社会团结，秩序井然，邻里之间和睦友爱、互帮互助。仅仅几个月前，她度过了快乐的劳动节，为期两周的少先队夏令营生活更是让她终生难忘。然而，1990年年底，随着国家制度的转变，塑造她童年的种种范式、赋予她生活崇高感的理想信念,她对世界的感知,一切的一切,都发生了彻底改变。家人不再隐瞒真相,莱亚终于明白,原来,她所憎恨的与她爸爸同名的前总理,那个跟法西斯合作的叛徒,竟然是她的曾祖父;原来,那个因家产被没收而高呼"真主伟大"从市委大楼跳楼自尽的人,竟然是她母亲的祖父;原来,父母多年来所说的爷爷"上大学"十五年,竟然是对其被监禁改造的隐讳表达。她引以为傲的红领巾变成了抹布,她信仰并立志捍卫的共产主义理念被丢进了垃圾箱,她所热爱的国家却是其父母畏惧的"露天监狱"。就在那一年,懵懂的她陷入了迷茫,"自由民主或许不是我们生活的现实,而是一种神秘的未来状态"。就在那一年,年少的她忽然意识到:"对于眼前发生的一切,我们无法归类,无法定义我们失去了什么,又换得了什么。"就在那一年,愤怒的她过早成熟,并发出了清醒的呐喊:"当自由最终到来时,就像上了一道没解冻的菜肴,我们没怎么咀嚼,迅速吞咽下去,却依然感觉饥饿。……难道给我们的是剩饭剩菜?……这只是开胃冷菜。"

1997 年对作者和阿尔巴尼亚国家而言,是痛彻痛悟之年。1997 年,在按照芝加哥学派的药方,采取休克疗法后的第七个年头,在人人渴望离开、渴望拥有与欧洲其他地方一样美好生活的第七个年头,在人人相信资本主义、相信放贷公司高回报承诺的第七个年头,金字塔非法集资公司忽然崩塌，绝大部分家庭倾家荡产，阿尔巴尼亚社会陷入了灾难和混乱。在以"1997"为标题的第21章，作者以日记形式叙述了1997动荡。总理辞职，国家陷入混乱。武器库抢劫一空，四处是枪声和爆炸声。父亲被困火光冲天的议会大厦，生死未卜，母亲带着弟弟逃到意大利，奶奶拒绝了同学母亲带莱亚逃往意大利。极度的精神压力下，"我"忽然失声，只会哭。每晚靠安眠药入睡，想过自杀。邻居家的儿子持枪误杀了自己。一艘开往意大利的轮船被意方巡逻舰撞沉，八十多人丧生。这一年，乌皮十八岁，她不禁感叹："情况比1990年糟糕多了，至少那时还有实现民主的希望，现在一切荡然无存，只剩下诅咒。"然而，看似突如其来的1997灾难，实则早已注定。作者在回忆录的第二部分做了充分铺垫：一个本地医生按照美国国务院的穿戴建议，到莱亚家借灰色袜子参选，摇身变成了风生水起的政治家和生意人；计划经济被当作"疯癫"病进行电击治疗，货币政策改革和结构性改革按某种预定程序推进；各种公民社会纷至沓来，西方价值观和社会问题随之涌入；庞氏集资公司的生意蒸蒸日上，三分之二阿国人踩坑，投入的钱高达国内生产总值的一半；为世界银行工作的转型问题专家"鳄鱼"走完非洲、南美和东欧，带着某种遗憾、抱歉和神秘微笑来到巴尔干。所有这一切，都决定了1997灾难的来临。也正是1997灾难，惊醒了梦幻中的阿尔巴尼亚人，人们开始反思，"自由"和"民主"究竟能带来什么。

这七年，少年莱亚内心充满困惑、痛苦和彷徨。父母失业，底层民众下岗后生活失去保障，学生不能正常上学，好友到意大利沦为妓女，好友妹妹所在的孤儿院被搬到老鼠四窜、臭气弥漫的房子，昔日的街头痞子靠贩卖人口发财致富，好不容易获得港务局长职位的父亲陷入人生困境，曾是无辜受害者的他不愿变成新体制下的加害者。这些难道是人们向往的"自由"？她不停地追问什么是真正的自由。奶奶告诉她："自由，就是始终意识到什么是必然。"妈妈则说："人得活着，才会有自由。"那么，什么是必然？自由与必然之间是什么关系？人应该怎么活着？为了解开心中的疑问，为了不被动接受各种关于自由、关于巴尔干、关于阿尔巴尼亚的荒诞不经的解释和说法，高中毕业后，莱亚选择了哲学专业。她跨海求学，所过之处沉溺着曾为追求自由而葬身海底的成千上万具同胞的尸体。她立志探索哲学问题，不仅仅为了解释世界，更为改变世界。

回忆录的字里行间流露着作者作为一名康德式马克思主义者的道德观和政治观。对于自由这一人类历史上的重要概念，各哲学流派给出了不同的定义和实现途径。乌皮对自由的本质和真正含义有独到的思考，一个基于康德理念和马克思主义思想的认识。所谓康德式马克思主义,她解释说:"这是一种马克思主义,其核心思想是将与他人的关系视为目的本身。康德向你展示了人的潜能是什么:你有理性,你是一个道德主体,你可以创造一个道德的世界。然后,马克思主义通过对我们所生活的社会进行批判对康德理论进行补充。"为了易于理解,乌皮巧妙地将哲学思想与自己成长过程中身边鲜活的人和事结合在一起,借此诠释不同自由理念和价值观。"我"的父亲向往的自由太过理想化,他期盼的自由和钟爱的革命从未真正到来。他心地善良,每次见到残疾乞丐都会慷慨解囊。他崇尚心灵自由胜过物质追求,希冀社会上人人自由,公正公平,但他性格软弱,政治观点模糊,不确定该不该搞私有化与自由市场,不确定该不该加入北约。然而,面对现实,他一次次失望。"我"的母亲代表现代西方基于人性本恶的自由理念,她喜欢英国资产阶级革命,认同新自由主义的道德观和竞争性游戏规则,从不同情弱者。她性格刚硬,只相信自己,不相信国家和集体。她积极参加竞选活动,坚决捍卫私人财产权,践行其心目中真正的民主和自由。"我"的祖母出身于贵族家庭,但信奉法国大革命的理念,相信人人生来自由平等,相信人有自由意志,命运总是掌握在自己手里,人要对自己的自由选择负责。她富有理性,遵循心中的道德律,内心强大而自由。她坚信,自律即自由,自由不是想做什么就做什么,而是做自己认为正确之事。可以说，奶奶是乌皮心目中康德式自由观的化身，对奶奶的道德观和自由观，作者在扉页、在书中都表达了强烈的认同。另一方面，对以母亲为代表的资本主义个人自由观，作者进行了道德层面的价值批判，对以父亲为代表的乌托邦式自由理念，作者予以了政治路径的效度批判。

阅读此书，读者或许会有一种时空穿越感，因为作者会以"多年后我才发现"等叙事方式，从少年莱亚的视角，忽然切换为一个政治上日渐成熟的学者对其国家命运的悲叹和对"自由民主"真相的揭示。例如，第7章，在介绍阿尔巴尼亚外国游客的第二种类型时，作者写道："唯有极具勇气的游客才敢踏足，前来破解密码，发掘真相。然而，就此真相，他们早已达成一致。在巴厘岛啜饮鸡尾酒时，在莫斯科狂饮伏特加时，他们就在谈论它。"读者恍然大悟，原来，80年代末，西方"游客"已对苏联、东欧、拉美和东南亚"旅游资源"进行了分割，对"真相"的呈现、制度的颠覆达成了预谋。又如，第17章，在描写了"鳄鱼"所代表的西方傲慢及其在阿尔巴尼亚的"自由活动"后，作者对巴尔干小国的悲哀感叹道："我们的存在有赖于他者的慈悲，……，他们决定放我们一条生路。其胜利的标志，是依其形象打造出无数个彼此雷同，却自以为相异的小地方。"一语道破了冷战后巴尔干地区悲剧的根源。再如，第20章，关于阿尔巴尼亚人对西方"自由"的向往和对西方"民主"的无知，对欧洲道路的盲从，对融入欧洲大家庭的幻想，作者写道："欧洲像一条长长的隧道，入口处灯火通明、标识闪亮，内部却是一片黑暗，起初什么也看不见。旅程开始时，无人想过要去问隧道止于何处，灯光是否会灭，隧道那头是何情形。"作者通过叙述时间、叙述方式的自然切换，实现少年莱亚和学者乌皮之间的无缝对接，对种种关于国家自由的问题进行了犀利而深刻的揭露，耐人寻味，发人深省。

后记部分，乌皮以伦敦政经学院教授的身份出现，关于"何为自由""何为社会主义"，她指出，"社会主义首先是关于人类自由的理论"，她告诉学生，自由的丧失，不仅仅是你什么都得听命于人的时候，因为"一个社会，如果宣称能助人实现潜能，却无法改变其结构，即不能使每个人得到充分发展的结构，也是压迫性的。"由此，乌皮明确表达了她对社会主义和资本主义的认识。关于自己国家的自由，乌皮说："如果能从我的家庭和国家的历史中吸取教训，那就是，人从未在自愿选择的境况下创造历史。"尽管这样，对于未来，乌皮仍保持乐观。与弗朗西斯·福山认为的"历史的终结"观截然相反，乌皮预言道："曾经目睹一个体制改变，就不难相信它会再次改变。"对那些曾经为社会主义牺牲了一切的人，她深表敬意，写下自己的故事，就是为了不让他们的努力"白费"，为了"继续这场斗争"。至此，读者终于明白乌皮为何在扉页上引用"革命之鹰"罗莎·卢森堡的那句话："人类不是按照自己的意愿创造历史，尽管如此，他们仍然创造历史。"乌皮要致敬为自由而献身的罗莎·卢森堡，致敬那些曾经为自由、为共产主义而奋斗的阿尔巴尼亚同胞。

在西方和阿尔巴尼亚主流话语对社会主义历史持全盘否定态度的背景下，乌皮能发出客观理性的声音，是其难能可贵之处。正如克罗地亚作家德拉库利奇所指出，"在东欧所有前共产主义国家，很难提及共产主义的功绩"。[①] 但乌皮迎难而上，在书中肯定了阿尔巴尼亚社会主义时期取得的诸多进步，包括妇女地位、教育程度、社会和睦等方面。她并不否认社会主义社会存在弊端，她的长辈就是这个体制的受害者，但她拒绝接受对阿尔巴尼亚社会主义历史的污名化，拒绝接受"任何错误都可以归因于领导人的残暴行径或极端落后的体制"的历史评判模式。在回答英国记者"你如何看待共产主义独裁者霍查"的问题时，乌皮说："对我来说，霍查不是共产主义独裁者，而是霍查伯伯，是阿尔巴尼亚共和国的创立者。"她解释道，阿尔巴尼亚1912年独立，1946年

---

① Slavenka Drakulic, *Café Europa Revisited: How to Survive Post-Communism*, Penguin Books, 2021, p.114.

成为反帝反资本主义的社会主义国家，共产党需要打造民族认同，巩固新生国家政权，维护领土完整，同时宣扬世界主义和国际主义，霍查是致力于这一切的共产党人代表。① 乌皮的言论引来诸多批评，有人讥讽她得了斯德哥尔摩综合征，有人指责"踩在家人的鲜血上为社会主义辩护"，但乌皮坚信，"人应该做自己认为正确的事情，而不受环境支配"。她认为，阿尔巴尼亚对社会主义理论的探索和实践不应该被歪曲、忘却和湮灭。在她看来，"自由看上去如同暴政"是有其历史根源和历史必然性的。那些未能实现的理想，如果只是给它们贴上"失败"和"暴政"的标签，那是对历史的不公，是对真正自由的亵渎。

当越来越多的有识之士开始对新自由主义带来的全球性问题进行反思时，乌皮通过对阿尔巴尼亚转型过程细致入微的书写，见微知著，旗帜鲜明地批判新自由主义的弊端和危害，使此书具有了独特的时代性。冷战后，西方市场上充斥着欢呼新自由主义胜利的叙事，但与此同时，我们也渐渐听到清醒、睿智的声音。早在20年前，诺贝尔经济学奖得主约瑟夫·斯蒂格利茨就著书力斥"华盛顿共识"。2019年，他在《新自由主义的终结和历史

---

① Lea Ypi with Allan Little, "What Does Freedom Mean in Europe," Edinburgh International Book Festival, https://www.youtube.com/watch?v=vXjbA7uSOGY

的重生》一文中明确指出,"新自由主义相信市场是通往共同繁荣的最可靠道路,这样的信仰在今天已经奄奄一息了"①。在东欧,随着民众对新自由主义幻想的破灭,社会上出现怀旧和反思。亚娜·亨泽尔的回忆录《柏林墙之后:东德童年的自白和接下来的生活》②就是这种背景下的产物。乌皮来自一个转型三十年后仍被欧盟拒之门外的巴尔干小国,一个被视为欧洲内部他者的国家,对新自由主义的破坏性,她更有切身的感受。对乌皮而言,"自由主义等同于失信、破坏团结、继承特权,以及对不公的视而不见",等同于可乐罐入侵后的自由和国家对政治、金融和经济命脉的失控,等同于邀请高薪专家指导结构性改革和解聘已成为数字的底层工人,等同于国家"失去了最年轻、最有能力、受教育程度最高的一批人",等同于"鳄鱼"和"灰袜子"的自由,等同于公民社会活动和发放过期大米的自由,等同于移民对象国警察暴力的自由,等同于道德的沦丧和金字塔集资为代表的盗贼资本主义的猖獗,等同于1997年灾难。她以女性哲

---

① *The End of Neoliberalism and the Rebirth of History*, by JOSEPH STIGLITZ, Nov 4, 2019, https://www.project-syndicate.org/commentary/end-of-neoliberalism-unfettered-markets-fail-by-joseph-e-stiglitz-2019-11

② Jana Hensel, *After the Wall: Confessions from an East German Childhood and the Life that Came Next*, Public Affairs, 2004 (published in German in 2002 under the title *Zonenkinder*).

家的细腻、敏锐和辛辣告诉世人，推动弗里德曼和哈耶克迅速替代了马克思和恩格斯的是"隐蔽的拳头"，作为小国，遭受毫无自由的转型和"隐形的手"所造成的社会动荡，是无奈，是悲哀，同时也是值得深刻反思的教训。在一次访谈中，乌皮直言道，"东欧人可以教给西方一些关于自由主义失败的事情"。[1] 乌皮希望，用她自己的话说，《在阿尔巴尼亚长大》一书能在这方面略尽"绵薄之力"。

柯静

北京外国语大学欧洲语言文化学院院长、教授、博士生导师，教育部区域国别研究备案"巴尔干研究中心"主任，阿尔巴尼亚科学院荣誉院士。代表性学术成果有：*The Four Others in I. Kadare's Works －－ A Study of the Albanian National Identity*（《伊·卡达莱作品中的四个"他者"——阿尔巴尼亚民族身份认同研究》）《阿尔巴尼亚语汉语－汉语阿尔巴尼亚语精编词典》等。

---

[1] "People from Eastern Europe could teach Westerners a thing or two about the failures of liberalism in our societies," says Lea Ypi, Ondřej Bělíček, July 19, 2022, https://lefteast.org/failures-of-liberalism-in-albania/

中文版序

参加国际会议时人们常常会问我:"您来自哪里?"

我会说:"阿尔巴尼亚。"

"阿尔巴尼亚。"提问的同行重复道,随即沉默片刻,面带微笑犹豫着,转动着眼珠,在脑中搜寻我的祖国在地球上的位置。会议若在欧洲之外举行,这种情况便尤为常见,对此我已经习以为常。"阿尔巴尼亚……巴尔干半岛啊,那儿的局势怎么样?"肯定会有人接着问,急于将交谈引入更熟悉的领域。或是提出更懂行的问题:"阿尔巴尼亚不是要加入欧盟吗,不知进展如何?"

大约十年前首次来中国时,我说自己是"莱亚·乌皮教授,来自阿尔巴尼亚",本以为得到的反应会是再熟悉不过的诧异、茫然与困惑,结果却截然相反。"我最喜欢的电影就是阿尔巴尼亚的,"中国人民大学一位年长的同行激动地说,"名叫《第八个是铜像》!"接着便满怀热情地描述了影片中他最中意的场景。那是阿尔巴尼亚社会主义时代的一部电影，只属于那一代人的记忆。"我喜欢阿尔巴尼亚音乐。"另一位同行说，随即哼出一段旋律，那是70年代初最受钟爱的歌曲之一。"我就是在那会儿访问阿尔巴尼亚的。"他解释道。"*Shumë bukur*，美丽，*faleminderit*，谢谢！"从另一位同行的嘴里俏皮地蹦出了几个阿尔巴尼亚词语，真是出乎意料。

此后，我多次访问过中国。穿过商业中心和广场，走在林立的高楼大厦间，我觉得，这一切同你能想到的世界上任何地方，譬如纽约、伦敦、新加坡，没什么不同。然而，所见所闻中，人们对阿尔巴尼亚的熟悉程度非同寻常，绝无仅有。惊喜之余，我也会更加深入地反思。在北京的一场会议上，一位70年代末在中国农村住过的美国教授告诉我，村民遇到他会问他是不是阿尔巴尼亚人。记得当时我开玩笑说，做一回霸主中的霸主，感觉应该很不错吧。

如今，在阿尔巴尼亚和中国，对60到70年代初两国间的紧密纽带，许多人依然记忆犹新。致电祝贺阿尔巴尼亚劳动党第五次代表大会胜利召开时，毛泽东写下了"海内存知己，天涯若比邻，中阿两国远隔千山万水，我们的心是连在一起的"这样的名言。阿尔巴尼亚共产时代另一首家喻户晓的歌里唱道："世界上有两头雄狮，一头在亚洲，一头在欧洲。"指的就是毛泽东和恩维尔·霍查，即阿尔巴尼亚劳动党的领袖。那段岁月里，中国是阿尔巴尼亚唯一的盟友，而阿尔巴尼亚音乐、电影和文学则是中国了解西方文化的窗口。

我成长在阿尔巴尼亚与中国（其在世界上最后的盟友）断交后的岁月里。往昔的痕迹依然流连不去；就个人而言，它存在于我的第一个玩偶上，一个名叫"长城"的中国充气娃娃。然而，我的国家完完全全与世隔绝；18岁离开阿尔巴尼亚后，我才真正开始到处旅行。我在许多不同的地方生活过：意大利、美国、德国、澳大利亚，等等。虽然每天都会接触中国学生，其中许多是在伦敦政经学院我讲授马克思主义的课堂里，但是我从未在中国居住过。不过，每次踏上中国的土地，我非但没有去国离乡的孤寂，反而有种奇特的归属感。在这样一个在地理及语言上均遥远的环境里，这种感觉甚为独特，这一定是源于众多中国人熟知我的祖国，也源于孕育我成长的那种文化。

这并非我期待《在阿尔巴尼亚长大》在中国面世的唯一原因。另一个原因是，我希望借此书的出版，激发两国人民对其经历之异同的有趣讨论；两国对社会主义理念的认知迥然不同，冷战结束后的发展轨迹亦天差地别。这本书反映历史变革时，不但聚焦宏观，亦关注微观，展现历史事件如何塑造、束缚碰巧卷入其中的个体的生活，政治体制如何努力促进某些道德理想的实现，却最终失败。

这本书从一个少女的视角讲述了她从童年向成年的过渡，而恰在她个性、认知与情感的演进期，她的国家经历了政治制度的嬗变。这是一个成长故事，不仅是一个个体的成长，也是一个国家的成长；二者都多多少少遭受到创伤。个体之所以遭受创伤，是因为人是从社会环境中认识自由和个体责任的概念的，然而在我这里，最大的两个影响源，即家庭与国家，却在根本上彼此对立。就这个国家而言，遭受创伤的原因是，其人民所熟知的一切，比如他们代表什么、相信什么、如何同外部世界相处，都必须忘却，必须重新学习。我们受了那么多欺骗，如何才能知道真正的自由意味着什么？

本书最初是一项思想史研究，旨在探索社会主义与自由的关联。虽然许多人认为社会主义思想倡导平等与公正，而自由主义思想以自由为着重点，但我始终坚信，自马克思起，社会主义传统所倡导的种种自由概念，在哲学意义上正是自由主义的那些核心概念。它只是将自由概念进一步推向极致，且以某些方式揭露出种种自由主义理论的局限性，例如，某些自由概念仅适用于特定的人群，某国公民或特定社会阶层的成员。

由于种种与新冠相关的偶然因素，本书在撰写过程中渐渐褪去理论性，嬗变为个体叙事，讲述了在全球巨变冲击其生活时，一个家庭和一个国家是如何尽力应对的。自在英国和阿尔巴尼亚出版后，《在阿尔巴尼亚长大》在其他很多国家都大受欢迎。毕竟,自由向来既关乎个人,也关乎政治;即便语境千差万别,它都是一切社会进步之努力的核心问题。我们生活的世界充满了由各种未知其名的结构复制出的不公,现有的制度反映出国家内部及国家之间占主导地位的权力关系。我们不共同采取行动,改变物质主义动机,倘若不推进市场民主化,不转变政治制度,那么现实世界与理想世界间的鸿沟将永远无法填平。然而,就道德层面而言,我们在这个世界上体验到了诸种不均:权利分配不均,迁徙机会的分配不均,物质资源的分配不均,知识生产的分配不均;由不均构成的世界不是一个自由的世界。一个并非所有人都自由的世界,是一个任何人都无法真正自由的世界。

我希望本书也能引起中国读者的共鸣,既令他们有感于书中描述的巨变,即从孤立的国家社会主义到90年代对外开放的整个历程,也能激发他们思考更为根本的哲学问题,例如何为自由,我们如何知道自己拥有自由,如何区分理想的自由与历史上对自由的种种歪曲。即便面对至为抽象的哲学概念,文学也有力量展现其巨大的影响力,鼓励我们的社会和我们的灵魂做出批判性反思。我期待能跟进中国读者对这本书的反馈。我也有种预感,它将会以作者最渴望的方式与中国读者产生共鸣。

2024 年 4 月

Part one

第一部分

第 1 章

斯大林铜像

我从来没有问过自己自由意味着什么,直到那天我拥抱了斯大林铜像。靠近看时,他比预料中要高得多。我们老师诺拉讲过,帝国主义分子和修正主义分子一个劲说斯大林个头矮。实际上,她说,再矮也没路易十四矮呀,可奇怪的是,他们对这一点避而不提。她一脸严肃,接着补充道,抓住表面不放,弃要紧之事于不顾,这是帝国主义分子的通病。斯大林是伟人,他的功绩远比他的身材重要。

诺拉继续解释说,斯大林真正与众不同的地方,是他的眼睛会笑。你信吗?眼睛会笑?是因为那副漂亮、友好的八字胡遮住了嘴唇,你如果只盯着嘴唇看,就永远别想知道斯大林是真的在笑,还是在干什么别的。然而,只要瞧一下他锐利智慧的棕色眼眸,马上就能分辨,斯大林在笑。有的人无法直视你的眼睛,明显是有什么东西掖着藏着。而斯大林会直视你的眼睛,只要他想,或者你表现好,他的眼睛便会透出笑意。他总穿一件毫不张扬的外套,脚蹬一双不起眼的棕色鞋子,喜欢将右手放进外套左侧的下方,仿佛正托着自己的心脏。至于左手,他通常会揣在口袋里。

"揣在口袋里?"我们问道,"手揣在口袋里走路,那岂不是很粗俗?大人老是跟我们说,别把手揣在口袋里。"

"嗯,没错。"诺拉说,"不过嘛,苏联可是很冷的。"她忙补充:"再说了,拿破仑也总是把手插口袋里,也没听谁说那就粗俗了。"

"不是插口袋里,"我怯生生地说,"是插马甲里。他那会儿,那是教养好的标志。"

诺拉老师没理我,等着再有人提问。

"而且,他个头很矮。"我又插了一句。

"你怎么知道的?"

"奶奶跟我讲的。"

"那她怎么说的呢?"

"她说拿破仑个头矮,可当马克思的老师黑格尔——还是韩格尔,我也记不清了——看见拿破仑时,他说可以看见世界精神站在马背上。"

"是韩格尔[①],"她纠正道,"韩格尔说得没错。拿破

[①] 应是黑格尔,此处为老师弄错了。——译者注(如无特别说明,本书脚注均为译者注)

仑改变了欧洲，让启蒙运动的政体广为传播，的确是位伟人，不过比不上斯大林。马克思的老师韩格尔如果看见斯大林站在坦克上，而不是马背上，也会宣称自己看到了世界精神。斯大林启迪了更多人，不光是欧洲人，还有非洲、亚洲数百万兄弟姐妹。"

"斯大林喜欢孩子吗？"我们很想知道。

"当然喽，很喜欢的。"

"比列宁还喜欢吗？"

"和他差不多吧，不过对于这一点，他的敌人一向都是遮遮掩掩的。在他们口里，斯大林比列宁糟糕，因为对他们来说，斯大林更强大，也远比列宁危险。列宁改变了俄国，而斯大林改变了世界。就因为这个，他虽然与列宁一样爱孩子，却一直都不太为人所知。"

"斯大林像恩维尔伯伯[①]那样爱孩子吗？"

诺拉老师有些踟蹰。

"斯大林更爱孩子？"

"答案嘛，你们心里清楚。"她面带温暖的笑意答道。

或许斯大林喜欢孩子吧。孩子们大概是喜欢他的。但我敢说，百分百确定，12月那个湿冷的下午，我对他

[①] 即恩维尔·霍查（Enver Hoxha，1908—1985），前阿尔巴尼亚领导人。

的爱达到了顶点。那天,我从港口一路蹦跳着跑到了文化宫附近的小花园。我大汗淋漓,全身颤抖,心脏怦怦狂跳,感觉就快从嘴里迸出来了。我拼尽全力跑了一英里①多,终于瞧见了那座小花园。斯大林铜像的身形出现时,我知道自己安全了。他站在那里,庄严如常,穿着那毫不张扬的外套、不起眼的棕色鞋子,右手放在外套下面,仿佛托着心脏。我停下脚步,环顾起四周来,确定没人跟随后,便走上前去,将右脸紧紧贴在铜像的腿上,双臂吃力地环住他的膝盖,这样便没人能注意到我。我尽力喘匀气,闭上眼睛,心里开始默念:一,二,三。数到三十七时,再也听不见犬吠声了。鞋子踩踏水泥路面的轰响变为遥远的回声。只有抗议者的口号还偶尔在回响:"自由,民主,自由,民主。"

等到确定自己是安全的,我松开了铜像,坐到地上细心观瞧起来。他鞋上的最后几点雨珠快干了,外套上的漆也开始褪色。正如诺拉老师描述的那样,他是一位青铜巨人,手脚比我想象中大很多。我脖子向后微倾,抬起头来,好确认他的八字胡的确遮盖住了上唇,眼中透着笑意。可是,没有眼睛,没有嘴唇,甚至没有八字胡。那些流氓偷走了斯大林的头。

我捂着嘴,将尖叫压了下去。这位蓄着友好八字胡、

---

① 1 英里约合 1.61 千米。

远在我出生前便矗立在文化宫小花园里的青铜巨人居然没了头？这可是斯大林啊，韩格尔见到他，都会说看到世界精神站在坦克上。为什么会这样？那些人到底想要什么？他们为什么要嚷嚷"自由，民主，自由，民主"？那是什么意思？

此前，我从来没有认真思考过关于自由的事。根本没必要。我觉得自己够自由的，甚至常常觉得它是种负担，就像那天一样，偶尔还会觉得自由是种威胁。

我没想到自己会卷进抗议中。抗议是什么，我恍然无知。几个小时前，我冒着雨站在校门边，心里盘算着该走哪条路回家，是左转、右转，还是直行。想怎么选其实都随我。每条路都会带来不同的问题，我不得不掂量问题的起因与后果，思考它们意味着什么，然后做出我知道也许会后悔的决定。

自然，那天我后悔了。我自由选择了回家的路，这决定还是错误的。当天轮到我值日，放学后要打扫卫生。教室的卫生是四人一组轮流打扫的，可男孩子常常会找借口溜号，只有女孩子留下来。我和好朋友伊洛娜一起值日。通常情况下，搞好卫生后我们俩便会离校，在街角遇到坐在人行道上卖葵花子的老妇人，就会停下来问："能尝一下吗？放盐没放盐？有没有炒过？"那女人会依次打开带来的三个袋子，里面的葵花子分别是盐炒的、没用盐炒的、没用盐也没炒的，我们各尝了几颗。有零用钱的时候，选择很多。

之后，我们会左转去伊洛娜家，一边嗑着瓜子，一边掏出用她妈妈的项链挂的生锈钥匙——她就挂在脖子上，藏在校服下面，折腾了一会儿才打开门进了屋。接下来，我们会选一种游戏玩。12月份最容易选，因为全国歌唱比赛的准备工作在这个月开始。我们会编自己的歌曲，假装我们能上国家电视台。我负责写歌词，伊洛娜唱，有时我会抄起大木勺敲厨房里的平底锅，充作鼓声伴奏。不过，最近伊洛娜对歌唱比赛失去了兴趣。她似乎更喜欢玩过家家。她不愿在厨房听我敲平底锅，更希望待在她父母的房间里，试戴她妈妈的发卡，换上她的旧婚纱或者用她的化妆品，假装给布娃娃喂奶，一直到午饭时间。到了那时，我就得决定是听伊洛娜的接着玩，还是劝她去煎鸡蛋。要是没有鸡蛋，那吃面包是蘸着油吃，还是就那么干啃。不过，这些都是小问题。

那天真正棘手的问题出现了：我与伊洛娜为应该如何打扫教室起了争执。她坚持要既扫地又拖地，说要不然就别指望拿到当月最佳清洁员的小红旗。她妈妈一向都看重这个。我说照规矩每周奇数日只扫地，偶数日才既扫地又拖地，而这天是奇数日，我们可以早回家，还不耽误拿卫生红旗。她说老师可不这样想，还提醒我，上次就是因为我打扫卫生不上心，老师把我家长叫到了学校。我说她搞错了，实际原因是周一早上纠察队发现我指甲留得太长。她坚持说是什么原因不重要，反正打扫教室就该扫拖并举，不然即便月底拿到了红旗，心里也会觉得不踏实。她接着又说，仿佛没有再争下去的必要：她在家也是这样搞卫生的，因为她妈妈以前都是这样做。我对她说，别每次为了逼我让步，就把她妈妈搬出来。我气呼呼地走了，淋着雨站在校门旁，心想伊洛娜总盼着人家对她好，即便她错了。她有这个权利吗？我纠结自己是不是应该假装喜欢扫地拖地，就跟假装喜欢玩过家家那样。

我恨死那个游戏了，但从来没对她说过。我讨厌待在她妈妈的房间里试婚纱。我觉得穿死人的衣服，或者碰她几个月前还用过的化妆品，把自己打扮成她，感觉很可怕。不过这是最近的事，之前伊洛娜还一心盼着能有个小妹妹，好跟我弟弟玩。可是她妈妈去世了，刚出生的妹妹被送去了孤儿院，只有婚纱留了下来。我不想伤她的心，所以没有拒绝穿婚纱，也不想跟她讲，那些发卡让我觉得硌硬。我当然可以直接说出自己对过家家的看法，就像我直接撂下她独自扫地、拖地那样，没人会阻拦。可是我觉得最好还是让伊洛娜听到真话，即便她听了会难受，这也比为了让她高兴而无休止地撒谎强。

如果不左转去伊洛娜家，我就会右转。那样路最短，沿着两条窄巷走下去，便会来到主街上的一家饼干作坊前。在那儿新的麻烦又会出现。每天送货卡车快要到的节骨眼儿，会有一大群放了学的孩子聚集到那儿。如果我走的是那条路，难免会加入所谓的"饼干行动"。我跟其他孩子会背靠作坊外墙站成一排，焦急地等待着卡车的到来，时刻留意作坊的门，竖起耳朵听马路上的任何异样，譬如有人骑车而过，或者马匹与马车偶然经过。到了某一刻，作坊门会打开，从里面走出两个抱着饼干箱的运输工人，有如擎着地球的孪生阿特拉斯兄弟[①]。这会引起一阵小小的骚动，所有孩子都一拥而上，反复嚷着："哦，贪心鬼，哦，贪心鬼，饼干、饼干，哦，贪心鬼！"就在此时，原本有序的队伍会自发分成两队，一队穿黑色校服的孩子当先锋，挥着手臂想去抓住运输工人的膝盖，另一队做后卫，蜂拥着冲向作坊大门将出口堵住。两个工人扭动下半身想摆脱孩子们抓握他们膝盖的手，上半身绷紧，好将饼干箱抓牢。总会有一包饼干滑落下来，一场打斗便会爆发。这时一位经理会从作坊里现身，手里捧着尽可能多的饼干，好满足每个人，让聚集的人群散去。

我可以自由选择右转，或继续直行；如果是右转，就会碰上这档子事。期待一个十一岁的孩子继续往前，

[①] 希腊神话里的擎天神，属于提坦族。因反抗宙斯失败，被宙斯降罪用双肩支撑苍天。

不去要饼干，也不去理会从作坊敞开的窗户飘出来的饼干香气，不仅太过天真，也不合理，甚至不公平。指望她直接从其他小孩面前走过，无视其他孩子质疑的目光，仿佛一点也不在意送货卡车就要来了，这同样不合理。然而，1990年12月那个不幸下午的前一晚，我父母恰恰叫我那么做了。这就是为什么走哪条路回家会与自由这个问题扯上关系。

从某种程度上说，这是我的错。我不该像拿到战利品一样拿着饼干回家。不过，也要怪那位新来的作坊经理。她是新近入职的，对新工作环境还不了解，以为那天孩子们出现只是偶然。以前的经理总是一人给一块，她却整包整包地发。我们察觉到情况有变，也意识到这对接下来几天的"饼干行动"可能会有影响，便警觉起来，因此没有当场把饼干吃掉，而是赶紧将一包包饼干塞进书包，匆匆离开了。

我承认，我的确没想到，回家后把饼干拿给爸妈看，告诉他们是在哪儿弄到的，他们竟会这样大惊小怪。我真没料到劈面而来的问题会是："你给别人看见了吗？"当然，有人看到我了，而且不只是发饼干的那个人看到了。不，她的长相我没记清。是的，四十来岁吧。不高也不矮，大概中等个头。鬈发，黑色的。笑容灿烂。这时，爸爸的脸变得煞白，双手抱头从扶手椅上起身。妈妈离开客厅，打了个手势，示意他跟自己进厨房。奶奶默默抚着我的头发，坐在角落里吃着我多给的一块饼干的弟弟，这时察觉气氛不对，突然停下来没再嚼，哭了起来。

他们让我保证以后绝不会在作坊前院逗留，也不再加入靠墙站的队伍。我得表示我已理解让工人好好工作很重要，要是人人都像我这样，很快商店货架上就会不见饼干的踪影。"互——相"，爸爸强调了这个词。社会主义是建立在互相原则上的。

我知道，即便保证了也很难做到。但也难说，谁知道呢？至少我得真诚地做一番努力。12月的那天，我没有右转而是直行，没有回教室等打扫完卫生的伊洛娜一起去她家玩过家家，也没有去拿饼干。这样的选择我怪不了谁。这都是我自己的决定。我虽然尽了全力，却还是在错误的时间出现在错误的地方。选择的自由带来的是全然的恐惧：那些警犬可能会奔回来将我咬死，四散惊逃的人群可能会将我踩扁。

我当然不可能预见到自己会误撞上抗议者，或者被斯大林铜像庇护。如果不是最近在电视上看到其他地方的骚乱，我甚至都不知道，人们高喊口号、警察带警犬出动的诡异场面就叫"抗议"。几个月前，也就是1990年7月，几十个阿尔巴尼亚人翻墙闯入外国大使馆内部。我想不通为何会有人想将自己困在外国使馆内。我们在学校聊起这种事，伊洛娜说曾有一家人，统共六口，两兄弟四姐妹，打扮成外国游客偷偷溜进了地拉那①的意大利使馆，在里面的两个房间里生活了五年，整整五个年头。还有一名游客，这位是确有其人的，名叫哈维尔·佩雷斯·德奎利亚尔②，他访问了我们的国家，同爬使馆墙的那帮人谈了话，然后去跟当局沟通，说那些人想去意大利生活。

我很好奇伊洛娜的故事，便去问父亲是怎么回事。"他们是流氓（uligans），"他回答道，"就像电视上说的那样。"他跟我解释，流氓（hooligan）是个外国词，阿尔巴尼亚语里没有对应的翻译。我们也不需要。流氓大多是愤怒的青年，他们跑去看足球，喝得酩酊大醉后就挑事，与对方球队的支持者大打出手，没来由地将旗帜烧了。他们基本上都生活在西方，东方其实也有一些。不过我们既不在东方，也不在西方，所以在阿尔巴尼亚，这些家伙是最近才出现的。

当我努力去理解自己刚刚遭遇的情形时，脑中闪过的就是"流氓"这个词。显然，如果他们是流氓，那爬使馆院墙、冲警察叫嚷、破坏公共秩序、砍掉雕像的头也就说得通了。显然，西方的流氓也这么干，也许是他们偷偷入境，就是来挑动事端的。不过，几个月前爬使

---

① 阿尔巴尼亚首都。
② 秘鲁外交官，1982—1991年任联合国秘书长。

馆院墙的那帮家伙铁定不是外国人。这些来自不同国家的流氓有什么共同之处？

我模模糊糊地记得前一年有个什么柏林墙示威活动。我们在学校讨论过，诺拉老师解释说，它跟帝国主义与修正主义之间的斗争有关。双方都揽镜去照彼此，而那两面镜子都破碎了。这些事情都与我们无关。敌人经常企图颠覆我们的政府，每每都铩羽而归。20世纪40年代末，南斯拉夫与斯大林决裂，我们便同南斯拉夫决裂。60年代，赫鲁晓夫侮辱了斯大林的精神遗产，污蔑我们是"左倾民族主义异端"，于是我们中断了与苏联的外交关系。70年代末，中国要进行改革，我们也断绝了来往。[①]虽然强敌环伺，但我们清楚自己代表着历史发展的正确方向。每次遭到敌人威胁，在全国人民的支持下，党就会变得更加强大。几个世纪以来，我们与强大的帝国抗争，让全世界看到即便是巴尔干半岛的边缘小国，也能找到反抗的力量。如今，我们更是领导着一场斗争，努力实现最艰难的转型，从社会主义转为共产主义自由，从公正法治的革命国家变为消灭了阶级的社会。到那时，国家本身便会消亡。

自由当然是有代价的，诺拉老师说。一直以来，为

---

① 20世纪70年代，中阿断交有多方原因，如阿方要求的高额军事、经济援助给中国带有沉重负担，双方政治、外交理念分歧等。——编者注

了捍卫自由，我们孤身作战。如今，他们都付出了代价，他们都陷入了混乱。而我们则岿然屹立，依然强大。我们将继续做出表率，引领这场斗争。我们既没有金钱，也没有武器，却将持续抵御来自修正主义东方与帝国主义西方的塞壬妖歌。对于所有尊严持续遭受践踏的弱小国家，我们的存在给它们带去了希望。生活在一个公正的社会里，这份荣耀感应该唤起感恩之心，因为我们不必经历世界上其他地方正在发生的恐怖：孩子们因饥饿而死，在严寒中瑟缩，或者被迫去做童工。

讲话结束时，诺拉老师举起右手，脸上露出狂热的表情。"你们注意过这只手吗？这只手会一直坚强下去，一直斗争下去。知道为什么吗？因为它握过恩维尔同志的手。人民代表大会开完后，我几天都没洗手。即便是洗了，那股力量依然在。它绝不会离开我，直到我离开这世界。"

我想起诺拉老师的手，还有她几个月前说的那番话。我仍然坐在斯大林铜像前的地上，一面整理着思绪，一面努力鼓起勇气站起来，然后原路返家。我努力回想她说的每一个字，回想她告诉我们因为握过恩维尔伯伯的手，她将竭尽所能捍卫自由时眉宇间的骄傲与力量。我渴望像她那样。我心想，我也必须捍卫自己的自由。我一定能克服恐惧。我还从来没有跟恩维尔伯伯握过手，甚至从来没有遇见过他。不过，也许斯大林铜像的腿就足以给我力量了。

  我站起身来，努力想像我的老师那样思考。我们拥有社会主义。社会主义赋予我们自由。抗议者错了。没人当真在寻找自由。所有人和我一样早就自由了。我们只是在直接行使或捍卫自由，或做出必须承担后果的决定，譬如该走哪条路回家，右转、左转，还是直行。或许跟我一样，他们也是阴差阳错地跑到了港口附近，在错误的时间出现在错误的地方。也许看到警察同警犬时，他们单纯是给吓坏了；警察同警犬或许也一样，也给抗议者吓坏了，尤其是在看到人们四散奔逃的时候。或许双方只是在相互追逐，到最后根本搞不清谁在追谁，这就是为什么人们要开始高喊"自由、民主"，是出于恐惧与不安，是在说他们不愿失去"自由、民主"，而不是他们希望得到。

  或许斯大林铜像的头跟这一切全然无关。或许是夜里的暴风雨弄坏了，有人已经拿去修了，很快便会完好如新地被送回旧时的位置。它依旧会有着带笑意的锐利眼睛，浓密友善的八字胡覆盖着上唇，正是人们给我描绘的那副模样，正是它一直以来的那副模样。

  我最后一次拥抱了斯大林铜像，然后转过身，望向远处的地平线，估算着回家有多远，随后深吸了一口气，奔跑起来。

第 2 章

另一个叫乌皮的人

"你总算回家了！我们都等你两个小时了！急死我们了。你妈已经回来了！你爸还跑到学校去找你！你弟弟在那儿哭鼻子！"[①] 一个全身黑衣的高挑身影咆哮着。尼尼已在小山顶上等了一个多钟头，有人经过便问有没有看到我。她双手紧张地在围裙上擦来擦去，眼睛越眯越用力，想认出我的红色皮背包。

看得出奶奶很来火。她训起人来特别有一套，会让你觉得全是自己的错。她会指出你的行为给别人带来了什么后果，说你这样自私地将自己的事放在第一位，可曾想到这样会让多少人做不了要做的事。她的法语独白毫无要停息的迹象，就在这时，爸爸的身影出现在山坡下。他气喘吁吁地跑上山来，手里握着哮喘泵，像一枚

---

① 原文是法语。

微型莫洛托夫燃烧弹。他不停地回头张望着,仿佛是担心有人跟踪。我连忙藏到了奶奶身后。

爸爸朝尼尼快步走来,嘴里说:"她打扫完就离校了。我沿着她回家的路找,哪儿都不见她的踪影。"他显然很焦虑,顿了顿,拿过哮喘泵猛吸了一口。"我觉得有人在抗议。"他压低声音说,同时做了个手势,示意进屋再细说。

"她回来了。"奶奶回答。

爸爸长舒了一口气,然后看到了我,脸立刻沉了下去。

"回你房间去。"他命令。

"那不是抗议,他们是流氓。"我嘴里咕哝着走过院子,心里纳闷爸爸为什么用了另一个词,也就是"抗议"。

进屋时,我看到妈妈正忙着大扫除。她将许多经年未见的物品从阁楼里拿下来:一袋羊毛、一架生锈的梯子、爷爷在大学任教时的旧书。看得出她也很焦虑。她常常会通过做家务来排解胸中的郁闷:越是郁闷,家务"工程"就越宏伟。跟人怄气时,她一言不发,但会摔锅敲罐子,餐具掉落在地板上就开骂,或将碟子甩进橱柜里。跟自己怄气的时候,她会重新摆放家具,把几张桌子拉来拖去,椅子叠放起来,卷起客厅的厚重地毯好擦洗地板。

"我瞧见流氓了。"我对她讲,急着想分享这次冒险。

"地板是湿的。"她狠狠地回答,还用拖把头碰了我的脚踝两下，提醒我不该穿鞋子进屋。

"不过也可能不是流氓，"我边解鞋带边接着说，"也许是抗议者。"

她停下手里的活，眼睛直勾勾地盯着我。

"这儿唯一的流氓就是你。"她边说边举起拖把，朝我房间的方向挥舞了两下，"这个国家根本就没有抗议者。"

对政治，妈妈向来不太关心。过去，只有爸爸跟奶奶热衷于跟进时事，常常谈论尼加拉瓜革命与马尔维纳斯群岛战争。废止南非种族隔离政策的谈判开始时，两人都很兴奋。爸爸说他如果是美国人，被征召去参加越战，肯定会拒绝服役的。他常强调，幸运的是，我们国家支持越共。悲惨的事情到了他嘴里，大多会变得有趣。在我的朋友中，他那些反帝国主义政治的笑话都是传奇。每次我邀朋友们来家里过夜，在卧室地板上铺好床垫准备睡觉时，他都会从门口探进头来，说："睡个好觉啊，巴勒斯坦难民营！"

东方，也就是我们说的"修正主义阵营"近来发生了一些事情，让人感觉有些不对劲。我也说不清究竟是什么。我模糊记得，有次在意大利电视台听到了"团结"[①]一词，似乎跟工人抗议有关。因为我们就生活在一个工人的国度，我觉得把它写进学校布置的"政治信息"通讯

---

① 原文是意大利语。

里，应该会挺有意思。我向爸爸征求意见，他却说："嗯，我不觉得很有趣啊。要写通讯的话，我倒有些素材。我上班的那个村子，合作社超额完成了这个五年计划的小麦生产任务。玉米产量没达标，可小麦产得多，给补上了。昨晚他们还上了新闻呢。"

只要有抗议活动发生，家人们便不大乐意回答问题。他们要么显得很疲惫，要么很恼火，干脆关掉电视，或者调小音量，新闻里在说什么都听不清。似乎谁都不像我那样好奇。显然，想弄清楚情况，不能指望他们了。明智的做法是等着上德育课时问诺拉老师。她总是会给出直接明了的回答。她讲政治时的那股子劲头我父母不是没有，不过他们只在看南斯拉夫电视台播放的香皂和乳膏广告时才会表现出来。只要瞧见斯科普里[①]电视台放广告，尤其是个人卫生产品的，爸爸就会立即嚷道："广告！广告！"听到这嗓子，厨房里的妈妈和奶奶便会立即撂下手里的活，三步并作两步地冲进客厅，巴望着能最后瞅一眼屏幕上那个笑吟吟的美丽女士教你如何洗手。要是有事给耽误了，赶来时没瞅见，爸爸便会抱歉地说："别怪我啊，叫你们了，你们来晚了！"这话指定会引起争吵，她们会说，之所以来晚，还不是因为他在家里只做甩手掌柜。未几，争吵便会演变为对骂，继而甚至会

---

① 北马其顿共和国首都。北马其顿原属南斯拉夫。

升级为肢体冲突。与此同时,屏幕上南斯拉夫篮球运动员还在得分,直到下一波广告出现,这场闹剧才得以收场。什么事情都能让家人拌嘴争执,除了政治。

回到卧室,我发现弟弟拉尼在哭鼻子。看见我进来,他抹了一把眼泪,问我有没有带饼干回来。

"今天没有,"我回答,"我没走那条路。"看上去他又要哭了。

"我得待在这儿,好好想想。"我说,"要不要听故事?讲的是一个站在马上的人,他似乎代表着世界精神,可是呢,他的头给人砍掉了。"

"我才不要听呢,"他回了一句,泪水再度涌出,淌到了脸上,"我怕。我怕没头的人。我要饼干。"

"要不要玩扮老师的游戏?"我提议,心中隐隐感觉愧疚。

拉尼点点头。他跟我都喜欢玩扮老师的游戏。他坐在我桌前,假装自己是老师,拿支笔胡乱记笔记,而我则装着在做功课。他对历史课情有独钟。我只要把历史事件背了下来,便会将课本的内容用主要历史人物的对话的方式表演出来,而这些人物通常由我的布娃娃扮演。

那天的人物和事件都是玩熟了的。那阵子我们在学习二战期间意大利法西斯占领阿尔巴尼亚的历史,重点是我们国家第十任总理的卖国行径。诺拉老师说那个人是阿尔巴尼亚的叛徒，国王索古一世[①]流亡后，他将主权拱手让给了意大利人。索古一世和他的继任者的统治，毁灭了阿尔巴尼亚成为真正自由社会的企望。在阿尔巴尼亚遭受了奥斯曼帝国几百年的奴役，与企图瓜分国土的列强进行了几十年的抗争之后，1912年，全国各地的爱国志士抛开种族与宗教分歧，团结起来为独立而战。诺拉老师接着说，后来索古铲除异己，独霸权柄，自封为阿尔巴尼亚国王，直到在叛国者的协助下，意大利法西斯侵占了我们的国家。1939年4月7日是意大利正式入侵阿尔巴尼亚的日子，那天，许多士兵与平民英勇地与意大利舰艇战斗，用寥寥无几的武器对抗炮弹，流干了最后一滴血，倒在抗敌的防线上。然而，其他一些阿尔巴尼亚人，比如此前效忠于那位剥削无度、嗜血成性的国王的高官、地主和商业精英，却忙不迭去迎接侵略军，在新的殖民政府中攫取高位。其中某些人，包括我国前总理，竟然对意大利当局感激涕零，说多亏了他们，我们的国家才得以挣脱索古一世沉重的枷锁，获得了解放。几个月后，一颗航空炸弹要了那位前总理的命。那天，历史作业的主题就是这个家伙。他活着的时候是曾与国王狼狈为奸的叛国者，丧命的时候是可耻的法西斯恶棍。

[①] 阿尔巴尼亚王国的国王（1928—1939年在位）。

第 2 章 另一个叫乌皮的人

在学校谈论有关法西斯的话题时，大家情绪很是激动。孩子们讨论起来气氛分外活跃，几乎洋溢着自豪感。老师问我们，家里有没有亲人参过战，或者为抵抗运动做出过贡献。比如，伊洛娜的爷爷年仅十五岁就参加了山里的游击队，与意大利侵略者浴血奋战。1944年，阿尔巴尼亚解放后，他又奔赴南斯拉夫，协助当地的抵抗运动。他常来我们学校做报告，讲述他的游击队员生涯，告诉我们，阿尔巴尼亚和南斯拉夫是仅有的两个没得到盟军的帮助就赢得战争的国家。其他孩子说起祖父母或叔公叔婆为反法西斯战士提供过食物和住所。家里有为抵抗运动献出年轻生命的亲属的，便将烈士的衣物或个人物品拿到班上来：一件衬衫，一条绣有图案的手帕，英勇就义前几小时写给家人的绝笔信。

"咱家有没有亲戚参加过反法西斯战争？"我问家里的大人。他们努力回想，在家庭照片中搜寻，跟其他亲戚打听，终于找到一位巴巴·穆斯塔法，是我姊姊远房表兄的叔公。当年意大利人撤离阿尔巴尼亚，德国人取而代之。有天下午，游击队袭击了纳粹守备队，巴巴·穆斯塔法有当地清真寺的钥匙，便将游击队员藏了进去。我在班上兴致勃勃地讲了这个故事。"他是你什么亲戚来着？"伊洛娜问我。"他跟清真寺是什么关系？为什么会有钥匙？"另一位朋友玛西达俏皮地问。"游击队员后来怎样了呢？"还有一位叫碧莎的朋友想知道。我尽力去回答这几个问题。可事实上家人提供的细节有限,我无法满足朋友们的好奇心。于是,大家的讨论变得令人迷惑,甚至让我很不自在。几番问答下来,我同穆斯塔法的关系,以及他对抵抗运动的贡献开始显得无足轻重,甚至有了夸大其词之嫌。到最后,我甚至觉得:连诺拉心里都已认定,穆斯塔法是我杜撰出来的。

每年5月5日是战争英烈纪念日,上面会派出官员代表团来我们这一片慰问烈士家属,提醒他们亲人的血没有白流。我坐在厨房的窗前,嫉妒地瞅着朋友们身穿最漂亮的衣服,手捧大束娇艳的红玫瑰,挥着小旗子,唱着抵抗运动的歌曲,领着各位官员走向自家房子。他们的父母会站成一排,与代表们握手,官方媒体在旁边拍照。几天后影集会寄到,然后他们会带到学校去展示。而我呢,却什么都拿不出来。

我家没有社会主义英烈可供纪念就算了,偏偏我们国家的第十位总理,那个出卖阿尔巴尼亚的奸贼,那个叛国者,我们的阶级敌人,学校讨论时活该遭到仇恨和蔑视的对象,不仅恰巧与我同姓,还与爸爸同名:沙费尔·乌皮。每一年只要他的名字在课本里出现,我都只好耐心解释他虽然与我同姓,但毫无血缘关系。我不得不解释,我爸爸叫沙费尔是因为他祖父叫这个,碰巧与那位前总理同名同姓。每一年,我都痛恨这番解释。

我憋着气读完了这次的历史作业,怔怔地想了一会儿，然后恼怒地站起身来，一手紧紧地攥住课本。"跟我来，"我对拉尼命令道，"怎么又是那个乌皮。"他乖乖地跟着我，嘴里一直在咬他刚刚一直在画画的笔。我随手摔上门，大步朝厨房走了过去。

"明天我不去学校了！"我宣布道。

起初，并没人注意到我。妈妈、爸爸和奶奶背对着厨房门，挨着彼此坐在小橡木桌边三张颤巍巍的折叠椅上。胳膊肘放在桌上，手掌撑着太阳穴，头深深地埋了下去，远远偏离了身体的重心，看起来仿佛就要离身而去。三人似乎正沉浸于某种神秘的集体仪式中，事关某个高深莫测的物体，我看不见，因为他们的身体挡住了视线。

我等待他们对我的决定做出反应。可是没有反应，只听到一个"嘘"声。我踮起脚尖，抻着脖子观瞧，只见桌子正中摆着家里的收音机。

"明天我不去学校了！"

我提高了嗓门，又朝前走了几步，手中的历史课本翻开在有总理照片的那页。拉尼猛跺了一下地板，同仇敌忾地望向我。爸爸的身体猛地一颤，转过头来，一脸破坏分子当场被擒时的慌乱神情。妈妈连忙关上收音机。可最后两个词还是被我听到了："政治多元化。"

"谁让你们离开卧室的？"爸爸听起来像是威胁。

"又是这个人。"我只管说我的，没理会他的责问，声调仍然很高,却开始有些发颤,"又是卖国贼乌皮。我明天不去学校了,再也不想浪费时间跟人家解释,我们跟那人毫无关系。我同所有人都讲过,都讲好多遍了,可他们还是会问,一定会的,就好像从来没听过,好像根本不知道。他们又会问的,总是那样,我解释的法子都用光了。"

每次历史课、文学课或德育课上出现与法西斯相关的内容,我都会把这套说辞搬出来用。可家人从来都不允许我因此逃学。我也知道,这次同样会如此。跟他们怎么都讲不通,感觉到来自朋友们的压力是什么滋味。跟朋友们也没法说清楚,生活在这么一个家庭是怎样的感受:在这个家里,过去似乎毫不相干,重要的是讨论现状,为未来做规划。当时我心中那种挥之不去的感觉直到现在才能说明白,那就是,事实上,我在家中和外面过着双重人生,而不是一种。两种人生有时互为补充、互相支撑,但多数情况下,都与我无法充分理解的现实相冲突。

我父母面面相觑。尼尼瞅着他们,然后转向我,用坚定但令人安心的口吻说:"你当然得去学校,你又没做错什么。"

"我们又没做错什么。"妈妈纠正道。她把手伸向收音机,意思是还要听。我如果再待在这间屋子里,很快就会不受欢迎了。

第 2 章　另一个叫乌皮的人　　027

"有问题的不是我，"我坚持说，"也不是我们。有问题的是那个卖国贼。要是咱家有个值得称颂的英雄，我就可以拿他出来在班上说，大家也就不会一门心思打听我跟那个乌皮的关系了。可咱家没有啊，不光咱家没有，整个大家族都没有，没哪个亲戚曾经努力捍卫过我们的自由。这个家里就没谁在乎过自由。"

"这你就说得不对了，"爸爸说，"咱家有人在乎自由。咱家有你啊。你就在乎自由。你就是一个自由战士。"

就跟此前无数次一样，这番对话就这样展开来：奶奶认为，因为一个姓氏就不去上学是不理智的，爸爸说了个笑话岔开话题，妈妈只想做回刚才的事，怪我不该打断了她。

然而这一次，接下来发生的事情出乎了我的意料。妈妈突然放开抓着收音机的手，站起身转向我说："告诉他们，乌皮没做错什么。"

尼尼皱起眉头，然后盯向爸爸，显得不知所措。他伸手拿起哮喘泵，想避开她的目光，转过头去看我妈，脸上写满了不安。妈妈狠狠地回视他，眼中闪着怒火，显然料到自己的举动会弄得大家措手不及。她不顾爸爸无声的指责，接着刚才的话头说：

"他没做错什么。他是法西斯分子吗？我不知道。也许吧。他捍卫自由了吗？这要看怎么说。人得活着，才会有自由。也许他只是想救人。阿尔巴尼亚跟意大利斗，胜算有多大？它在各方面都依赖意大利。流血有意义吗？法西斯早就掌握了我们国家，控制了所有市场。正是索古本人将所有主要国企的股份给了意大利人。早在意大利枪炮到来之前，意大利商品就运来了。我们的道路都是法西斯分子修建的。我们的政府大楼都是墨索里尼的建筑师建造的，要比他的官员占据这些大楼早得多。他们所谓的法西斯入侵……"

她顿了一下，说出"入侵"两字时，嘴唇撇了一下，露出讥讽的笑。

"不是说这些的时候。"尼尼打断了她的话，然后转向我说，"重要的是，你没做错什么，你没什么好怕的。"

"你说的'他们'是谁呀？"我问道，妈妈的话让我很迷惑，也很好奇。她说的事我完全不懂，但她竟然会加入讨论说了那么一大通，让我有点好奇。这般长篇大论，太不像她了。我还是头一次听妈妈发表政治与历史方面的观点。我一直不知道她在这些方面有自己的看法。

"他们说，索古是暴君，是法西斯，"妈妈不理会我的问题和尼尼的告诫，径自说了下去，"你服从于一个暴君，那反抗另一个又有什么意义？你誓死捍卫一个名存实亡的国家的独立，这又有什么意义？人民真正的敌人——别扯我袖子，"她叫道，停下来凶狠地盯向爸爸，爸爸离她很近，呼吸变得粗重起来，"他们说他是叛国者，这……"

"'他们'是谁啊?"我再次发问,越来越迷糊了。

"他们,他们是……你妈说的是修正主义分子。"爸爸连忙替她解释。他犹豫了片刻,也不知道接下来该怎么说,于是换了个话题,"不是跟你说待在卧室里反省吗?怎么出来了?"

"我反省过了。我不想去学校。"

我妈嘲讽地哼了一声,起身离开桌子,乒乒乓乓地收拾起罐子和平底锅,将餐具哐啷啷地扔进洗碗池。

第二天早上,尼尼没像往常那样叫我起床去上学,也没说为什么。我知道有什么不大一样了,头一天发生了一些事情,让我用新的眼光来审视自己的家和自己的父母。很难说发生的事是跟我同斯大林铜像的相遇、收音机里的节目有关,还是跟那位总理有关——那位我徒劳地无视他的功绩、他的死亡、他在我生活中的存在的总理。我想知道,为什么爸爸跟奶奶讨论抗议活动时,要压低嗓门说话。为什么他不说那些人是流氓?我还想知道,为什么妈妈要为一个法西斯政客的所作所为辩护。她怎么会同情一个压迫人民的家伙?

接下来的日子里,抗议活动如火如荼地进行着,连国家电视台也称之为"抗议活动"了。最初是由首都的大学生发起,现在已蔓延到全国。有传言说,工人们也准备走出工厂,加入街头的年轻人。最初这只是一波由经济不景气引起的骚乱，学生们表达对食物短缺、宿舍暖气太差、教室经常停电的不满。很快性质就变了样，人们呼吁变革，可是连呼吁者自己也不清楚，变革的实质是什么。知名学者，包括以前的党员，史无前例地接受了"美国之音"的采访。他们指出，将学生的不满简单归结为经济问题是错误的。

从小到大我一直以为，家人同我一样渴望为祖国效力，蔑视我们的敌人，会为家族没有值得纪念的战争英雄而苦恼。这一次感觉却不大一样。我就政治、我们的国家和抗议活动提出了一些问题，想知道要如何解释目前的事态，可得到的却是遮遮掩掩的回答，仅有只言片语。我想知道，既然诺拉老师总是说，我们国家是地球上最自由的国度之一，那为什么每个人都嚷嚷着要自由。我在家里只要提到她的名字，爸妈就会冲我翻白眼。我开始怀疑，指望他们来回答这些问题不大靠谱，再也不能信任他们了。关于我们国家的问题得不到答案还在其次，这会儿我开始为自己究竟生在一个怎样的家庭里感到困惑。我对他们产生了疑问，因为疑问，我对自我的认知也开始动摇了。

如今，我对当时懵懂不解的事情有所了悟。塑造我童年的种种范式、建构我生活的无形法则、我对那些用自己的判断塑造我世界观的人的看法，这一切的一切，在1990年12月都彻底发生了改变。如果说拥抱斯大林铜像的那天，我一下子变成了大人，意识到应该由我来认识自己的生活，这可能显得有些夸张。然而，如果说正是在那天，我失去了童年的纯真，想来应该不为过。我头一次开始思考，自由民主或许不是我们生活的现实，而是一种神秘的未来状态，对它我知之甚少。

奶奶总是说，当我们不知道如何思考未来，那就必须回顾过去。我开始回顾自己的成长过程，我是如何出生的、出生前的事情又是怎样的。我努力去核实此前可能弄混了的细节，因为当时年幼，记得不够准确。过去，我的故事我听过无数遍；它是不变的现实，虽然很复杂，但我渐渐在其中找到了自己的位置。这一次情况不一样了。这一次，故事没有固定的点，一切都得推翻重建。我的人生故事不是由任何特定时期的事件构成的，而是由对真正问题的追寻所构成，那些此前我从未想过要去追问的问题。

第 3 章

四七一：一份简史

我来自诺拉老师口中的"知识分子"家庭。"这个班里知识分子的小孩太多了。"她在学校常这么说，脸上隐隐流露出不快。爸爸宽慰我说："知识分子不过是受过大学教育罢了。为此烦恼大可不必。说到底，大家都是工人。我们生活的国家就是个工人阶级国家。"

照国家的说法，我父母上过大学，是"知识分子"，可两人谁也没能学自己心仪的专业。两人的经历都很令人困惑，爸爸的尤其是。他在理科方面颇具天赋，中学时就获得过数、理、化、生四科奥林匹克竞赛优胜奖。他希望继续研究数学，可是党却说，鉴于"出身"问题，他必须加入工人阶级队伍。家人常提到"出身"一词，可我从来都没有弄明白过。用到它的场合实在太多，想弄懂它在特定语境下的确切含义，实在是很难办到。如果你问我父母是如何相识、为何结婚的，他们会说是因为"出身"。妈妈准备申请工作的材料时，家人会提醒她："别忘了写你的出身，稍微详细一点。"如果我在学校交了新朋友，爸妈会问彼此："他们出身怎样，我们有数吗？"

出身被仔细地分为：好的与坏的，更好的与更坏的，清白的与有污点的，根正苗红的与根不正苗不红的，透明的与含混的，可信的与可疑的，值得铭记的与应该忘却的。出身可以回答各种各样的问题，它是基础，舍此，知识都将沦为观点。有些词的意思，你不要去刨根问底，那么做很荒谬。它们要么太基础，其意不言自明，与之相关的一切也都明明白白；要么，你大概会因为让人家看到，一个词你听了这么多年，却依然不明就里而自取其辱。"出身"就是这类词。这种词一旦给人说出来，你只好接受。

爸爸是家中独子，大名叫沙费尔，与那个阿尔巴尼亚叛徒同名，不过大家都叫他扎弗，这可救了他，不必每次自我介绍时为自己跟那家伙同名而道歉。扎弗是奶奶一手拉扯大的。1946年他三岁时，我从未见过的爷爷阿斯兰离开他们母子，去了某个地方上大学；这也成为他出身中的一笔。十五年后阿斯兰归来时，家人欢聚庆祝，尼尼特地涂了口红。爸爸从未见过他母亲涂口红，说不认识她了，她那样子就像个小丑，再也不要跟她住在一起了。然后，他跟自己的父亲大吵了一架。尼尼抹掉了口红,自那以后再也没有化过妆。随后的年月里,父子俩依旧争吵不休。父亲拒绝承认阿斯兰的权威,爷爷则嘲笑父亲,说他的意志力就好像"黄油",说他活得像头"快乐满足的猪"。尼尼喜欢一字不落地引述丈夫的话:"做个痛苦的人,也比做头快乐满足的猪强。"可我们也没见爸爸什么时候特别快乐满足过。相反,他会时不时深陷焦虑之中,通常是因为哮喘加重,但他会尽力去掩饰。

爸爸打小就患上了哮喘,那会儿当局要求他和尼尼搬离自己的房子,住进发霉的谷仓。这也成为他们出身中的一部分。我爷爷那会儿并不在,可后来他却指出,得哮喘的人有很多,爸爸不该总是抱怨。他还说,我们生活在社会主义制度之下,为此爸爸得天天感谢政府。如果生活在西方,爸爸肯定会流落街头,窝在桥下唱bobdylan[①]的歌讨钱。我对这些话也颇感困惑,一来从来没有人跟我解释过"bobdylan"是什么,二来爸爸五音不全,从没玩过乐器。他倒是很迷两件事,而且都试过要教我:一是如何"像小阿里[②]"那样跳舞,二是如何用"神奇的韦达定理"解代数题。前者是一套拳击步伐,可我刚觉得自己摸着点门道,训练就搞不下去了,因为爸爸有些呼吸不上来

---

① 即美国歌手鲍勃·迪伦(Bob Dylan)。
② 应指拳王阿里。

了。后者他一教就是连续几天，有时甚至是几周，而且我学得越挫败，他兴致越高。

爸爸出身之复杂，不是因为他们不让他上大学这事，而是他为何最终还是去上了大学。新学年开始前的几天，他来到了一个由医生组成的委员会面前。奶奶跟委员会的人说，如果不让我爸爸上大学，他会自杀的。闻听此言，委员会问了他几个问题，然后出具了一封信，便打发他回家了。那封信要求相关部门批准我爸爸入读大学。他不能学数学，因为学了数学就有可能成为教师，而因为他的出身，做教师是不可能的。他被安排去学林学，不过这对他来说显然还是个不错的结果，因为他后来再也没有企图自杀过，而是每天从卡瓦亚坐车去地拉那上班。卡瓦亚是他们家所在的小城，那里的很多家庭都与他们有着相似的出身。

数学是爸爸最大的热情所在之一，可对妈妈而言，世上没有什么比数学更可恶的了。说来也同样不幸，因为她大学不仅得读数学，毕业后还得在中学教数学。妈妈得到组织的信任，可以做教师，而爸爸却不能，这说明她的出身好过他的，虽然也只好了一点点，因为要是好太多，他们就不能与彼此结婚。妈妈喜欢席勒、歌德，喜欢去听莫扎特和贝多芬的音乐会，也曾跟访问少年宫的苏联人学弹吉他。不过，那是苏共二十大之前的事，当时苏阿两国关系尚未破裂。她获准学习文学,但她父母却鼓动她转专业,因为当时家里经济情况捉襟见肘,而学理科有可能拿奖学金。

妈妈家中兄弟姐妹七个,五个女孩,两个男孩,她排行第三。她母亲诺娜·弗齐是化工厂工人,她父亲我们都叫他巴希,是清理排水沟的。在我们家少量几张妈妈儿时的照片中,她看上去像根豆芽菜,弱不禁风的,眼睛下方黑着半圈,好像患了贫血。对于自己的童年,她绝口不提,想来一定是悲惨的;有一次爸爸提议要看电视上讲孟加拉大饥荒的历史纪录片,妈妈回应:"扎弗,挨饿是怎么回事我很清楚,没必要在电视上看。"对于电视,她基本上是充满敌意的。唯一让她破例的,是南斯拉夫台一部叫作《王朝》的剧,也不是说她有多迷那个剧情,她喜欢看的是剧中的室内装潢。她常常一脸向往地说:"真的太漂亮了,太太漂亮了。"

同妈妈家一起住且靠他们养活的,有她奶奶、外婆,还有她爸爸的表弟希森。他十三岁时父母双亡,被妈妈家收留了。妈妈很喜欢希森。战时,刚出生的她被从妇产医院带回家,希森拒绝叫她薇奥琪娅,说她跟洋娃娃一般美丽,于是她便有了"多丽"这个小名,[①]大家也都这么跟着叫。希森上过维也纳的寄宿学校,会教她跳华

[①] "洋娃娃"是"doll",多丽是"Doli"。——编者注

尔兹，用德语朗诵歌德的《魔王》。有时妈妈会在屋里边走动边朗诵："是谁深夜在风中纵马骑行？是那位父亲带着自己的孩子。"前面的问句她放声诵读，后面的回答则是压低嗓音说出的。我一直以为，这首诗讲的是一个孩子夜里无法入眠的事。直到某个冬夜，窗外狂风怒吼，我们围着炉火烤板栗吃时，她将那首诗从头到尾背诵了一遍，然后翻译给我们听。如今我想起最后两句，"回到家时他满心纠结与恐惧，男孩就抱在怀里，却已经没了呼吸"[①]，依旧会感觉脊背发凉。

妈妈和希森都热衷于用便条纸折轿车、小船、火车和飞机，折好后便幻想着送它们开启旅程。希森患有某种精神疾病，会频繁发作，发作后便会沉沉睡去，跟昏迷差不多。醒来时他只说德语，接下来会混杂一些阿尔巴尼亚语。等他恢复到能下床了，便会同妈妈画我们都拉斯镇的地图，特意在镇子周围画出一块块土地，给镇上的建筑和道路标上名字，然后折些纸船，声称船上装载着我们家的金银。每只船都以伊利里亚女王忒尤塔命名，这位女王曾派海盗与罗马人作战；不过，每只船有自己的编号，譬如忒尤塔一号、忒尤塔二号、忒尤塔三号。妈妈说，希森这么做是为他所谓的"和频时代[②]"做

[①] 原文为德语。

[②] 英文为"peacey"，是"和平"（peace）一词的错误变体，因为希森患有精神疾病，口齿不清晰。此处翻译为"和频"。

准备。他保证到了和频时代，我妈妈同兄弟姐妹们会搬入城堡，打扮得如同王子和公主，骑上赛马在自己的土地上漫游。每次希森跟她讲和频到来时会怎样，妈妈都会忘记自己已经一整天没吃没喝了。

希森还教会了妈妈如何下棋，家人鼓励她加入城里的象棋俱乐部，不仅能有免费的运动服穿，还能去外地参加比赛。二十二岁那年，她荣获全国象棋冠军，后来还连续几年卫冕。我记得她走在体育宫大厅时鞋跟发出的富有节奏的声音。她在那儿培训年轻的队伍，从一排桌子轻快地走向另一排，伴随她移动的，唯有摆在棋手间的木质大计时钟发出的嘀嗒声。每盘棋她都会看上几分钟，一语不发，如果瞅见有孩子要出昏着，便会伸出食指，对着即将被吃掉的马或象敲一两下，然后又踱到下一桌。鼓励我下棋时，她常说："这项运动很锻炼脑子。"而如果我瞅见她转而去关注其他孩子了，便会溜去另一个房间看人打乒乓。这每每都会让她觉得受到了冒犯。她总是说："象棋之美在于它跟你的出身毫无关系，一切全靠你自己。"

生病的时候，妈妈对身体变化的描述，往往会像描述行棋基本规则时那样，用语精确，语气却单调而不带感情色彩。她总是只说发生了什么，绝口不提自己的感受。她几乎不怎么抱怨，我也从未见她哭过。她身上散发着超级的自信与绝对的权威感。她是那种很享受这种感觉的人。她能以某种方式令人信服：谁质疑她的权威，就是在损害自己的利益。她从来都掌控着一切。说是从来，其实也有例外，就是生我的那次。本该入院的那天早晨，她将自己锁在浴室里，想将头发梳成前阵子在电视上看到的某位女士的发型。那位女士刚刚成为英国有史以来的第一位女首相。妈妈极少梳头，更别说做发型了，因此这个举动就算不能说明她很恐慌，也显示她前所未有地焦虑。

1979年9月8日，《人民之声报》报道了埃布尔·穆佐雷瓦[①]领导的罗得西亚种族主义政府对莫桑比克的袭击事件；抨击了美国核试验基地的最新核爆；着重报道了最近的一桩休斯敦警察的贪腐案，以彰显资本主义的腐朽；谴责了马德里纺织厂对童工的压榨。一篇长社论痛斥"美国之音"与"俄新社"是两个超级大国发动意识形态攻击的武器。外国新闻版面则刊载了一篇消息，呼吁国民与全世界各地的罢工浪潮同仇敌忾：鹿特丹港的海军工勤人员罢工了，英国莱兰的机修工人罢工了，秘鲁、哥斯达黎加和哥伦比亚的教师也罢工了。当天上午十点钟，我呱呱坠地。

[①] 埃布尔·穆佐雷瓦（Abel Muzorewa，1925—2010），津巴布韦政治家、津巴布韦浸信会会督，曾在1978年黑人民族主义者与伊恩·史密斯达成《内部解决》至1979年《兰开斯特官协定》签订期间任津巴布韦罗得西亚总理，为期数月。

我父母花了好几年时间才有了我。他们大约自1975年8月《赫尔辛基协议》签署就开始努力了，爸爸喜欢这样说。出生时，医生估计我的存活概率只有百分之三十。爸妈不敢给我取名，却因为医院给了我"四七一"这个编号而欣喜。死孩子是得不到编号的，既然我还没死，就有理由为生命而欢欣。

奶奶后来讲："我们伤心难过了好几十年，你的出生带来了希望。希望是争取来的。可有时候，希望会变成幻想，这是很危险的。归根结底，要看你如何阐释事实。""四七一"足以给家人带来希望，但也仅仅是希望而已。

我自降生的那一刻起，便与妈妈分开了。她住进产科病房，到手术创伤恢复后才离开。我则给送入另一家医院，身上连上了各种仪器设备，可情况却无丝毫改观，于是奶奶一咬牙，申请带我出院回了家。我离开婴儿保育箱时已经五个月大了，体重却不足三公斤，如同新生儿一般，存活概率已经上升到百分之五十了。爸爸后来开玩笑说："你关在那里的时间，跟美国外交官被囚禁在德黑兰的时间差不多。如果不是尼尼坚持要接你回家，你这个小人质会待得更久些。"对我们家的出身而言，奶奶的申请获批算是个吉兆。

我出生后最初的几个月，爸爸从一位前合作社工人手上租来的单间卧室给改造成了特护病房。他从园子里搬来木柴让炉火一直烧着,妈妈熬夜为我缝制衣服,奶奶给能看见的一切消毒:餐具、剪刀、锅碗瓢盆,连不相关的物件,如锤子和钳子也不放过。来访者除非戴了口罩,否则一概免入,不过因为口罩稀缺,很快来访者便销声匿迹了。

"换了是生在别人家,她肯定熬不过来。"定期来给我做检查的埃尔维拉医生说。我周岁生日那天,他祝贺道:"恭喜恭喜!再也不用叫她'四七一'了。瞧瞧这胖乎乎的脸蛋,不如叫她'酿青椒'。"

我小时候一定注射了什么特异免疫加强针,除了刚出生的那几个月,后来几乎没生过病。作为一个孩子,我几乎不生病,以至于都崇拜起疾病来,认为康复就是种奖品,只颁发给少数被选中的人。我总是很纳闷,要克服怎样的挑战,才能有幸发高烧、咳到胸口疼,或者只是得个普通的喉咙痛。每次班上同学一个接一个地感染上疾病,我都会问那些刚休完病假的孩子能不能多抱他们几下,盼着自己能染上他们生的病。极少的几次,我成功染上了病。我待在家里,啜着月桂茶,同时央求奶奶给我讲"四七一"活下来变成"酿青椒"的故事。"我的出身是怎样的呢?"我好奇地问。她总是先说"你是早产儿。"然后她接着道:"我们还没准备好呢,你就急着要出来。除此之外,到目前为止你的出身堪称完美。"

直到伊洛娜的母亲去世——她当时面临的情况与我

们母女极其相似，不同的是，我们都活了下来——我才意识到，事情本可能是另外一种模样。我开始觉得也许我的生命是一个充满奇迹的冒险故事。可尼尼从不承认它是个奇迹，总是拒绝接受会有另一种结局的可能性。谈起我生命最初的几个月，她将因果关系捋得清清楚楚，听上去更像是条分缕析地讲解科学理论，是对自然法则的重述，而不是描述可能另有结局的事件。成功总是因为正确的人做出了正确的选择，为理所应得的希望而战，能够正确阐释眼前的事实，区分什么是希望，什么是幻想。

最后，奶奶说，命运总是掌握在自己手里。"出身"对于一个人明白自己所在世界的局限很重要。一旦认识到那些局限，你就有了选择的自由，要为自己的决定负责。有得也有失。你得学会胜不骄败不馁。就像母亲常常描述的象棋着数那样，你如果熟练掌握了规则，要怎么玩就由你决定。

第 4 章
恩维尔伯伯永远离开了我们

"出大事了！"我们幼儿园老师弗洛拉一边说，一边催促所有五到六岁的孩子坐到摆成半圆形的彩色小木椅子上。那天是 1985 年 4 月 11 日。"恩维尔伯伯，他，他，永远，离开了，我们。"说出这几个字的时候，她仿佛已经气息奄奄，在挣扎着说出最后一句话。随即，她跌坐到其中一张小椅子上，一只手捂着左胸口，仿佛心脏很痛，头缓缓地摇动着，深深地吸气、呼气、吸气、呼气。随后便是长久的沉默。

不久后，弗洛拉带着巨大的决心站起身来，揉了揉眼睛。在这几分钟的沉默中，她变成了另一副模样。她面色肃穆地说："孩子们，注意听好了，接下来的话你们得听明白，这很重要。恩维尔伯伯去世了，但他的事业还在，党也还在。我们要继承他的事业，以他为榜样。"

那天，我们就死亡问题说了很多。我朋友玛西达的父亲是个鞋匠,但她爷爷在宗教活动遭到废止以前是本地清真寺的阿訇。她说以前的人相信,人死了并不是真死。我们其他人说,当然了,我们当然没死。我们的事业同恩维尔伯伯的一样,将继续下去。

但玛西达连忙解释,说她不是这个意思,不是说我们死了,但事业将继续下去。她的意思是,人死后,会有一部分继续存在,会去往另一个地方,全看你活着的时候是怎么做人的。至于那个部分叫什么,她想不起来了。这都是她爷爷跟她讲的。

我们哪里肯信。去另一个地方?我说:"人死了还能去哪儿啊?死了就动不了了,直接就给放进棺材了。"

"你亲眼见过死人吗?"玛西达问。

我说没有,不过棺材是见过的,还见过棺材去了哪里,用绳子送入很深的地下。是周日去公墓给爷爷扫墓的时候见到的。我还见过小孩子的墓。有一次,我拿从地上捡的一片玻璃去划了大理石墓碑,奶奶见了还训了我一顿。墓碑上嵌了一张黑白照片,上面是个笑眯眯的小姑娘,扎着条长长的发带,跟我的那条倒有点像。她是从树上掉下来摔死的。尼尼说会设立公墓,就是为了让我们知道,逝去的亲人在哪里,这样就可以去扫墓,跟他们说我们如何继承了他们的事业。

玛西达说她也见过棺材,而且见过好多次。她不但见过给成人的棺木,是黑色的,有一次还见过一口小棺材，是红色的，比其他的要轻，只需要一个人就能抬。

这时，一个年纪稍大的朋友，碧莎，也加入了谈话。她还真见过死人，是她叔叔。她透过钥匙孔往屋内瞅，看到叔叔的尸体躺在那儿，等着有人清洗，然后给他穿上最好的衣服再成殓起来。棺材就放在那里，盖子打开了，一切都准备就绪。他纹丝不动地躺在沙发上，面色惨白，头上还留着血迹，因为他是干活时从电线杆上摔下来的。她说："我婶婶抱怨，事情发生后，没人帮他合上眼睛，这下他身体的任何一个部分都别想去任何地方了。"

"是啊，"我点头道，"我奶奶说，人死下葬后，虫子会吃掉他们的身体，然后身体会融进泥土里，变成肥料，给其他东西提供生长所需的养分，比如花啊植物啊什么的。他们哪儿都去不成。"我这样坚持道。

"还有，死人会发臭。"碧莎补充道，"我叔叔死的时候，我听婶婶说，葬礼得赶紧安排，不抓紧入土的话，尸体会臭掉的。"

"好恶心！"我说，"有次停电，我家冰箱里的意大利腊肠就臭掉了。那味道可冲了。爸爸都用衣服夹子夹住鼻子在屋里乱跑起来，嘴巴大张着想喘上气，同时高喊着'救命啊，救命啊'。"

大家咯咯地笑起来。弗洛拉老师听到笑声，就罚我们站到屋角去反省，她说，在这样一个举国哀悼的日子，我们怎么笑得出来。回家后，我跟奶奶说恩维尔伯伯死了，而我因为冰箱里坏了的腊肠，给罚站墙角了，我禁不住淌起了眼泪。我不知道自己为什么哭，也许是为在错误的日子挨批评感到尴尬，也许是为失去恩维尔伯伯而悲伤，也许两者兼而有之，也许是因为别的不相关的事情。

那是我生命中第一次讨论死亡及死后的事，几年后上小学时，同样的谈话再次上演。诺拉老师说，在旧社会，人们聚集到叫作教堂和清真寺的高大建筑里唱歌诵诗，那都是献给被他们称作神的某个人或物的，我们可得仔细将神跟希腊神话里的神，比如宙斯、赫拉和波塞冬区别开来。谁也不知道那个唯一的神长什么样，不同的人有不同的说法。比如，天主教和东正教相信，神有个半是人类的孩子。其他人，比如穆斯林，认为神无处不在，从最小的物质粒子到整个宇宙中都有。还有一些人，比如犹太人，认为神会创造一位王，王会在时间的尽头拯救他们。他们承认不同的先知。过去，宗教派别间拼死相斗，为争论哪方先知说得有理，屠杀残害无辜的平民。不过，我们国家的情况不是这样。在这个国度，天主教徒、东正教徒、穆斯林和犹太人相互尊重，他们虽然很在意彼此对神真容的不同看法，却更在意这个国家。之后党上台了，更多人学会了读书写字，他们越了解这世界是如何运作，就越发现宗教是一种幻觉，是富

第 4 章 恩维尔伯伯永远离开了我们

人权贵给穷人提供虚假希望的工具,许诺他们来世能获得公正与幸福。

我们问她,人死后会有来世吗?

"没有。"诺拉老师说,带着她标志性的坚定口吻。她解释说,所谓来世,都是编造出来的,好让人们在这仅有的一世,停止为自己的权利而奋斗,这样富人就会从中获利。

资本家自己不一定信奉神,却希望保留它,因为有了它,剥削起工人来就会容易得多,而且,这帮家伙造成的苦难也就可以怪罪给一个魔法般的存在,让自己摆脱干系。可人们一旦学会了读写,加上党的指引,便不用再依赖神,也不会再有任何其他迷信,譬如邪恶之眼,或者随身携带大蒜可以辟邪——这些都会让人们以为自己被各种超自然力量控制了,无法自由选择,去做正确的事情。所幸,有了党的帮助,我们终于明白,神只是人的造物,其目的是让我们对那些宣称自己有能力传译神的语言,或者阐释其律法的人心生恐惧,对他们产生依赖。

诺拉老师说:"但当初要完全摆脱神可是很费劲的。一些人,也就是反动派,依旧信仰他。后来,党变得强大了,能与反动派一决高下,就有人自发将所有宗教礼拜场所变成青年人培训和发展的地方。教堂变成了体育中心,清真寺变成了会议厅。"诺拉老师总结说:"这就是为什么我们不仅没了神,也不再有教堂和清真寺了。我们把它们都消灭了。"她稍稍提高了声音:"我们绝不能回到那些落后的风俗中去。任何地方都没有神。没有神,没有来世,没有灵魂的不朽。唯一永存的,是我们的功业,是我们创造的业绩,是留给后人替我们继续追求的理想。"

放学回家的路上,路过党总部大楼,抬头看看其中的一扇窗时,我有时会琢磨诺拉老师说的话。我抬头看窗是出于本能,因为每次我同妈妈走过那栋大楼时,都会见她抬头望过去。我是在重复她的动作。不知出于什么原因,我将党的总部与神联系在一起,与来世联系在一起。这一切始于那次周日例行出游,回家的路上,我骑车跟在爸妈后面,听到妈妈小声对爸爸讲:"不,不是摆着花盆的那扇窗,是那边那扇。那人喊了声'真主伟大!'。"

"真主伟大。"她又说了一遍。

"那人是谁?"我一边踩单车,一边问道,"'真主伟大'是什么意思呀?"

爸爸猛地回过头,回答道:"没什么,什么意思都没有。"

"你们刚刚说了'真主伟大'。"我不肯罢休,猛蹬几下赶了上去,停车截住了他们。

爸爸显然恼了,说:"偷听大人谈话可是顶糟糕的习惯,'真主伟大'是过去信神的人说的话,是承认和赞美他的伟大。"

"你是说跟'共产党万岁'一样吗?"我问道。

"神跟党可不一样,"爸爸解释说,"'真主伟大'是穆斯林祈祷时说的。你应该知道有不同的宗教信仰吧,诺拉老师在德育课上给你讲过吧。'真主'是阿拉伯语中的神。"

"我们家认识什么人以前是穆斯林吗?"

"我们就是穆斯林。"妈妈回答,看见我鞋子上有泥巴,便从包里扯出一条手帕擦掉了。"我们过去是穆斯林。"爸爸纠正了她的说法,"以前,阿尔巴尼亚人大多都是穆斯林。"

我问穆斯林是否相信来世。妈妈一边点点头,仍弯着腰用力擦拭我的鞋面。

"那他们就跟所有信各种神的人一样愚蠢了。"说罢,我挣脱了妈妈的手,全速向前骑行而去。

每次放学经过总部大楼,我都会想到那个在五楼窗口高喊"真主伟大"的人。我常想,这些宗教狂虽然对神长什么样各持己见,却都相信我们的某些部分会超越死亡而继续存在,这多奇怪啊。如果说有什么能让我们这些小孩相信,宗教是非理性的、信仰神的存在是荒谬的,那就是人在这一世之后还有来世的观念。在学校,老师教我们从进化的角度看待发展与衰亡。我们透过达尔文的视角审视自然,透过马克思的视角看待历史。我们对科学与神话、理性与偏见、明智的怀疑与教条的迷信做区分。我们学会相信,通过我们的共同努力,正确的观念与追求将长存下去,而个体生命,就像鸟类、昆虫和其他动物,必将走向死亡。那种认为人类的命运理应有别于自然界的其他部分的观念,是不顾科学与理性,向神话与教条俯首称臣。科学与理性才真正有用。只有借助它们,我们才能揭示自然与世界的真相。我们知道得越多,就越能阐释并掌控那些一开始看似神秘的东西。

恩维尔·霍查去世的那天,我记得自己泪眼婆娑地对尼尼说:"你明白吗?恩维尔伯伯永远离开了,但他的事业将永存。可我想见他一面,这愿望永远不能实现了。"

奶奶催我吃午饭。她不停地夸自己做的馅饼①如何好,说:"我自己尝了尝,很美味的。"

我不明白,这样的日子她怎么还吃得下东西。怎么还能想到吃的呢?我太伤心了,一点都不饿。恩维尔伯伯永远离开了我们。他所有的书我都喜欢,可惜永远不会有他的签名了。我家客厅里连他的一张照片都没有。我会很想他的。我大声说:"我会从他写给少先队小朋友的书中剪张照片下来,裱起来,放在床边。"

尼尼没有继续催我吃午饭。她说:"你说得对。我也

---

① 原文为"byrek",土耳其的一种薄饼,馅料为肉。

不饿，只是勉强吃了几口。"不过，她坚决不许我剪照片。"这个家从不糟蹋书的。"

葬礼在几天后举行。好一段阳光灿烂的日子后，淅淅沥沥下起了小雨。我们盯着电视屏幕，只见成千上万的人站在地拉那主街两侧，目送送葬队伍：士兵们眼含泪水，老妇人绝望地悲号着，手抓着脸，大学生眼神空洞地盯视前方。伴随这些画面的是一首交响进行曲。记者只说了几句话，语速缓慢，有如一位可怜的西西弗，在推着巨石上山的同时，还被安排了报道的任务。"失去我们时代最伟大的革命者之一，就连大自然都为之垂泪。"他说，随之便是长久的停顿，只能听到葬礼进行曲的旋律，"每当恩维尔同志5月1日出现在主席台上时，天气都为之一变，太阳穿破云层而出。今天，连天空都在哭泣。雨水与人民的泪水齐洒。"

我们一家人沉默地观看着。

"全国人民都在哀悼，他们失去了自己最杰出的儿子，当代阿尔巴尼亚的奠基者，组织抵抗意大利法西斯的睿智战略家，击败纳粹的杰出将领，引领我们规避了机会主义与宗派主义错误的革命思想家，成功抵制了南斯拉夫修正主义者兼并我们亲爱祖国的企图的豪迈政治家，从未中过英美帝国主义的圈套，也从未向来自苏联的修正主义压力低过头。"电视镜头聚焦到棺木上，上覆一面大大的阿尔巴尼亚国旗,然后镜头转向政治局委员写满悲戚的脸,接着又转向新任总书记,他即将发表讲话。音乐继续着。主持人再次停顿后,重新恢复了力量,说:"恩维尔同志不但为祖国做出了贡献,也为国际无产阶级的团结做出了贡献。他清楚,前进的唯一道路是民族自决,同时要与社会主义的内部和外部敌人做不懈的斗争。恩维尔同志如今离开了我们,没有了他,我们将继续斗争。我们将永远怀念他天才的引导、睿智的话语、革命的激情、温暖的笑容。我们将永远怀念他。失去他,痛苦是巨大的。必须学会将悲痛化作力量,但那是明天的事,不是今天,因为今天我们痛彻心扉。"

"我想起来了!"妈妈突然打破了沉默,"我一直在想到底是什么。是贝多芬的第三交响曲。我说的是葬礼音乐。是贝多芬。"

"不,才不是呢,"爸爸立刻反驳,好像一直在候着妈妈这句话,"是那位阿尔巴尼亚作曲家的。具体是哪个,我想不起来了。不过我肯定听过,并不是首新曲子。"他补充道,很是激动,只有当可以跟妈妈唱反调的机会来临时,他才会有这种表现。

"扎弗,你知道什么呀!"妈妈说,"你根本就是个乐盲。你还记得上次去听古典音乐会是什么时候吗?你只会听收音机里体育节目的配乐。葬礼的背景音乐,就出自贝多芬第三交响曲《英雄》的第二乐章,叫作'葬礼交响曲'。"

他正欲再次反驳，尼尼却出言相阻，说妈妈是对的。"是贝多芬为致敬拿破仑而创作的交响曲，我也听出来了，阿斯兰活着的时候很喜欢。"每次一提到爷爷，家里的争论便会消停。

"你们真会带我去祭拜他的墓吗？"我问，眼里含着热泪，瘫坐在屏幕上移动的画面前，心想为什么家人都没哭，而是在讨论音乐。

"这个周日吧。"奶奶有点心不在焉地回答。

"这个周末就允许祭拜了，有这么快吗？"

"恩维尔伯伯的墓可没这么快，不会的，"尼尼纠正了自己，"我还以为你是说爷爷的墓呢。"

"接下来的几周，所有工作单位都要到恩维尔同志的墓前致敬。"爸爸说，"等轮到我们单位，就带你一道去。"

接下来的几周，我一直盼望着能去祭拜。结果一天下午，爸爸下班回家跟我们说他去了地拉那，去拜了恩维尔伯伯的墓。"你都去过了？"我既愤怒又失望地问，"说好了带我去的，你说话不算话！"

爸爸满怀歉意地说："我倒是想啊，可一大早就出发了，要赶头班火车。我去叫你了，你还在睡呢，根本没听见。尼尼也去叫你了，可你只是动了动，翻了个身。时间不等人，我只好走了。别纠结了，酿青椒，肯定还有机会的。"

我岂是这么容易被安抚的,哭着鼻子说,爸妈明摆着不像我那样爱恩维尔伯伯,也许根本就不爱。他们还说那天早上叫过我,简直是一派谎言。如果他头天晚上跟我说明天一早要去扫墓,那我肯定连觉都不会睡,会直接从床上蹦下来。问题是,他们根本就没当回事:既没把给恩维尔伯伯扫墓当回事,也没把在客厅摆放他的照片当回事。我早就说要张裱好了的恩维尔伯伯的照片,都说一百万遍了,可他们一张都不给。我所有朋友的书架上都摆着恩维尔伯伯的照片;碧莎更是不得了,有一张她坐在恩维尔伯伯腿上的大幅照片,是最后一届人民代表大会期间拍的,当时她为伯伯献上了一束红玫瑰,还朗诵了一首歌颂党的诗。而我从没去过什么人民代表大会,我们家什么都没有。

爸妈努力温言相慰,说他们同我一样爱党,爱恩维尔伯伯。客厅少了照片,只是因为照片拿去放大了,还没弄好。妈妈补充说,我们需要一个真正的漂亮相框,那得定制。艺术品商店里只能买到普通的木相框,那哪里配得上恩维尔伯伯。"我们这不忙着找吗?"爸爸加重语气说,"本来打算生日时给你个惊喜的。"

我摇头表示鬼才信,边擦眼泪边说:"我知道,你们不会为了我的生日这么做的,你们会忘记。你们不爱恩维尔伯伯,显然不想他,要是想他,早就会有张小照片了,还会去买张大的。"

爸妈似乎大吃一惊,面面相觑。"跟你说个秘密,"尼尼说,"我见过恩维尔伯伯,那是很多很多年前的事了,当时我跟你爷爷都还年轻。你爷爷跟他是朋友。你看,我们曾经是朋友,怎么可能不爱他呢?"她答应我,哪天找出他们的信给我看。"不过,"她说,"作为回报,你也得答应我,从今往后,绝不再跟我们,也不跟外人说我们不爱恩维尔伯伯、不想念他。你发誓,好吗?[1]"

---

[1] 此句原文为法语。

第 5 章

可口可乐罐

我的家人都觉得,有些规矩比其他规矩更重要,有些承诺会随着时间的流逝失效。在对这一点的认识上,他们与其他人、与这个社会,甚至是这个国家的其他人没有什么差别。成长的挑战之一,就在于发现哪些规矩会随时间而淡出,哪些会被更要紧的义务取代,而哪些又会保持不变。

就说购买日杂用品吧,总是要排队。送货卡车到来前,大家就已经排好了。按规矩,你得乖乖排队,跟店主有交情自当别论。这是基本规矩,但也有空子可钻。你如果要离开一下,只要能找到合适的东西在那儿占位,别人也没有意见。这东西可以是旧购物袋、金属罐、砖头或石块。但随之而来又有一条规矩,大家都热烈支持,而且立即生效,那就是一旦货品送达,留在那儿代表你的东西便立时失效,不管它是购物袋、金属罐、砖头,还是石块。袋子就只是袋子，再也代表不了你。

队伍分为两种，一种会安然无事，一种总是有点什么事发生。第一种，秩序可以托付给物品来维持，后一种，队伍总是活跃、喧闹、躁动的，大家都必须在场，挥舞着胳膊，挪动着双腿，想尽力瞅见柜台，看看刚到的货还剩多少，而店主则会向队伍里张望，看有没有熟人需要优先照顾。

摸索排队门道的那段时间，我曾问过为什么得在奶酪队里留块石头，再跑去煤油队里放个罐子，明明两个队看上去都还好。听了解释我才明白，队伍可能要排上一整天，有时会排一整夜，甚至一连好几天，所以必须祭出购物袋、罐子或大小合适的石头，分担一下主人排队的辛苦。占位的物品通常有人看着，大家轮流确保袋子、罐子或石头不会给人偷偷挪开，或被不讲规矩的人换掉。这个系统绝少会崩溃，可一旦崩溃便会爆发争执，人们恶语相向，场面变得极其难堪，队伍也会变长。两块石头外观相似，网兜被人无耻地换成了麻袋，煤油罐没来由地大了一号，人们会为这些问题激烈地争吵起来。

排队时对他人彬彬有礼，联手维护队伍的秩序，都有可能标志着长久友谊的开始。排队时遇到的邻居、共同担任纠察队时结识的朋友，很快就会成为你遇到各种困难时求助的人，比如家里老人生病、无人照看孩子的时候，蛋糕做到一半发现糖用完了的时候，或者需要交换食品代金券的时候，因为某种食品你囤了不少，而另一种则已经用光。凡事都要依仗邻居朋友。只要有需要，我们都会直接去敲别人家的门，任何时间都行。他们就算没有我们要的东西，或者帮不上什么忙，也会拿出替代品，或者建议去别家，也许别人能帮上忙。

遵守规矩与破坏规矩间的微妙平衡也存在于其他场合。比如，当你到幼儿园或学校时，身上穿着皱巴巴的校服，或者比这个更糟，上面有污点；理发师或父母给你理了个疑似具有帝国主义风格的发型；你的指甲长得过了头，或者涂成了离经叛道的修正主义颜色，如深紫色。后来我发现，这个原则也适用于更宽泛的问题，比如男女是否真的平等，低级干部和高级干部的观点是否同样重要，开党和国家的玩笑多大程度上会带来严重后果。就我而言，那就是，可以与谁交流家里客厅里摆了或没能摆谁的照片。

诀窍向来在于：要清楚哪条规矩依然有效；以及，最好要知道，它是否会随着时间的流逝变宽松，是否跟你想的那样不容亵渎，是否在有些方面极为严苛，在其他方面则可以马虎——如何洞悉其间的差异，免得明白过来时已经太晚。对我们小孩来讲，对遵守规矩与破坏规矩之间的微妙界限了然，是成长、成熟、融入社会的真正标志。

具体到我自己，1985年8月的一个夜晚，我发现，我曾答应父母绝不透露他们无意摆照片怀念领袖的秘密，这个承诺我要严格遵守，其他诺言都变得无足轻重。当时夜已深沉，那天我大半时间都待在帕帕家花园里一棵无花果树的树顶。

帕帕家是和我们关系最近的邻居，夫妻两人都六十四五岁。我出生时，他们的孩子都已长大离家。我妈妈与那家的夫人多尼卡曾联手对付一个她们觉得企图抢占煤油队里的位子的女人，因此成了朋友。同我妈妈一样，多尼卡很少相信别人。第一眼看到她，你会觉得她很凶。她个头不高，圆滚滚的，经常跟邻居吵嘴，出了名地对孩子不好，不过对我总是分外和蔼。退休前她在邮局上班，大半生都对着破电话"啊喽，啊喽！"地嚷嚷，结果养成了习惯，会将每个元音都发成"啊"，每个词尾都拖得老长，仿佛是在拉响警铃：啊啦，啊啦，啊啦。她叫我妈妈多丽时，便是"达拉，达拉，达拉"。[①]

多尼卡的丈夫米哈尔是干部，在本地极受尊敬，留着浓密的髭须，有点像斯大林。米哈尔打过仗，消灭过很多敌人，荣获了十几枚勋章，可他自己似乎并不引以为豪，我倒是很喜欢拿来把玩。他讲过一个故事，很是令我着迷：他曾击毙过一个叫汉斯的纳粹士兵，那是个金发

---

① 把多丽（Doli）的元音发成a，变成了（Dala）。——编者注

的小伙子,在他奄奄一息的时候,米哈尔拿来水,要帮他洗去嘴边的血迹,可汉斯拒绝了,嘴里还不停地咕哝着"希特勒万岁"。我央求米哈尔描述一下他是怎样杀死汉斯的,可他更愿意讲自己对那人的最后印象:他稀疏的髭须,还没完全长好。他接着说:"我的髭须也没怎么长好。"令我困惑的是,说到汉斯时,他几乎是满怀感情,似乎那是个失联已久的朋友,两人曾共同拥有过美好的回忆,他不再是自己夺去了性命的死敌。

帕帕夫妇经常借钱给我们,爸妈与奶奶外出时会照顾我,也有我们家的备用钥匙。我在他们家的花园里度过了漫长的夏日黄昏,从葡萄藤上摘葡萄吃,然后同他们一起吃晚饭。米哈尔会让我浅尝一下他的雷基酒,还会让我戴上他从前打游击时的军帽,从饭桌上跳下来。从花园望出去,可以看见景色壮丽的大海,园子里那棵高大的无花果树结着美味可口的果实。米哈尔对我说,爬上那棵树便能看见落日,数进出港的船只。可我总是不乐意爬,因为总会想起爷爷墓边埋的那个从树上掉下来摔死的小女孩。

然而,1985年8月末的那天,我鼓足勇气爬上了树,而且一直爬到了树顶,不过不是为了看日落,也不想数进出港口的船只。我是在抗议。整个夏天,我们家和帕帕家都不跟对方讲话。6月末,我妈妈跟多尼卡闹掰了,后来甚至把两家人都卷了进去,到最后,我们家只有我还会跟他们讲话。

闹掰的因由是一只可口可乐罐。6月中的一天,妈妈从学校同事手里买来一只空罐子,花的钱足够从友谊商店买一幅民族英雄斯坎德培的画像。整个下午,她跟奶奶商量来商量去,看该把罐子放在哪儿,因为罐子是空的,要不要从花园剪来新鲜玫瑰点缀一下。不过她们还是觉得,点缀玫瑰这个主意虽然很新颖,但花会喧宾夺主,让人注意不到罐子的美,于是两人决定不加装饰,将罐子放在家里最漂亮的那块刺绣上。

这番讨论后没过几天,罐子失踪了。随后,它出现在帕帕家的电视机上。

帕帕夫妇可以出入我家,知道爷爷那件旧外套口袋里放着家里所有的钱。他们还帮我们拿到了许可,让我们可以给房子加建房间。我有种感觉,对于我们的出身,他们也知道不少,至于知道什么我从未问过,我还不大明白出身的含义,不想让自己出糗。米哈尔在本地干部圈子里依旧活跃,总会帮爸妈解决一些机关的麻烦事,也会在中央和地方党委会议上为他们说话。

地方党委会人人都得参加,这是义务,但党员可不是人人能当的,只有出身清白的才行。我父母不被允许入党,而米哈尔却是老党员,他对入党候选人的优点的看法还是很有分量的。有一次,他差点就让一位叫薇拉的邻居没入成党,因为有次党委会开会,她说我家人周日总找借口，不参加卫生大扫除，是反动分子。理论上讲，周日扫除是可参加可不参加的，可规矩明面上这么说，你实际上却不得不做。这样的情况不在少数。爸妈刚搬来这一带住的时候，听说大家最好还是去扫除，还绞尽脑汁想弄明白其中的真意。他们没过多久就搞懂了。

我家与帕帕夫妇经常会来往：周日一起清扫街道，遇到其他邻居有婚丧嫁娶之事时，就一道帮着张罗。婚礼通常在人家的花园里举行，受邀的宾客常常有好几百人。每个人都会被动员起来，有的帮厨，有的从附近学校搬来桌凳，有的布置乐队演奏的地方，而音乐常常会响到深夜。我们两家人总是会一道搬来长条凳，挨着彼此坐下，享受着婚礼晚宴，同众人一起欢庆。孩子们一直要熬到黎明时分，唱啊跳啊，欢乐的气氛达到顶点时，宾客们凑到新娘附近，挥动着一张一百列克的纸币，舔一下再贴到她额头上，风俗是这样的。每一次，米哈尔也会将纸币贴到我前额上，说我舞跳得比新娘好，人也比新娘聪明。

暮夏时节，妈妈会与米哈尔一起凑原料酿雷基酒。从蒸馏经过发酵的葡萄，到等待酒液从管口滴落，尝尝是烈是淡，在那样的漫长日子里，他们会一边忙，一边聊起旧日时光。我曾听见妈妈提到30年代我们镇港口的情况，还跟米哈尔讲，她家最大的那艘船如今还在运输出口物资。我听糊涂了，过后便问米哈尔是什么意思。

可他却说是我听错了，说他们讲的是柳条箱，不是船①，然后便问我要不要上桌跳舞，他边欣赏边吃开胃点心。

我说这些，就是想强调，被偷的如果不是只可口可乐罐，妈妈做梦都没想过要指责帕帕夫妇偷东西。那年头，这罐子是个稀罕物，对它有什么功用大家知道得就更少了。它是社会地位的标志：如果谁能有幸弄到这么个罐子，便会摆在客厅里炫耀，通常会放在盖着绣花桌布的电视机或收音机上，旁边一般摆着恩维尔·霍查像。没有这个可口可乐罐，各家的房子都是一般模样，刷成同样的颜色，摆着同样的家具。然而有了它，有些东西就变了，而且不只是看起来变了。两家人互生嫉妒，怀疑的情绪开始冒头。信任最终崩塌。

"我的罐子！"那天妈妈去还借多尼卡的擀面杖，瞥见一个红色物体立在她家的电视机上，于是大叫，"我的罐子怎么会在这儿?!"多尼卡眯缝起眼睛，仿佛没瞥见妈妈指向罐子的食指，又或者不敢相信眼前的情形。她不无骄傲地答道："那是我的，前些日子刚买的。""那是我前些日子刚买的，"妈妈反唇相讥，"瞧瞧如今落到哪儿了！""你是说我偷了你的罐子喽?"多尼卡毫不示弱地逼问道。"我只是说，你的罐子实际上是我的。"妈妈回击道。

---

① 柳条箱（arka）与船（varka）音近。

那天，妈妈同多尼卡史无前例地吵得不可开交，从电视机前，一直吵到外面的路上，两人尖声飙着脏话，手里挥舞着擀面杖，四周围满了看热闹的人。多尼卡嚷着说，妈妈就是个披着教师外衣的资产阶级分子，妈妈也嚷了回去，说多尼卡只是个披着邮局员工外衣的乡巴佬。过了一会儿，有人找来一位证人，是附近卷烟厂的员工。那人证实，妈妈买罐子的第二天，她卖了个空罐子给多尼卡。

听到这话，妈妈向多尼卡郑重道了歉。多尼卡和米哈尔很受伤，不肯接受。他们转身回了自己家，从此，早晨再也不从窗口喊爸妈过去喝咖啡了。买东西时碰巧排同一队，他们也当没看见对方。有一次，多尼卡甚至装作不认得妈妈用来占位的漂亮大石头，即便那石头本是她家花园里的。我们一直没发现是谁偷了我家的可口可乐罐。不过我们都觉得，无论它如何给客厅增色，再买一个也不会安全。借此机会，我提出要买一张恩维尔伯伯的照片，摆在电视机上，就在原来放可乐罐的地方——可爸妈又一次没有搭理我。

那年夏天，帕帕夫妇还是会让我到花园里爬树，却不会再邀我吃晚饭。我问米哈尔能不能玩他的勋章和游击队军帽，他说下次再玩吧。一天，我无意间听到他对多尼卡说："这事关乎尊严，他们践踏了我们的尊严。"我开始怀疑，真正让他们气恼的，不是他们因为一个可乐罐而横遭指责；有别的更重要的原因，是我父母拿什么都无法替代、无法弥补的。我的心都碎了。排奶酪队时，多尼卡默然从妈妈身边走过，我心里便堵得要死。我怀念她煮好咖啡，从窗口喊妈妈时尖细刺耳的嗓音：达拉，达拉，卡发①，卡发。爸妈也很伤心，只是不知道还能说些什么以表达歉意。

就这样过了几周，我觉着得自己出马解决这个问题。我拿定主意，藏进帕帕家的花园，假装走失了，这样爸妈就会四处找我。我估摸着，帕帕夫妇如果看到整个街区都动员起来搜寻我的踪迹，看到爸妈找不到宝贝大女儿心急如焚，或许也会一起找找，两家人会重归于好，就像以前一起完成清扫任务或者婚礼上坐同一张桌子一样。

这招奏效了。到处搜了几个小时后——除了那棵无花果树的树枝，他们觉得我绝不会爬上去——奶奶都要绝望了。爸爸漫无目的地在街上游荡，手里握着哮喘泵，浑身发抖，就连从来不哭的妈妈也快要哭了。帕帕夫妇见她那样，可口可乐罐的事一下子被抛到了脑后。多尼卡抱住了妈妈，而妈妈是从不肯给人抱的。多尼卡对她说，会没事的，他们很快就会找到我。就在这一刻，藏在树顶将一切看在眼里的我，觉得两家人终于和解了。

---

① 邻居将"咖啡"发音成"卡发"。

我小心翼翼地爬下树，可膝盖还是给擦划到了，等我腿上流血、眼中落泪地出现，并详细讲了自己的计划时，在场的人都感动得难以自已。我说自己爬上了无花果树，就是要故意搞失踪。看到家人与帕帕夫妇排队时互不理睬，我真的受不了了。我说婚礼时还想坐在他们身边，玩米哈尔的帽子，从桌子上跳到沙发上。帕帕夫妇当即表态："不提了，忘掉一切，原谅一切。"就连奶奶也点头称是，解决争议时她总是会用法语说：原谅可以，但绝不忘记。

当晚，爸妈又一次邀请帕帕夫妇来吃点心。他们喝着雷基酒，开怀地嘲弄两家人竟然会因为可乐罐互生嫌隙，真是愚蠢至极。米哈尔舔了一张一百列克的纸币，贴在我前额上。他夸我既聪明又勇敢，竟然爬到了无花果树上。后来他还表示，可口可乐罐是帝国主义国家生产的，弄到阿尔巴尼亚来，大概是出于腐蚀我们的目的，敌人鬼鬼祟祟运这玩意儿进来，就是要破坏信任与团结。当时他们已经喝得酒酣耳热，谁也分不清他说这话是否当真。不过我记得，大家都笑了，又多喝了几杯雷基酒，敬为帝国主义的灭亡，接着又是笑声连连。

不过，多尼卡后来提出要将她那只可乐罐送给妈妈，她可是当真的，说两家可以轮流展示，头两周放在这家的电视机上，下两周换到另一家。妈妈拒绝了，坚持说这番好意我们绝对受之有愧。相反，她说要是我家的可乐罐还在，一定会送给多尼卡，这样多尼卡就可以用自己那只装盐，我妈那只装胡椒，就像《王朝》里有时出现的那样，两只罐子成一套。多尼卡说，即便如此，也没有那个必要了，可乐罐毕竟越来越不稀罕了，如今人们抢着要的是那种橙白相间的罐子，至于叫什么她记不起来了，好像叫"芬达"还是"份达"①。接着，她对垫可乐罐的那块布赞不绝口起来，说上面不放东西更好看，我妈妈绣的郁金香太美了，给上面的东西遮住才叫罪过呢。

在大人嘈杂的话缝子里，我没心没肺地插了一嘴："我们本来要在上面放恩维尔伯伯的照片的，可他们就是不想同恩维尔伯伯有任何关系，总是说会放的、会放的，到头来只是空话。我觉得他们不喜欢恩维尔伯伯。"我一边说，一边摆弄着米哈尔给的一百列克的钞票，他刚刚夸我聪明让我有了说这话的勇气。

这话令客厅里的气氛陡然一变。每个人都僵住了。妈妈正同多尼卡说笑，夸她做的果仁千层酥如何美味、怎能让人不想念。此刻她戛然住口，死死盯着多尼卡，似乎在拼命猜她心里在想什么。尼尼刚才去加建的厨房小间里再弄些吃的，这会儿端着盘洗好的黄瓜出来了。她的双手抖个不停。爸爸正想从公盘里再拿些橄榄和奶

---

① 原文分别为"fantasy"（幻想）和"fantastic"（美妙的）。起源于德国的饮料品牌"芬达"（Fanta）来自德文"Fantasie"，与英文"fantasy"和"fantastic"同词源。此处第二个为音译。

酪，手里的叉子一下掉落在桌上。一时间，只能听见绕着客厅里的灯飞舞的蚊子发出的嗡嗡声。

米哈尔皱起眉头，转向我，脸上的表情极为严肃，甚至可以说是严厉的。"过来，"他打破了沉默，要我坐到他膝头，"我还以为你是个聪慧的姑娘呢，刚刚还夸你今天如何聪明，可你刚才说的话，可不是聪明姑娘该说的。那话可蠢透了，从没听你说过这么蠢的话。"我的脸腾地红了，感到两颊滚烫。"你爸妈是爱恩维尔伯伯的。他们爱我们的党。绝对不能再跟别人说这种蠢话了。否则，你就不配玩我的奖章。"

我点点头，身体开始颤抖，泪水眼看着要夺眶而出。米哈尔一定是感觉到他膝头的我在抖动，对刚才的语气有些后悔，于是柔声道："可别哭啊，你不是小宝宝了，是个勇敢的姑娘，等长大了，要为祖国、为党战斗。你爸妈有时也犯错，比如可乐罐这件事，但他们是勤劳工作的好人，也把你培养得这么好。他们长在红旗下，爱党，也爱恩维尔伯伯。你明白吗？刚才的话再也不能讲了。"

我再次点点头。其他人仍然沉默着。"来，"米哈尔说，"让我们再次举杯。祝你未来不会再因可乐罐生嫌隙了。"他举起酒杯，刚要喝却顿住了，似乎想到了另一件事，非常要紧的事："你得答应我，如果对家人再有这样的蠢念头，就来跟我说，只跟我，不跟其他人，连多尼卡阿姨也不行。听明白了吗？"

第 6 章

小姐同志

"小姐[①]同志,立刻站住,你被捕了!"

弗拉穆尔站在我面前,双臂和双腿张开着,左手握着根杆子,杆子有他身高的三倍长,右手攥着个小东西,因为太小,我看不见是什么。

"把你的黄箭口香糖糖纸给我。"他命令道。

"我看一下,"我一边说,一边解下系头发的红丝带,然后伸手到书包里,"我看一下,不敢保证有黄箭的,也许有白箭的,或者泡泡糖的。"

"你有的,"他说,"玛西达昨天给过你,我都看见了。"

"就是没有黄箭的,"我坚持说,"可以给你泡泡糖

[①] 原文是"Mamuazel",法语"小姐"一词对应的阿尔巴尼亚语。

的，看上去都差不多。"我从裙子口袋里扯出一张被压平的彩色糖纸，拿到鼻子下闻了闻，表示味道还是新鲜的。通常，糖纸都散发着橡胶与汗液的混合味道，但这张的气味却好很多，几乎能让人联想到真正的口香糖味道。弗拉穆尔松开手里握着的杆子，张开右手，现出他收集的糖纸，看看有什么珍藏。

"这张很新鲜。"我坚持说。他一把抢过去闻起来。

"真——好闻啊！"他说，"你觉得这有多久了？"

"说不准，"我答道，"但肯定不到三个月。也许四个月吧，这要看经了多少人的手，而且……"

"好了，这不明摆着嘛，"他粗暴地打断了我，"你不觉得你知道这些，就是因为你会说法语吗？"

我以前吃过亏，面对这样的挑衅，知道千万不要回应。于是我继续盯着他，一脸恳求。我就要哭出来了，可弗拉穆尔不只讨厌扎丝带的女孩，更讨厌"哭脸宝宝"。我知道要是哭出来，我收集的所有糖纸可就保不住了。

"告诉我口令，我就放了你。"说着弗拉穆尔一把夺过泡泡糖纸，"小姐，你把丝带拿掉了，别以为我没看见。"

"口令，"我喃喃道，"口令是'法西斯灭亡，自由属于人民'。"

这是我人生最早的记忆之一。这个场景我记得如此真切，或许是因为，几乎每一天它都差相仿佛地重演着。弗拉穆尔是我家这一带第二危险的小霸王。最危险的是阿里安，他比我们大几岁，很少会在我们玩耍时现身街头。他一旦出现，不是没收这个的跳绳，就是打断玩跳房子的孩子，说天就要黑了，让他们赶紧滚回家去，又或者是命我们别玩"大球吃小球"，改玩"法西斯与游击队"。见大家都乖乖听话，他便转身回屋。而我们呢，则继续照他讲的做，没人晓得如果不照做会有什么后果，也没人有胆以身犯险。

弗拉穆尔是个不太一样的恶霸。他总在街上晃悠，从放学到天黑后很久，就那么来来回回地巡查。他家中有五个孩子，他年纪最小，也是唯一的男孩。三个姐姐在附近的卷烟厂上班，都住在家里。三人的小名都以 B 开头，分别是巴瑞尤、比尔比利和巴利①。只有弗拉穆尔的不以 B 开头，而与他妈妈的相同，都叫麦库。弗拉穆尔说他爸去跟罗马人、土耳其人打仗了。有一次，玛西达斗胆说，我们早就不跟这两个帝国打仗了，结果他拿剪刀剪断了她的马尾。

独自一人时，弗拉穆尔会坐到别人家的门阶上，敲起平底锅，高唱忧伤的吉卜赛恋歌，引得别的孩子都走出家门，聚集到公共游乐区。他来决定先玩什么游戏、

---

① 三者分别为：Bariu、Bilbili 和 Balli。

谁头一个玩、谁因为作弊得等上一轮、可以破什么样的例好带上弟妹——他还会头上套个棕色旧袋子，眼睛处挖了孔，看着像个鬼，趁那些弟弟妹妹不备伸手就抓，吓唬他们。他常穿一件过大的黄绿色上衣，上面印着巴西国旗，在街上四处游荡，身边跟着一群流浪狗。他给每条都取了个巴西著名国脚的名字，比如苏格拉底、济科、里韦利诺。他最喜欢的那条叫佩莱，一只眼睛瞎了，还生着皮肤病。他恨猫，要是碰到流浪的小猫咪，大概率会扔到街尾的垃圾堆上烧死。他也恨扎丝带的女孩。就是他让大家都叫我小姐同志，还要我说出口令。

有一次，地方党委会传唤了弗拉穆尔的一个姐姐，因为她一椅子砸在弟弟背上，用力太猛，椅子都散了架。奶奶听说了，怒不可遏地嚷道，对孩子的暴力跟国家暴力没有不同！

成长的过程中，我发觉自己有点与众不同，却也说不清具体是什么。跟弗拉穆尔不同，家人从未打过我。妈妈通常都对我不管不问：她用看不见的权威来规训人。爸爸的管教呢，就是命我去他们卧室"反省"几小时，那儿没玩具，我就带着孩子气的夸张管它叫"监狱"。偶尔，他们会允许我带本书，那一刻，我因为受伤害而怒火难平，会选本描写孤儿的小说，譬如《悲惨世界》《苦儿流浪记》或《大卫·科波菲尔》。不过，我绝不让主人公的苦难将自己带偏，忘记自己有多痛苦、遭遇的委屈有多不公。这些故事令我对自己的身世浮想联翩。一连几个小时沉浸在其他孩子的生活中后，我对自己是谁有了更多的疑问。就像书中读到的人物那样，我也梦想着时来运转，意外有好心的陌生人出手相助，或者找到远房亲戚，获得慰藉。

在父母的卧室里，我给奶奶的表亲科考特写过几封长信。她孤身生活在首都地拉那，冬天常过来与我们同住。我称这些信为"狱中书简"，给它们编了号，通常是按主题分类。我在信中抱怨父母太严苛了，说他们如何在街上同我讲法语，也不管我的朋友会不会听到，还总希望我在学校成绩拔尖，体育课也一样，明知我在这方面根本没天赋。

科考特大名叫舒舍瑞，可她不喜欢这个名字，说听起来太普通。奶奶家的人都有一个大名和一个法语小名。科考特同奶奶在萨洛尼卡①一起长大。她们是阿尔瑙特人，这是奥斯曼土耳其人②对帝国内阿尔巴尼亚少数民族的称呼，但她们用法语交谈，和尼尼跟我交谈时一样。科考特每次来家里，都跟我和奶奶住一间房。她跟奶奶会聊到深夜，说起遥远的地方和那儿的人们：伊斯坦布尔的一位帕夏③、圣彼得堡来的移民、萨格勒布的护照、斯

---

① 希腊港口城市。
② 奥斯曼土耳其人是突厥人的一族，建立了奥斯曼帝国。
③ 奥斯曼帝国文臣武将的尊称。

科普里的食品市场、马德里的斗牛士、的里雅斯特[①]的船、雅典的银行账户、阿尔卑斯山的滑雪胜地、贝尔格莱德的狗、巴黎的群众集会,还有米兰歌剧院的正厅前座。

那些天寒地冻的夜晚,我们小小的卧室变成了一块大陆:这里的边界变动不居,有着早已湮灭的军队中为人忘却的英雄、吞噬生命的烈火、气氛热烈的舞会、争夺财产的宿仇、婚礼、死亡,还有新生。我有想去理解这一切的强烈冲动,将自己的童年与尼尼和科考特的童年联结起来,想象她们的世界,将那些似乎处在时间之外的岁月重新串联起来,记住那些我从来都不知道的人物,让那些我不曾亲历的事件拥有意义。听她们说起彼此失联的大人、未能出航的船只、中途夭折的孩子,这一切是如此混乱,我惶惑不已,有时也会很恐惧。然而,恰在我觉得自己试图去理解这一切的努力就要取得成果的时候,尼尼与科考特就会突然换成希腊语,不说法语了。

她们两人极其要好,却又迥然不同。成年后她们才第一次来到阿尔巴尼亚,尼尼来为政府工作,科考特是为找个丈夫。科考特不喜欢希腊人或土耳其人,也不喜欢犹太人,不过,她也不情愿地承认:"除了犹太人,萨洛尼卡就没聪明人了。"可结果是,阿尔巴尼亚人她也不

---

① 意大利东北部边境港口城市。

喜欢，或者至少她父母总是会提出反对意见，说这人没教养，那人不够有钱，或者政治上靠不住，因此她一直没结婚。她想象出一个丈夫，名叫雷杰普，法语叫雷米。"雷米跟你爷爷不一样，"她常当着奶奶的面说，"从来都不给我惹麻烦。"

科考特来访的那几周，是我唯一乐意说法语的时候。除此之外，我痛恨这门语言。它不是我的母语，奶奶也不是法国人。我不明白，她们为什么要强迫我说，为什么要先教我法语，然后才教阿尔巴尼亚语。每次弗拉穆尔撺掇街上的孩子嘲笑我蹩脚的阿尔巴尼亚语时，比如笑我叫平时当零食的苹果片为"des morceaux de pommes"，我就恨得不得了。他们父母倒挺维护我的，可即便如此，到了晚上，奶奶喊我回家时，他们听见我用一门听不懂的语言跟奶奶讲今天都玩了些什么的时候，还是不免感到困惑。有一天，我听到他们有人问奶奶："为什么要讲法语呢？为什么不是俄语、英语，或者希腊语？明明有那么多语言可说。"奶奶回答说："我不喜欢希腊人。"也许是为了表达她痛恨帝国主义，奶奶接着说："也不会说英语、俄语。"

我最痛恨法语的一次，是不得不向特别教育委员会证明自己有能力升入小学的那次。通常情况下，上小学不需要考试，按照法律规定，六到七岁的孩子是必须上学的。新学年开始的前几周，老师会三四个人一组到镇上寻访，敲开每家的门，确保所有学龄儿童都已注册。令当局颇感自豪的是，他们以创纪录的速度消除了文盲，电视上经常有报道，说北方偏僻乡村的老妇如今都认字了，签文件时能写自己的名字了，而不是随便画个叉。开学前的几周，大人孩子都很兴奋。孩子们开心地在少先队商店前排队，家长们则在教室里买教材，叽叽喳喳地聊着天。开学当天，孩子们穿着簇新耀眼的校服，炫耀着新剪的发型，抱着花束拥上街头。我们老师诺拉说："在帝国主义国家，往往只有在大甩卖时，人们才会有这样的热情。"我们谁也不知道"甩卖"是什么意思，可要问的话，又觉得很愚蠢。

1985年的夏末，我一心盼望着开学。妈妈教过我读写：一来是为了提高我的阿尔巴尼亚语水平，因为我还是说得磕磕巴巴，谁叫他们只跟我说法语呢；二来，学好了阿尔巴尼亚语，我无须帮助就能独立阅读那本翻译过来的俄国童话，一本她小时候读过的旧书。我的六岁生日在正式开学后的一周，爸妈给我买了个红色皮书包。一开始我还挺喜欢的，慢慢才发觉，其他孩子拿到的书包要么是棕色的，要么是黑色的，且多为手提式。只有少数是双肩的。每学年开学前几天，少先队商店会出售棕色和黑色的书包，还有黑校服、红领巾，以及各类学习用品，比如笔记本、钢笔、铅笔、尺子、圆规、量角器和体育课所需的运动装备。红色背包属限量供应，会在批发店里露面，不过也就两三天，通常还没等送到零售店便已售罄。我的书包成了又一件我不得不向别人解释的东西，就像五一或周末漫步时穿的带蕾丝下摆的绣花裙、玛西达的鞋匠爸爸为我手工做的白皮鞋，或者我那件手织外套——外套的样式参考的是儿童时尚杂志上一个模特的穿着，那本杂志是从某西方国家私带进来的，而且只是撕下来的几页。

意识到红书包会招致新的霸凌，我便提不起上学的劲头了。有那么几天，运气站在了我这边。城里没有哪所学校愿意通融，允许我未到年龄便入学。可家人却不肯放弃。他们觉得我有这个能力，上幼儿园会让我觉得无聊。有人给他们支着说，得弄到中央委员会下属教育部门的特别许可。8月末的一个傍晚，委员会的日常工作即将结束时，我们一家来到由官员组成的特别小组面前，提出了我们的诉求。

为了这次见面，爸妈忙活了好几天。他们演练了到时候要说的话，挖空心思想对方会问什么问题，还嘱咐我，凡是颂扬党和恩维尔伯伯的诗，只要会，就得反复练，幼儿园新学的游击队歌也要唱熟。记得我们四人忐忑不安地走向中央委员会办公大楼，爸妈走前头，奶奶握着我的手紧跟在几米开外。我穿了条大红色的连衣裙，右腋下夹着个棕色的文件袋，里面是那本用来学阅读的书，还有一本教算术并附有练习题的数学入门书。途中，妈妈回头看我们落下多远，就在那一刻，她突然大叫了一声，介于号叫与尖叫之间："白色，是白色的！"她指着我扎马尾辫的发带，脸上写满了恐惧。爸爸二话没说，不等进一步的指示，便转身飞奔回家。一刻钟之后，他上气不接下气地跑回来了，一只手握着红发带，另一只攥着哮喘泵。可妈妈冲他说没时间用那泵了。我们一起踏上了通向教育部门办公室的楼梯。我嘴里哼起了歌，是那天才学的游击队歌，招来了一通责备。

面对特别小组，爸爸首先发了言。他没说他们单单因为我的生日比注册截止日晚一周，就让我晚一年入学的做法不合理。他说的是，他知道共产主义社会最重视教育，相信像我这样热忱的年青一代革命者代表一定会忠心耿耿地为党服务——那孩子多次表达过渴望尽早上学，热忱可见一斑。他说自己当然知道，党拥有最终决定权，而且无论是什么情况，都会做出公平合理的决定。不过，爸妈不揣冒昧地觉得，看在我一腔热情的分上，至少应该给我申辩的机会。

说这番话时，他始终直视着墙上恩维尔伯伯的像，仿佛一直在跟我们的领袖，而不是屋内的人讲话。一位小组成员手指敲击着桌面，两眼空洞地直视前方；另一位则在做着笔记，偶尔瞟一眼妈妈的亚麻裙；还有一位瞅着奶奶，就好像两人以前在哪儿见过；第四位是个女人，留着短发，身穿古板的炭灰色套装，眼睛始终盯着桌上的红旗，保持着似笑非笑的表情，透着一种神秘感。

所有陈述都结束了，阅读与数学也考过了，等背完诗，小组成员个个一脸难以置信的样子。他们叹了口气，转了转眼珠，挑起眉头，然后对视了几眼。此前用三根手指轻敲桌面的男人这会儿换成了双手，快速地敲击起来，声音犹如落雨。这个动作怎能不引起注意呢。刚才一边做笔记一边看我妈妈裙子的男人索性撂下笔，直勾勾地盯向那个男人。

决定打破沉默的是我奶奶。她直视着第三位小组成员，似乎终于认出他来了，于是说：

"穆罕默德同志会说法语吧，莱亚也会读法语书。何不给她些法语材料读一下？"

"这可没法考。"此前面带笑容的女人回答，"这儿又没有孩子能读的书。当然，更没有给孩子的法语书。"她半带嘲弄地加了句。

"要不就读读恩维尔同志的著作？"尼尼提议说，"我看见书架上有他选集的译本呢。"闻听此言，穆罕默德同志点点头。有人取下一本书，随手翻开，我大声读了几行，接着给一个词绊住了。那天读的词里面，唯有它我还记得：集体化。我挣扎着想念出来。

"极致化，"我读道，然后马上改读，"基体化。""集体……"①，我实在念不下去了，彻底卡住了，眼中一下子盈满了泪水。

就在那一刻，小组成员不约而同地鼓起掌来。穆罕默德同志朗声说："你可真聪明啊！这可是很难读的，即便用阿尔巴尼亚语也不简单。以你的程度，足可以教朋友们了，甚至可以教他们读法语了。你知道吗，恩维尔伯伯年轻的时候当过法语老师。你会以他为榜样吗？"

我点了点头，一边舔着流到嘴唇上的眼泪和鼻涕，一边说："恩维尔伯伯写给小孩的书我都读过。我知道'集体主义'②什么意思，就是说大家分享东西时，工作起来就更有劲，可我就是读不准。"

当晚，特别小组同意为我取消入学年龄限制，打发我们走时还给了一封信，信中说明了做这样的决定是基于怎样的特殊情况。回家的路上，我父母欣喜若狂，喜气洋洋地大谈我们太幸运了，居然遇到了穆罕默德同志。很多年前，那时还没有我，爸爸家住在小镇卡瓦亚，奶奶就在那儿教过他法语。他们想买啤酒来庆祝，可商店里那周的货已经售罄，只好喝自家酿的雷基酒，还邀请了帕帕夫妇过来吃点心。他们举杯祝福，祝福我的学业，

---

① 三者分别为：集体化（collectivization）、极致化（collevization）和基化（collectivation）。
② 作者当时年仅六岁，将"collectivism"（集体主义）错发成了"collectism"。

然后一饮而尽,一杯接一杯,大家说着笑话,午夜过后很久,爽朗的笑声依然不绝于耳。

就我而言,骄傲归骄傲,却也夹杂着尴尬:骄傲是因为就要上学了,尴尬是因为还是读不对"集体化"。从中央委员会办公大楼出来后,我便一直在练,可怎么都读不对。米哈尔让我唱首法语歌,众人也以为我会照做,可我却开始大声宣布自己如何痛恨法语,说我从入托儿所的第一天起,就痛恨这门语言,那时候因为我只会说法语,别的孩子都非说我跟他们不一样。我现在很害怕开学后类似的情况会再次发生,害怕我因为说法语而交不到新朋友。还有,我不明白为什么要说一种别人不懂的语言,我们从来没去过说这种语言的国家,那儿的人一个都不认识。

"你听到教育小组那位同志说什么吧?"尼尼问道,想说服我,"恩维尔伯伯也会说法语呀,在法国留学很多年呢,还教过你这么大的小孩。法语是很重要的语言,是启蒙时期伟大作家和哲学家使用的语言。法国是发生过法国大革命的国家,那场革命传播了自由、平等、博爱的理想。你以后会在学校里学到的。"听完我依然摇头表示抗议。

尼尼不肯放弃,接着说:"法国大革命你已经有所了解,在木偶剧院看过《珂赛特》吧,你不是说多喜欢多喜欢,还记得吗?"

我还在想幼儿园的事,听她提起《珂赛特》,便下定决心将之前从来都不敢透露的细节一股脑儿说出来:别的孩子如何掀我的裙子,扯我的丝带,喊我小姐同志,嘲弄我走路的姿势和说话时的用词,这一切都要怪法语。说着说着,我泪流满面,这已是那一天中的第二次了。

尼尼说:"要是这么不开心,那就别再讲法语了。"两位邻居也点头称是。

从那天起,除了科考特来访的几周外,法语正式被停用。奶奶只在三种情况下跟我讲法语:我同朋友玩到很晚,她想让我别玩了,但又不想说得太直白的时候;她大发雷霆想发泄一下的时候;她要责备人的时候。

第 7 章

散发着防晒霜的味道

时至今日,讲起我们家为了解外部世界有多努力,我就会想起达埃蒂①。那是一座孤立山脉的名字,它包围着我们的首都,统御着那一带的地景,仿佛擒获了它,以它为人质。达埃蒂虽遥远,但总是与我们同在。我从未去过那里。我至今都不明白"通过达埃蒂接收到的"是什么意思。谁接收到什么,从谁那儿接收到的,又是如何接收的。我曾怀疑山上有颗卫星,或是电视接收站。达埃蒂存在于每一个家庭、每一次交谈、每一个人的思想之中。"昨晚我通过达埃蒂看到了它",意味着"我还活着。我违法了。我在思考"。五分钟。一小时。一整天。只要收得到,达埃蒂播多久,就会看多久。

---

① 阿尔巴尼亚的山峰,位于该国中部的首都地拉那东郊,海拔高度为 1,613 米,山体在三叠纪时期形成,达埃蒂山一带的地区在 1966 年被划入阿尔巴尼亚国家公园范围。

"我去瞧瞧看能不能收到达埃蒂。"每当阿尔巴尼亚的电视节目让爸爸糟心的时候,他便会这样说,然后爬上屋顶,将天线左拧右拧,透过窗户冲我们喊,"这会儿怎么样了?好点了吗?"我会回答:"还是老样子。"几分钟后他又喊:"现在呢?"我便喊回去:"没了!整个没了!刚才还好些。"接着便传来咒骂声,继之以金属的叮当声,说明他还在摆弄天线。他越是不耐烦,信号就越不大可能恢复。

夏天,信号会有所改善,至少理论上是如此。天气好的话,有两个选择:达埃蒂和迪瑞科蒂。迪瑞科蒂是直接信号,多亏我们紧邻亚得里亚海,可以直接从意大利接收到。在我的意识里,达埃蒂乃群山之神,迪瑞科蒂是大海之神。不过,迪瑞科蒂比达埃蒂更加喜怒无常。如果是达埃蒂,只要把天线位置调好了,你就知道信号只会在意大利的《新闻频道》播出时消失。而迪瑞科蒂可就具有欺骗性了。顺利的时候,即便是《新闻频道》,我们也能收到,而且是完整的。其他日子里,迪瑞科蒂便不再是"一面镜子"——爸爸这样叫它,是因为对呈像的清晰度满意——而是什么都看不见,灰灰的屏幕上满是抖动的蛛网纹。这就意味着,电视上有重要的足球赛时,譬如意大利甲级联赛季末尤文图斯的比赛,爸爸就得面临两难困境:要么看达埃蒂,信号固然不理想,但还算可靠;要么赌一把,试试变幻无常的"镜子"迪瑞科蒂。他常常会选择后者，不过，如果选错了就不得不承担后果，他会因此备感焦虑。这样的日子里，他悲戚地爬上屋顶，就好像明知对手实力比自己高超，却还得勉力应对。他会说："我得上去瞅瞅天线。"嗓音里透出无奈，有时甚至带着一丝绝望。爸爸同天线的关系仿佛一出出心理剧，既相吸又相斥，有着微妙的平衡。我们家能收到的每一条国外重要信息，无论是刺杀教皇保罗二世未遂的新闻，还是最近阿尔巴诺与罗米娜①在圣雷莫音乐节后散伙的传闻，全都仰仗他们的关系是好是坏。

缺了达埃蒂和迪瑞科蒂，电视节目少有可看的。周一到周六，为了看晚上六点的故事节目及随后的动画片，我都得争取一番。它们的播放时间与南斯拉夫篮球赛刚好冲突，爸爸唯一愿意做的妥协是每五分钟换一次频道。周日可看的多一些：早上十点有木偶剧场，紧接着是一部儿童片，再下来是马其顿电视台的《玛亚历险记》。接下来就完全要看运气了：全国各地的民歌、民族舞，关于合作社超额完成五年计划任务的报道，游泳锦标赛，天气预报。

下午五点档的《在家学外语》开播后，情况有所改观。那档节目每天都在阿尔巴尼亚电视台播出，因此，

---

① 由意大利男高音阿尔巴诺·卡里西（Albano Carrisi）和美国歌手罗米娜·鲍尔（Romina Power）组成的流行音乐组合。

不受天线任意摆布我们生活的权力的影响。除英语外，节目还教法语和意大利语，以及"居家条件下的体操训练"。最后一项我没试过。每天早上，课前都有大量的锻炼，全体教师和学生在操场上集合，练习手触脚趾、旋转手臂、伸展股四头肌，然后向党宣誓效忠。不过，语言节目我都看得兴致高昂，尤其是意大利语节目。我对自己说，如果看 Rai Uno[①] 的卡通片时能明白它们讲了些什么，那该多过瘾啊。

《在家学外语》是操场上大家热烈讨论的话题。看节目总能学到东西，除了外语，还有外国文化。我记得大家热烈讨论在英国如何买东西，节目中有个超市场景，一位母亲读出购物清单上的名称，孩子们便在货架上找到相应的货物。意面，搞定。面包，搞定。牙膏，搞定。软饮料，搞定。啤酒，搞定。

我们就这样发现：在英国买东西是不需要排队的；谁都能选自己喜爱的任何食物；货架上堆满了商品，可顾客们还是买很多，多到自己都拿不了；人们无须出示食品券，似乎想买什么就买什么，想买多少就买多少。我们心里很纳闷，既然吃的东西随时都可以买，为何还要主动囤货呢？

---

① 现称 Rai 1，是意大利的一个电视频道。自 1954 年 1 月 3 日开始播出。

最令人不解的是，每件商品都有标签，上面写的不是品类名，比如"牙膏""意面"或"啤酒"，而是包含着某个人的名或姓，譬如巴里拉意面、海内肯啤酒、科尔盖特牙膏[①]。似乎这也适用于超市本身。为什么商店不能直接叫"面包店""肉店""服装店"或"咖啡店"呢？

碧莎说："想一想，如果一家店叫'乌皮肉店''玛西达咖啡店'或'碧莎面包店'。"

"八成是生产食物的人的名字，"我指出，"你知道，就好比我们有五一大队生产的塑料。"

对这一解释，其他人提出了质疑。诺拉老师曾解释，在阿尔巴尼亚以外的地方，人们从来都不知道生产商品的人，也就是工人的姓名。她跟我们讲，西方人只知道出产商品的工厂叫什么，所有者、他们的子女，以及子女的子女叫什么。就像《董贝父子》[②]一样。

下一个令人费解的问题是购物车的功能。

"是载小孩用的。"我说。

"是装食品的。"玛西达纠正道。

"就是载小孩的。"我坚持己见。

"别争了，两样都可以呀。"碧莎说，"你没瞧见小孩

[①] 此处为音译，这三个中译名分别为"百味来""喜力""高露洁"。
[②] 英国作家狄更斯所著的小说。

把什么偷偷塞进购物车吗?"她补充道,仿佛只有她分得清什么是重点,什么无关紧要,"那位妈妈最后结账时才发现,我觉得那是个可口可乐罐。"

"是的,没错,"玛西达说,"可她也没说什么,仍然给孩子们买了。他们嚷着口渴了。或许店里没有水吧,或许他们也不是什么都有。"

"我觉得那是罐饮料,"我尽量压低声音,就好像在透露秘密,"那些有时能在人家家里的架子上看见的罐子,是用来装饮料的。"

弗拉穆尔正在给他的狗佩莱喂吃剩的骨头,此时出言打断了我们。"别胡扯了,"他揶揄道,"谁都知道可口可乐就是饮料,我以前喝过。那次我瞧见一个游客的小孩扔了个罐子到垃圾桶里,就捡了起来,还剩半罐,我尝了尝,有点像海滩上卖的红色阿原斋塔①,不过只卖给外国游客。"

大家都满腹狐疑地看着他。

"那小孩看见我,盯了过来,眼里还冒着火。"弗拉穆尔继续道,声音抬高了些,跟他讲他爸爸如何同土耳其人打仗时一般模样。"他生气了,气得不得了,"弗拉穆尔重复道,"不过他没打我,而是哭了起来,我把罐子还给了他,一秒钟都没耽搁,可他哭得更凶了,对罐子又是

---

① 原文为"aranxhata",音译,一种阿尔巴尼亚饮料。

踢，又是跳脚踩，把它给毁了。我也没去捡，反正都没用了，放架子上都立不住。"

真有这回事吗？我们心里犯起了嘀咕。诺拉老师曾说过，来阿尔巴尼亚旅游的孩子，大多出身资产阶级家庭，出了名地令人讨厌，那种讨厌劲，别说弗拉穆尔，就连阿里安都相形见绌。谁知道他们对一只罐子会做出些什么？

弗拉穆尔离开后，玛西达问我们："你们觉得弗拉穆尔真从游客小孩那儿拿了个罐子吗？"

碧莎回应道："很难说。他的确会花很多时间翻垃圾桶，给狗找剩饭剩菜，他又没偷，那罐子已经给扔进垃圾桶了呀。"

"才不信是真的呢，"我说，"我从来就没碰到过游客的孩子。"

在学校，老师教导我们，不要跟看上去与我们不同的人打交道，撞到游客时要赶紧换条路走，而且，无论在什么情况下，绝不能接受他们给的任何东西，特别是口香糖。"切记，带口香糖的游客一定要提防。"

夏日里，有时我们隔老远就能看见在沙滩上玩耍的小游客。沙滩紧邻外国人下榻的阿德里亚蒂克酒店。一条长沟隔开了本地人与外国人的沙滩，可海面哪儿有什么沟啊。这种时候，我和亲戚的孩子会游到游客那边的沙滩附近，练习跳水、往水里蹦、翻跟头，吸引他们的注意。有时我们会唱一首熟悉的英国童谣，如《黑绵羊咩咩叫》：班班百客西普，埃尼埃尼尤。[①] 他们往往会直勾勾地盯过来，神情介于困惑与恐惧之间，亲戚的孩子便撺掇我用法语打招呼。一开始我不肯，不是因为诺拉老师叮嘱过我们不要同游客讲话——我不觉得这种限制也适用于浅水区域，在这儿也没法交换口香糖。真正的原因是，我仍然讨厌讲法语。我想，要是说法语那么了不起，别人怎会那般戏弄我？那他们就不该只在有游客时才请我说。

我拒绝道："我不想打招呼，又不认识，人家也不会搭理我们。再说了，你能肯定他们会讲法语吗？也许他们说别的语言。"可他们几个说我没用，是胆小鬼。为了证明自己不是个胆小鬼，我极不情愿地问了句："你好吗？"[②] 小游客依旧盯着我们，眼睛都不眨一下。我换了一句："你好！"[③] 他们冲我翻了下白眼。我只好祭出唯一会的德语句子："你们从哪儿来的啊？"我本该问"你们去哪儿？"的，因为恰在这时，他们转身离开了。亲戚的孩子说："瞧瞧，吓着他们了吧，你该笑着问的。""求你们回

---

① 这些阿尔巴尼亚孩子英语发音不准，正确的歌词是"Baa baa black sheep, have you any wool"，他们却发成"Ban ban backship, eni eni you"。
② 原文为法语"Ça va"，用于关系亲密者间打招呼、询问近况。
③ 原文为意大利语"Ciao"，用来打招呼，比较随意。

来吧。"我嘟哝着,眼见他们消失在彩色大浴巾后面。我恨他们就那样消失了,恨他们不答话,更恨自己没顶住压力。

游客的孩子们有色彩鲜亮、非同一般的玩具,跟我们的天差地别,有时我们甚至会想,那些真的是玩具吗?他们趴在浮垫上拍着水花,浮垫上印着我们从未见过的字母,手里拿着形状怪异的桶和铲子,还有一些颇具异域风情的塑料物件,在我们的语言中都不知道怎么叫。他们身上散发着特别的气味,很迷人,令人上瘾,让你想跟着他们,上前去拥抱一下,好闻到更多。如果附近有游客的孩子,我们总能知道,因为沙滩的气味会变得很怪,一种夹杂着鲜花和黄油的味道。

我问奶奶那是什么味道。她说他们身上是防晒霜的味道,那是一种黏稠的白色液体,保护皮肤不被太阳晒伤。她说:"这个我们没有,我们用橄榄油,要健康得多。"

从那天起,那种气味就有了名字。有天在沙滩上,我对亲戚的孩子说:"他们身上是防晒霜的味道。"其中一个回道:"我现在就闻到了,闻到防晒霜的气味了,他们朝那边去了,快走啊,跟上他们。"

我们一路跟着,直到他们跟着父母一起消失不见,上了旅游大巴,或者是进了我们进不去的餐厅。徒留我们心中冒出一大堆问题:他们读什么书呢?喜欢《爱丽丝漫游奇境》《吉姆与卢克司机》《洋葱头历险记》吗？也要帮工厂采集生产草药用的洋甘菊吗？相互之间也会比较，看谁知道的希腊神祇多，谁知道的古罗马战场多吗？也会受到斯巴达克斯的启迪吗？也要参加奥林匹克数学竞赛吗？也想征服太空吗？喜欢果仁千层酥吗？

想到外国孩子，我满心好奇，偶尔也会心生妒意，不过常常是感到遗憾。六一儿童节时，我尤其为他们感到悲哀。那天，我们会收到父母的礼物，去海滩附近吃冰激凌，到游乐场玩耍。那天，爸妈还会给我订几本儿童杂志，一订就是一年。就是那些杂志让我了解到世界上其他孩子的命运。儿童节那天，六到八岁的儿童看的《小星星》杂志会刊载漫画，题为《我们的六一与他们的六一》。一边画着个头戴肥大礼帽的肥胖资本家，正给他的胖儿子买冰激凌，而在商店入口旁的地板上，坐着两个衣衫褴褛的孩子，底下写着一行字：六一从不光顾我们。另一边画着社会主义旗帜，幸福的儿童抱着鲜花和礼物，手给爸爸妈妈牵着，在商店前排队买冰激凌。底下写道：我们爱六一。队真的很短。

20世纪80年代末，我也开始收到青少年读物《地平线》杂志。虽说我还未到读它的年纪，爸爸却很喜欢它，因为里面有个特色版块，讲些具有挑战性的数学、物理题，此外还有个常设栏目，刊登科学，尤其是天文学趣闻。偶尔我得提醒他，杂志是买给我的，也得让我看看呀。《地平线》中常有对西方儿童的描绘，虽没详尽到可以回答有关他们生活的一切问题，但也足以让我了解他们有多么不同。与我的世界不同，他们的世界是分裂的：富人与穷人，资产阶级与无产阶级，满怀希望的与充满绝望的，自由自在的与身披枷锁的。那里有享有特权的孩子，他们同自己的资产阶级父母一样，要什么有什么，却从不与命运不济的人分享，对其艰辛不闻不问。那里有受尽压榨的穷苦孩子，他们要露宿街头，父母到月末也付不起账单；他们不得不去饭店和火车站乞食；他们无法正常上学，因为不得不去干活；他们得在矿上挖钻石，要住在棚户区。杂志上定期登出关于非洲、南美儿童境遇的报道，还刊载书评，评论那些写美国黑人儿童遭受种族隔离以及南非种族隔离政策的书籍。

我们知道自己是永远碰不到那些穷孩子的。遭受着资本家的羞辱与压榨的他们，绝没可能外出旅行。我们同情他们的苦难，却不认为与他们有共同的命运。我们明白，四周敌人环伺，出国旅行困难重重。再说了，我们的节假日党是给大家发补贴的。也许有那么一天，党变得极为强大，不但能击败所有敌人，还会支付一切出国旅行的费用。不管怎么说，我们这儿已经是最棒的了。他们一无所有，而我们呢，虽说也不是要啥有啥，但有的东西足够了，大家拥有的东西都一样，而且拥有最重要的东西：真正的自由。

资本主义社会里，人们自称自由而平等，不过这话只浮于纸面，因为唯有富人才能享受法律赋予的权利。资本家通过在全球窃取土地、掠夺资源而发家致富，通过贩卖黑人为奴积累财富。"记得那本《黑孩子》吗？"在学校读理查德·赖特的自传时，诺拉老师问我们，"在资产阶级的独裁统治下，贫穷的黑人不可能拥有自由，警察在追捕他们，法律在针对他们。"

在我们这儿，自由不是剥削者的专属，它属于所有人。我们工作，不是为资本家，而是为自己，我们还共同分享劳动成果。我们不知贪婪为何物，也无须感到嫉妒。每个人的需求都得到了满足，党还助我们发展自己的才能。你如果在数学、舞蹈、诗歌等方面才华横溢，可以去少年宫加入科学俱乐部、舞蹈队或文学小组，训练自己的才艺。

"想想看，要是生活在资本主义社会，你们爸妈都得为所有这些掏腰包。"诺拉老师常说，"人们辛苦工作，累得像狗一样，可资本家却连他们应得的都不给，因为要是给的话，哪儿还有钱赚呢？这就意味着，一部分时间他们在无偿工作，就像古罗马的奴隶。剩下的那部分时间，他们得到薪水，可如果希望孩子能发展才艺，就得花钱雇私教，他们又哪里雇得起？这叫哪门子自由啊？"

然而，游客们却什么都买得起。他们来玩的时候，需要什么，都能在"外汇商店"里找到，那里是只收外币的。外汇商店是梦想成真的地方，虽然照诺拉老师的说法，那哪里是梦啊，不过是资本家的欲望。外汇商店紧靠抵抗运动英雄纪念馆。每次学校组织参观纪念馆时，我和伊洛娜都会溜去瞅瞅。很多特殊日子都要去参观，譬如1月11日国庆节、2月10日反法西斯青年抵抗运动纪念日、4月22日列宁生日，此外还有5月1日、5月5日、7月10日建军节、10月16日恩维尔·霍查生日、11月8日党的生日、11月28及29日的独立日和解放日。我们叫坐在柜台后面的女人"美杜莎"，因为她有一头张扬的鬈发和一副充满敌意的表情，看到她，你会僵在门口，经过三思才进去。这位美杜莎总在柜台上摊开一份《人民之声报》，且总是翻在同一页，一边嗑着葵花子，眼睛一边盯着门口。报纸左侧是一堆没吃的葵花子，嗑过的壳则放在右边。她剥开壳，吃掉子，却不瞅一眼，目光始终不离商店入口。

看见我们进门，她一言不发，却停止了咀嚼的动作。她默不作声地盯了我们好几分钟。然后，如果是在冬天，她会说："到这儿来干什么？有美元吗？没有的话，那就赶紧走。关上门，天冷。"如果是在夏天，她会说："到这儿来干什么？有美元吗？没有的话，那就赶紧走。别关门，天热。"说完就接着嗑葵花子。

我们从来都不会马上离开，而是会盯着摆出来的商品观瞧。那么多可口可乐罐，即便是清空书架上所有的书腾地方，也能轻松摆满。还有盐烤花生，一定很像盐酥葵花子吧，不过味道会更好，否则为什么得用美元买？一台飞利浦彩电，像极了梅塔家的那台，街坊邻居中只他家有彩电。每逢元旦，就有四十多个孩子坐在他家那台飞利浦彩电前，观看土耳其版的《白雪公主和七个小矮人》。这时，他家人会开玩笑说："你们买票了吗？"商店中央气派地展示着一台MZ①摩托车，占掉很大面积，要绕过它才能走到柜台前，跟莫斯科的列宁墓一样，你要绕过去才能到陵墓出口。伊洛娜迷上了一副红色胸罩，即便她的胸部还没怎么发育。我喜欢的是那顶太阳帽。

外汇商店里有些货，颇似卡车司机或海员自国外带回给妻儿或亲友的妻儿的纪念品：比克圆珠笔、力士香皂、尼龙丝袜。极少的情况下，也会带回昂贵些的，比如T恤衫、短裤、泳装，展示在夏日的沙滩上，让穿着这些衣服的真人模特因服装品牌名而颇为醒目："穿绿色速比涛的男人"或者"穿红色海豚的女孩"。人们会对自己的朋友说："你看上去像个游客啊。"大多数时候，这话是恭维；有时，它却是告诫；罕见的情况下，或许是种威胁。

游客看上去跟我们谁都不像。游客不可能是我们中

---

① 德国著名摩托车品牌。

的谁。游客极少出现，却很容易辨识。游客的衣着与我们迥异。游客的发型非同寻常，理得奇形怪状，要么根本不理，要么考虑到我们国家的情况，在边境拾掇一下，只需付出这一点微小的代价，全世界的游客就能来这个国家观光，而这个国家自己的公民却只能在想象中游览世界。

游客们夏天来到这里。午休时间，他们在街头闲逛，四下里是蟋蟀的鸣叫声，本地人则正一脸昏沉地赶着回家，好抓住午休的尾巴。他们背着五颜六色的包，里面塞着几只塑料小水瓶。可他们一旦领教过这里的酷热，那些水瓶便显得太小了。在这种酷热中，挥之不去的对苏联的联想窒息了，能想起的只有中东。他们对一切都感兴趣：罗马式圆形露天剧场、威尼斯式塔楼、港口、老城墙、卷烟厂、橡胶制品厂、中小学、党的总部、干洗店、等待运走的垃圾、购物队、街上的老鼠、婚礼、葬礼，一切已经发生的事，一切尚未发生的事，一切也许已经也许尚未发生的事。游客们举起尼康相机，意在捕捉我们昔日的辉煌与今时的苦难，或者今日的辉煌与昔时的苦难，这取决于他们的视角。他们知道，相机能否真的捕捉到什么，大约要仰仗本地导游的善意。游客们哪里知道，一切尽在导游的掌控之中。

游客总是随团观光，从不只身来访。多年之后我才发现，旅游团有两类：现实主义者与梦想家。梦想家属于某些非主流马列主义团体,大多来自斯堪的纳维亚,对所谓"社会民主主义"那个烂摊子义愤填膺。他们带来糖果送给本地人,却绝少被接受。他们崇拜我们的国家,因为当世唯有我们建立起了一个守原则、不妥协的社会主义社会。对我们的一切,他们都羡慕不已:我们的口号清晰,我们的工厂有序,我们的儿童纯洁,我们的辕马守纪律,驾着马车出行的农民信念坚定。就连我们的蚊子都有些与众不同,颇具英武之气:吸血时一个都不放过,包括游客。这些游客是我们的国际同志。他们琢磨着如何输出我们的模式。他们总是微笑着挥手致意,即便隔着不短的距离。他们对世界革命充满信心。

再就是第二类,一些不安分的西方人,厌倦了巴拉顿湖区①和巴厘岛的沙滩,抱怨墨西哥和莫斯科都已被游客攻占。他们加入了小众俱乐部,独家旅游经营者如今会向其兜售顶级异域冒险游,去一个位于欧洲心脏位置的地方,从罗马出发飞行一个小时、从巴黎出发两个小时便可抵达。即便如此,那依然是个偏僻的地方,那里有着险峻的山峦和梦幻的海滩,当地人难以接近,历史混乱且政治状况复杂。唯有极具勇气的游客才敢踏足,前来破解密码,发掘真相。然而,就此真相,他们早已达成一致。在巴厘岛啜饮鸡尾酒时,在莫斯科狂饮伏特

---

① 匈牙利风景旅游胜地。

加时,他们就在谈论它。有时他们也挥手致意,却笑得不多。他们也带着糖,想跟本地人交流,有时还真能交流几句。可下次再尝试时,却无人挥手回应,没人对糖果有兴趣。他们绝没本事猜到,与他们交流看法的本地人是偶然路过,还是有什么特殊的身份,而两者均有可能。他们知道很难分得清,却会反复尝试。

有一次,我妈妈的学校组织游莱什岛,我也跟着去了。在那儿碰到的游客具体属于哪一类,我也不清楚。那是1988年的秋天,天热得离谱。我正准备过街时,听到几个人用法语说:"小心!小姑娘,小心了!""没事!"我本能地用法语答道,心里有点不痛快,我已经看到他们正要泊车了,而且用不着别人来告诉我要怎样过我们自己的街道。这儿又不像西方那样,街道上车流汹涌。几分钟内,我身边就围上来十多个人,仿佛他们终于在动物园发现了自己最喜爱的动物。空气中弥漫着防晒霜的气味,真让人受不了。我再也不想尾随或拥抱他们了。

他们问我怎么会说法语。你多大了?住哪儿啊?他们说自己是法国人。你知道法国在哪儿吗?我点点头。你还知道法国些什么?这话让我笑了,接着我又感觉受到了伤害。怎么想的,居然问这么个问题?怎么能以为我不知道法国在哪儿?我不想搭理他们,可又想让他们瞧瞧,别以为我什么都不知道。于是我唱起奶奶喜欢的一首歌:

> 我坠落大地，
> 这是伏尔泰的错，
> 我的玫瑰跌落阴沟，
> 这是卢梭的错。

"加夫罗契！[①]"其中一人高喊，"你知道加夫罗契的歌！你知道《悲惨世界》！"其他人一脸迷惑，仿佛从来没有听说过加夫罗契或街垒战，或者无法相信自己见到的情景。

我耸了耸肩。他们从包里掏出许多糖果，问道："要吃糖吗？"我摇摇头。一个女人扯出张明信片，问我："你知道这是什么吗？"那是一张彩色明信片，埃菲尔铁塔夜景。我犹豫了一下。他们说："收下吧。"好似为了劝我，他们又加上一句："来自巴黎的小礼物。"我思忖着，想到了奶奶。要是我从莱什岛带回一张巴黎的明信片，她会高兴吗？这时我听见妈妈叫，便飞奔回我们的大巴。离岛的时候，我透过车窗盯着那个旅行团，看到了那个送明信片的女人。她也看见我了，脸上再次露出笑容。她依旧举着那张埃菲尔铁塔明信片，挥动着，仿佛那是一方手帕。

[①] 法国作家雨果的小说《悲惨世界》中的人物，是革命时代早熟的孩子。

第 8 章

布里嘉蒂斯塔[①]

自莱什岛的短途旅行回家后,我不再难过了。一路上,我都在心里哼唱着加夫罗契的歌,但那旋律同大巴后排座位上妈妈的学生们高唱的"哈喽,哦,恩维尔·霍查,像我们的群山般宏伟,像我们的悬崖般陡峭"混在了一起。我越是思考自己同那些游客的邂逅,心中的恼意就越少。此前,一想到他们对我们的了解比我们对他们的还少,我就会觉得有些受到冒犯;可后来我发现,这一细节倒很有趣,甚至令我充满力量。感觉那就是一场测试,而我越来越自信,应该是顺利通过了。

全家聚在厨房里吃晚饭时,我把这段插曲告诉了他们。我记得自己说出后松了口气,尽管如此,我的讲述一定透着苦恼,因为奶奶听罢站起身来,一言不发便离

[①] 详情见后文脚注。

开了厨房。几分钟后,她回来了,手里拿着个满是灰尘的透明塑料袋,里面装满褪色的照片。她扯出一张黑白明信片递给我,上面是埃菲尔铁塔,背面写着"祝贺!1934年10月"。明信片上还潦草地写着什么,也许是签名,但已模糊不清,简直像是有人刻意要涂掉它。

"你瞧,"奶奶说,"我们已经有埃菲尔铁塔了。别为这个苦恼了。"

妈妈正在摆晚餐用的盘子,瞥了我手中的埃菲尔铁塔像一眼,说:

"这些来玩的游客,用处跟埃菲尔铁塔塔尖差不多。"

我一下子来了兴趣,因为从来没想过,来我们这儿的游客能有什么用。他们想的只是考考你对他们国家知道多少。

"埃菲尔铁塔塔尖有什么用啊?"我问道。

"什么用都没有,"她答道,"这才是关键。"

"或许可以看风景。"爸爸说。

"没错,"妈妈说,"就跟游客一样。"

"你有没有跟游客说,有时你看起来像加夫罗契?"爸爸问道,想换话题。

我笑着摇摇头。他经常叫我加夫罗契。我不像以前吃那么多了,"酿青椒"的外号就不再合适,弃用之后,他给我起了两个昵称,加夫罗契便是其中一个。那时我每天都在外面疯玩,飞跑着抓法西斯分子,挥舞棍子与罗马征服者作战，爬上树观察土耳其人的围城大军，一玩就是好几个小时。回家时还没缓过来，满脸通红，气喘吁吁的，满身大汗。爸爸见状会问我："都玩什么游戏了？瞧瞧，末了搞得跟打街垒战的加夫罗契似的。"后来，到十几岁时，我希望自己的想法能受重视，便剪短了头发，让丝带从生活中彻底消失。我还用自己的手工蕾丝裙换了大号的男孩衣服和一顶弗里吉亚帽①。于是爸爸提问的语气变成了肯定的表达。"还是像加夫罗契。"他会说，那口吻让人很难判定他是想批评我，还是赞扬我。

我目不转睛地盯着奶奶给我看的明信片。"你留着它吧，"她说，"只要别弄丢了。"

我攥着明信片，感觉到自己在冒汗。"是你小时候游客给你的吗？"我问。

尼尼笑了笑，说是我爷爷收到的。他曾在法国上大学，在一个叫作索邦的地方。毕业时，最好的朋友给了他这张明信片，那位朋友已经不在人世了。

"法国！他在法国上大学！跟恩维尔伯伯一样！也学自然科学吗？你说过他们是朋友！是在那儿遇到的吗？"

"不，你爷爷是学法律的，"奶奶答道，"他和恩维尔上学时就认识了，在科尔察的法国高中就是好朋友。不

---

① 倒圆锥形的帽子。

过没错,他们在法国遇到过很多次,两人都是人民阵线的成员。"

"什么是人民阵线啊?"

奶奶接着说,人民阵线是个致力于对抗法西斯的庞大组织。他们举办会议,组织游行,试图推动大规模的欧洲抵抗运动。当时西班牙爆发了战争,有国际纵队志愿前往,协助共和党人与法西斯作战,我爷爷也跃跃欲试。

"他同恩维尔伯伯一起参加了反法西斯的大组织?!"我难掩兴奋地问道,"怎么从没告诉过我?!从没讲过爷爷打过法西斯!5月5日我能带他的照片去学校的呀!咱家有他的照片吗?有书信?有没有我能拿给朋友看的?"

"是这样,他没去成西班牙,"奶奶接着说,"你爷爷的爸爸发现他到了边境,打算加入国际纵队,便写信给阿尔巴尼亚大使,要求遣送他回国。"

"他爸爸为什么要那样做?"我颇感困惑。

奶奶好像没听见我的问题,或是不想理会,继续说下去:"他带着反法西斯宣传单返回阿尔巴尼亚,打算组织更多集会,可是给警察发现了。"

"他爸爸为什么要反对他与法西斯斗争呢?"我实在不明白,怎么会有人阻挠反法西斯斗争,无论是在法国、西班牙,还是在阿尔巴尼亚。我心里很恼火,爷爷的爸爸不光与以前的总理同名同姓,还同那家伙一样,也是个法西斯分子。

"这个嘛,我也不清楚,他应该是有点老派吧,"奶奶略作迟疑后答道,"他们政治观点不同。"

"后来他还见过恩维尔伯伯吗?"

奶奶停顿了片刻,挤挤眼睛想了想,然后说:"他们……他们……失去了联系。不说这个了,这不,我们有埃菲尔铁塔啊!"她提高了声音:"这才是重要的嘛。"

"所以,爷爷后来去大学做研究了?"我问,不想就此罢休。

接二连三的问题似乎令她不安起来。她瞅了瞅爸爸,一副求助的样子。可爸爸没有回应。

"爷爷先是开了一家卖酒的店子,"她继续说,"本想做律师的,但执照办不下来,因为他反法西斯,而那是索古一世统治时期。进大学做研究嘛……嗯,那时还没有,要几年后,"她补充道,"是战争结束后的事。"

"那他去做什么了呢?"

"哦,也没什么特别的。学了俄语和英语,研究他会的几种语言,做些翻译,大约就这类事情。小太阳,"她对我说,"要不要去准备一下晚餐用的刀叉?"

"爸爸,他就是那会儿离开家,一去就很久,对吗?"我看着爸爸问道,"去大学做研究?奶奶就是因为这个才一个人把你带大的?"

"是的,"爸爸回答,"他翻译了伏尔泰的《老实人》。"

"伏尔泰!伏尔泰!我一直想知道谁是伏尔泰,谁又是卢梭。我是说,我对他们一无所知,只知道他们给法国大革命出了力。"

奶奶热切地点点头,似乎换了话题令她松了一口气。也许她不喜欢爷爷当年就那么离开家,跑到别的地方去,一去那么多年,只为学习语言、搞搞翻译。

"知道这些就够了。"她接着说。无论何时,但凡提到法国大革命,她就会变得情绪高昂,能不知疲倦地一直聊下去。关于那场革命,她将所知都告诉了我:从它如何开始,有谁参与,路易十六是何下场,到玛丽王后的命运,甚至连可怜的王太子遭际都不放过。她喜欢念叨罗伯斯庇尔演说中的一段,说自由的秘诀在于教育人民,而专制的秘诀在于愚弄人民。她给我讲拿破仑指挥的著名战役,对所有参战将领的名字都了如指掌。她还想教我记住,但我发现,所有都记住根本不可能。她说起法国大革命中形形色色的人物,从法国国民议会开始,到拿破仑战争结束,细节生动准确,好像那些人物就是家里的亲戚,包括胜利者、失败者,还有这中间的每个人。

"你奶奶认为,法国大革命为世界带来了自由,"爸爸对奶奶的热情评点道,"革命的想法不错,但从未真正落到实处。"

"伏尔泰和卢梭是启蒙时代的哲学家,"奶奶再次开口,"加夫罗契说是他们的错,原因就在于此。大革命期间，人们为之奋斗的理念是他们二人首先阐释的。他们认为人人生而平等自由，而且能够自主思考，应该替自己做决定。他们反对愚昧，反对迷信，反对为强者所控制。"

"没错。就像马克思和韩格尔。伏尔泰和卢梭也用断头台吗？"我问道。

"没有，"奶奶说，"那是后来的事。"

"马克思和韩格尔用过吗？"

"黑格尔，"奶奶纠正道，"也许你说的是马克思和恩格斯？马克思、恩格斯，怎么说呢……不，算不上吧，他们没用过。他们著书、组织集会，就那类事。他们也认为人人生而平等自由，还认为……这不必说了，马克思的观点你是知道的。"

"他认为，资本主义社会没有自由，有些事情资本家能做，但工人不被允许做。"我补充道，对自己的表现颇为满意。

"说得没错，"爸爸说，"他是对的。在社会主义社会……"他顿住了，想了片刻，然后换了句话，"在资本主义社会，并不是说但凡富人能做的事，穷人就不许做。而是说，即便允许穷人做，他们也没法做。比如说吧，度假是允许的呀，但他们得不停地工作，否则就挣不到钱。在资本主义社会，没钱就度不了假。这就得革命。"

"为了去度假？"

"为了改变现状。"

只要提到革命,爸爸就会激动,这跟奶奶不同,能让她激动的只有法国大革命。在我家,每个人都有自己钟爱的那场革命,就像每人都有自己钟爱的夏季水果。妈妈最钟爱的水果是西瓜,最钟爱的革命是英国内战。我呢,则是无花果与俄国革命。爸爸强调,他对我们国家发生的所有革命都持同情态度,而最钟爱的那场尚未到来。至于最爱的水果嘛,居然是木梨——那东西没熟透会噎人的,他也就不敢放开了吃。奶奶青睐椰枣,可这东西很难弄到,不过小时候她吃过很多。她倾心的那场革命自然是法国大革命了,这让爸爸一直很恼火。这会儿他说:"法国大革命半点成果都没有。有的人依旧富得流油,拥有决定一切的权力,有的人还是穷苦已极,无力改变自己的生活。"他摇摇头,指指顶着厨房窗玻璃嗡嗡响的一只苍蝇说:"他们陷入了困境,就像这只苍蝇。"然后他又仔细思忖了一下,补充了总会补充的一句,仿佛是刚刚想到的,尽管每次解释为什么还没有他喜欢的革命时,他都会用到这句话:"看看这个世界吧,布里嘉蒂斯塔,看看这个世界就知道了。"

虽没有喜欢的革命,他却有喜欢的革命者。那些人被唤作"布里嘉蒂斯蒂①"。不喊"酿青椒"后,他便给

---

① 布里嘉蒂斯蒂(brigatisti)意为"红色旅成员",是名词复数,单数为"brigatista"(布里嘉蒂斯塔)。

我取了个"布里嘉蒂斯塔"的外号。直到很后来,我才明白这个词的意思。但那会儿,只要我坏了什么规矩,他十有八九会这样叫我。日子一久,我渐渐猜到,这个词与"捣乱者"同义,指的是挑战既定权威的人。爸爸常说"过来过来,布里嘉蒂斯塔,瞧瞧你都干了些什么""迟到喽,布里嘉蒂斯塔""布里嘉蒂斯塔,该拿你怎么办呢?还没做完作业啊"。

我还觉得这个词跟暴力有关。有一次,一只流浪猫偷了弗拉穆尔给流浪狗预备的食物,他要处决那只猫,命我搭把手,被我拒绝了。于是他抓着猫现身街头的公共游乐区,在猫脖子上系了根绳子,又命其他孩子扯那绳子,直到猫断气。我把这事说给爸爸听,说我不想扯那绳子,他说:"看来,你毕竟不是真正的布里嘉蒂斯塔。"那是爸爸仅有的一次用这个词来称呼我之外的孩子。那口吻清楚地表明,在那种情况下,"布里嘉蒂斯塔"可不是说来恭维人的。

还有一回,爸爸提到布里嘉蒂斯蒂,将自己也归于此类。那天,我们和往常一样去扫墓,遇到通常会碰到的一个叫齐库的乞丐。齐库是个缺了双腿的中年吉卜赛人,总是穿着短裤,好让人看见大腿截肢处的两排缝针的痕迹。他在地上拖动身体,每次老远看见我爸爸,便会加快速度爬到我们跟前,挡住去路。记得我当时心想,这人还没我高呢。"同志,同志,"他嚷道,"今天能不能给点啥?"毫不夸张,每次爸爸都会掏光口袋里的东西,可谓倾尽所有。我们遇到齐库后,偶尔会路过一家糕点铺。我会拽拽爸爸的衣袖,暗示他有人开始排队了,说明可能会卖冰激凌。爸爸会把口袋翻过来给我看,里面空空如也,然后说:"我可是身无分文了。"接着加上一句:"你看到齐库了,对吧?乖,别难过了,别像你妈那样抠门。我们还是不是布里嘉蒂斯蒂啦?"

从这番交谈中我推断,布里嘉蒂斯塔是愿意分享所有钱财的人。爸爸自认为与他们同道,什么东西都不介意拿出来分享。我与尼尼同去的时候,见到齐库,她也会给些零钱,但没爸爸给得多。她会留下几枚硬币给我买冰激凌,排队时她会说:"可怜的齐库,问题是,他大概不喜欢上学,没受过什么教育,如今只能向人乞讨。早知如此,当初就该读书做功课了,像你一样。"

妈妈从来不给齐库东西。她说:"齐库应该去工作!"我回道:"可他没有腿啊!"她反驳说:"他有手!"我不肯苟同:"可他没受过教育!""那是他的错!"妈妈再次顶回来,"他本该学习的。想学的人就会学。小时候,哪儿有人给我零钱啊。"

我问爸爸为什么要把所有零钱都给齐库,没上学、不喜欢学习是他的错,爸爸说,不是所有事情的发生都是因为谁有错。他解释,虽然如今吉卜赛小孩都得上学、住公寓楼,可在齐库小时候,大概不是这样,他们到处流浪，住在不知什么地方的营地里。他还说："别听你妈的。即使齐库有博士学位，她也不会给他任何东西。她什么都想存起来。"

妈妈什么都想存起来，爸爸总是喜欢拿这点打趣她。两人讨论购物，比如该不该买件新冬衣时，他会讥讽地说："这笔钱您打算怎么投资？"就好像她是资本家。对于爸爸的笑话，妈妈向来无动于衷，即便不是针对她，也从来不为所动。她不会表示抗议，只是耸耸肩，接着发号施令说："拿你的旧外套来，把领子翻过来，就跟新的差不多了。"

对爸爸来说，视金钱为粪土是他的勋章。存钱只会威胁人作为自由个体的状态，是应该摆脱的负担。一旦家里有了余钱，数额再小，爸爸和尼尼也会开始恐慌。他们会盘算能买些什么，或者送给谁，免得闲钱变多会带来灾祸。我们家的生日总是会花大价钱庆祝。每个人都至少能收到一件礼物，有时还不止一件。一直欠债是种巨大的安慰，自打我出生，家里就没有不欠债的时候。少有的几次，家人还清了每月的债款，基本开销也没有超支，便开始琢磨可以有什么其他更加高级的需求，好将所有余钱都派上用场。

每到月末，奶奶会盯着空空如也的橱柜，大声说："东西都用光了！什么都没剩下！得等下个月的购物券了！"话语中透着担忧，却也有种我从来都不懂的喜悦，仿佛在说出即将面临的难过日子的同时，她也在宣称，我们达成了某个目标，应该为之骄傲。我以为这种做派是家里一直有的，因为有次跟科考特玩纸牌，用豆子做赌注，她就跟我讲，以前她跟奶奶玩牌是赌钱的，输多了也不当回事。有天夜里，我无意中听见她和奶奶睡前闲聊，说她们的祖父，那位帕夏，鼓励将家里大部分钱拿去买珠宝、旅游和歌剧院包厢，真是有先见之明，因为这一切到底都会风流云散。

妈妈和爸爸，还有他们各自的家族，韦利家和乌皮家，价值观截然相反，对每件事的态度都存在根本性的矛盾：从衣服缝补多久才该买新的，《萨科和万泽蒂》[①] 是否比《乱世佳人》更好看，孩子自己哭着睡着是否会休息得更好，略微变质的牛奶该不该喝，开会可以迟到多久，到剩饭剩菜重复热多少天才可以罢休。乌皮家憎恨金钱，韦利家崇拜金钱；前者崇尚古老的荣誉准则，后者以无视它为荣。爸爸家对政治有深深的兴趣，即便是遥远国度的政治状况；妈妈家只关心政治是否直接影响自己。两家最终联姻真乃巨大的讽刺，换作他时，换成他地，双方大概率会是死敌。历史令他们成为同盟。双

---

① 萨科和万泽蒂是美国的意大利移民，无政府主义者，1920 年被控抢劫杀人，在马萨诸塞州被捕，1927 年被处决。1977 年案件复审宣布无罪。1971 年案件被改编为电影《萨科和万泽蒂》，又译《死刑台的旋律》。

方似乎都不喜欢日常互动中的冲突，但都找到了应对的策略。他们不赞同彼此的道德观，对此从不讳言，态度之坦诚令人惊叹。他们说，当时除了结婚没其他选择。问题的根子都在"出身"上。

爸爸厌恶姻亲们的节俭习惯，但对金钱的蔑视还是远超其上。这使得他对资本主义制度充满敌意，说这套制度的目的就是让人不断买东西卖东西，赚取利润，使其本身运转下去。妈妈说，如果你最后赚了很多钱，有可能是你该得的。爸爸坚持说，不剥削没钱的人，哪里赚得到钱。有了很多钱，就会有很多权，就能左右重大决定，那些起初不如你有钱的人要得到跟你一样的地位就会变得极其艰难。"人只能量力而行，布里嘉蒂斯塔，"爸爸总结道，"但最终，如果要改变现状，就需要一场革命，因为如果不逼迫，没人愿意放弃特权。"

多年后踏入大学校园，我才震惊地发现，自己的外号源自"红色旅"，一个意大利极左恐怖主义组织，类似于20世纪70年代几个西欧国家出现的游击组织。1968年夏天，爸爸在地拉那大学获得学位。他记得4月份马丁·路德·金遇刺，5月份学生占领法国各高校之后，戴高乐出逃德国，8月份苏联坦克入侵布拉格，次月阿尔巴尼亚退出华约以示抗议。这些事件足以令他相信，除非世界各地遭受不公的人都获得自由，否则，再大的胜利都无法长久。那年夏天，他曾相信自由是可能的，自由要求反抗任何形式的权威。然而，学生的抗议失败了，广场上的青年人变成了职业政客，将曾经的自由理想变为某种模糊的民主说辞。爸爸说，那一刻他意识到，"民主"不过是国家暴力的别称。多数时间，国家暴力只是抽象的威胁，只在当权者面临失去特权的危险时，才会显出原形。

这些事件他只在意大利或南斯拉夫电视台上看到过，观看的结果是，他迷上了各种革命组织，它们彻底否定法律权利与议会民主，相信唯有群众暴力才能战胜国家暴力。他为詹贾科莫·费尔特里内利[1]所折服，此人创立了一家出版社，爸爸说很欣赏这家社的立场，因为它既不迎合家族利益，也不迎合自由国家的民主说辞。爸爸告诉我，这个人在其创立的游击行动队的一次行动中，死于自己携带的炸弹。关于这个人的死亡，爸爸的讲述极其精确，还有生动的心理细节，你都会觉得他当时就在现场，而且侥幸死里逃生了。他跟我讲这个故事的时候，我还不能真正理解那次行动的目的，也不清楚要引发革命为何要去炸电塔。

七八十年代，阿尔巴尼亚电视上几乎不提红色旅的

---

[1] 詹贾科莫·费尔特里内利（Giangiacomo Feltrinelli, 1926—1972），意大利著名出版家、商人、激进活动家，死于一座电塔之下，致死原因是前一天他与行动队成员埋设于此的炸弹爆炸。

事。爸爸是通过偷听意大利广播关注他们动向的。多年后，我试图去理解，他为何对革命暴力这般痴迷。他一定是在通过批判压制性国家发泄对个人困境的不满。他说，革命组织如果能持常规军队的所有武器与国家作战，恐怖暴力便没有存在的必要。他是和平主义者，痛恨一切战争，但对革命斗争有着浪漫的想象。他有着自由的灵魂，却受困于极度严苛的政治秩序，无法选择自己的出身，而出身却足以决定他在世界中的位置。他一定曾想尽办法去理解自己，试图履行自己的道德义务，拒绝接受别人替他阐释其内涵，或者凭他恰好与一位前总理同名就妄加揣测。而在我看来，两人同名，根本没有任何意味。

然而，当他尝试以别人能理解和共情的方式说出这些时，努力解释从国家机器压迫及市场盘剥中解放出来、获得自由意味着什么时，竟然词不达意。他知道自己反对什么，却发现难以捍卫自己的信念。语句、理论、理想，凡此种种拥塞脑中，他努力想找到一条整理它们的路子，让人明白他看重的是什么，并分享自己的看法。他过去所知道的，他过去所是的，他所力求成为的，他所希望发生的——这一切最终都支离破碎，就像那些革命者的生命，他们英勇的牺牲令他景仰，就像他钟爱的那场革命，从来不曾发生过。

第 9 章
艾哈迈德拿到了学位

1989年9月下旬，开学几周后，班上转来一个叫埃里昂的男孩。他家前不久才从卡瓦亚搬过来，我出生前，家人就住在那个小镇。他被安排与我同桌，一坐下便做了自我介绍。他知道我的名字之后便开心地叫道："你就是莱亚啊！莱亚·乌皮！爸妈叮嘱我要记得找你。我们是亲戚啊。我爷爷和你奶奶是表亲，一起长大的。我有话要你帮带，一定要告诉你奶奶，说艾哈迈德拿到学位，回来了。艾哈迈德是我爷爷。你想什么时候过来看他都行。"

我同家人讲自己遇到一个新表亲，他们似乎很诧异。爸爸打趣道："你不觉得，现在发现新亲戚有点晚吗？"我把要带的口信告诉了他们。"艾哈迈德……"尼尼喃喃道，陷入思索中，"艾哈迈德回来了，希望我们去看他，"她若有所思地自语道，"该去吗？去祝贺他拿到了学位吗？要带礼物吗？"爸爸点点头，妈妈却摇头说："我们得小心。"艾哈迈德过世的妻子索妮娅当过老师，他本人无疑也找到工作了。爸爸不以为然："还工作呢，他都一把年纪了。"尼尼依旧眼神空洞地盯着墙，末了说："没错，是有些晚了，他都老了，可谁知道呢？"

这番讨论根本没有道理。为什么不能看望一个妻子做过老师的人？为什么不能祝贺一位刚刚毕业的亲戚？

"我想去跟埃里昂玩，"我说，"他人很好，我想去看他。"经过一番漫长的讨论，全家决定去了。我们买了盒土耳其软糖，登门拜望，两位表亲再次团聚了。

自那以后，艾哈迈德便常来我家。他用拄的樱桃木手杖敲门，会带来小礼物，例如彩绘风筝、纸板帽子，有时还会带埃里昂一道来，我们就会玩当老师的游戏，用我的娃娃当学生。艾哈迈德讲话慢吞吞的，几乎有些费劲。他身上散发着烟草味，随身带的报纸卷成筒，像根烟杆；他会用它搔我下巴下方的脖颈。端起咖啡碟的时候，他的手会抖。杯中的勺子叮当作响，会让人注意到他缺失了大拇指的右手。他手指修长，上面有一层明黄色，仿佛涂过颜料，显然是卷烟造成的。

艾哈迈德来家里时，碰上科考特也在，他们就会像小时候那样说法语。有一次我问他想不想玩赌豆子的纸牌，科考特却说扑克是资产阶级的玩意儿。我不理解，却也不想反驳，便跟艾哈迈德说，我们一直玩赌豆子的纸牌，之前从来没有人提那是资产阶级的娱乐活动。艾哈迈德挨着奶奶在沙发上坐下，说他离开的这么多年里，发生了很大的变化。"到处都是好东西，"他说，"到处都很富足，商店里摆满了货物，人们都很幸福，一切都是那么从容可贵。"奶奶默默地点点头。

几个月后，爸爸收到单位的通知，要从离市中心几英里远的办公室调去另一个单位，那个单位在偏僻的鲁什库尔村。他得起得更早，摸黑去那村子上班，先赶公交，再步行很长一段距离，运气好的话，路上遇到农民，可以搭他们的马车。尼尼担心冬天他的哮喘会加重。大家都觉得，祝贺艾哈迈德，邀他来喝咖啡是个错误。"我就知道，"妈妈说，"我就知道人家早给他安排了工作，很可能上大学时就开始工作了。跟你们讲不要同他接触吧。他妻子以前是做老师的，很多人拖了很久才毕业，都是拜她所赐，还有一个甚至都辍学了。"

在我看来，那番是否该祝贺艾哈迈德获得学位的讨论已经够荒谬了，说同艾哈迈德重聚与爸爸的调动有关就更是荒谬绝伦。然而，家人聊天时常常将两者扯在一起。他的来访意味着，连妈妈学校所在的位置都不是秘密了。有鉴于此，尼尼宣布道："他再来敲门，我们就不应，否则要不了多久，多丽也会给调走的。"

于是我们闭门不开。艾哈迈德与埃里昂来的时候，我们会关掉收音机和电视，装作家里没人。有那么几分钟,一切都沉入静寂。有时多尼卡见人到了坡下,便跑到窗口叫我妈:"达拉,达拉,他来了!你家表亲来了。"艾哈迈德举起手杖敲门,然后等着。埃里昂则握起拳头砸门。我从窗户一角探出半个头去,看见他们又徘徊了一会儿,才捡起搁在地上、里面放着帽子和风筝的袋子,转身离去。埃里昂在前头跑,艾哈迈德缓缓地跟在后面。他拖曳着脚步前行,两条腿仿佛是别人的,脸上有几分疏离,仿佛正揣度着别人的想法。看见他们离去,我心中凄然。爸爸见我有点恼,说:"别担心,布里嘉蒂斯塔,也别难过,长大后就都明白了。艾哈迈德的书是念完了,但工作并没有结束。"

我的家人对那些念完大学的人总是很有兴趣。生日聚会或家族大团聚时,这是最常聊的话题之一。1990年12月前的那几个月,这更是成为唯一值得关注的话题。家人越是表现得对政治不感兴趣,聊天中对高等教育的热情就越高。每次有亲戚来家里,咖啡端出来后,交谈大抵是这样开始的:"听说了吗?纳兹米拿到学位了。""哦,我还以为他早就毕业了呢?""哪里,是最近的事。"接着他们会聊起那些辍学的和以优异成绩毕业的学生,说相比于如今,过去大学毕业有多难。奶奶举例说:"那会儿,伊苏夫都没拿到学位,可等他老婆上了大学,很顺利就拿到了。""哦,是啊,"有人答道,"她可是出类拔萃啊,毕业后留校任教了。"似乎有的大学比别的大学更难毕业。"法蒂玛最终去了B大，可惜没读下来"，而"她丈夫先是在V大，后来转去T大，毫不费力就通过了考试"。有人说了"可谁知道现在会怎样？校长都换了"，或者"现在好像拿不到学位的少了"。有人谨慎地答道："是啊，可谁知道申请的人有多少呢？"

有时他们会对不同的专业进行比较，讨论不同专业通过的难度，比如"约瑟夫学的是国际关系，可贝拉感兴趣的是哲学"。不光是毕业的大学，包括学习内容，都按照难易程度分了类。例如，众所周知，去大学读国际关系几乎毕不了业，而学经济相对而言毕业就快得多。有时听他们的口吻，似乎效率很高地拿到公认难啃的学位会被要求留校任教。但不知为何，这样做会令人生疑。老师的名声也有好有坏：有严格的，令学生胆战心惊，大家不惜一切代价能躲就躲；也有授课风格随和的，比较容易接近。

大人们从来都不提大学全名，只说首字母。例如，他们会说"阿夫妮从B大毕业了"，或者"埃米内先去了S大读书，后来转到M大"。我在客厅矮桌旁不作声地玩娃娃时，想将听到的首字母与不同的大学城对上号。我觉得猜对了的时候，便会说："你们说的S大是不是斯库台大学啊？"大人们这才发现我在听，便打发我回屋去玩。

说到爷爷的研究工作时，我尤其感到糊涂。有亲戚说，要不是他父亲，就是与前总理同名的那个人给牵扯进来，也许他大学不需要读那么久。还有人说，前总理与曾祖父本来就没关系，即便有，也不妨碍爷爷上大学，因为他是"知识分子"，而知识分子多数是要上大学的。后来我发现，爷爷在巴黎读下了第一个学位，便很好奇，想知道他后来去了哪儿做研究，是在哪儿学英语和俄语，并花十五年翻译伏尔泰的《老实人》的呢？不过，这第二个学位笼罩在神秘中。大人跟我说："他在B大读书，后来去了S大。""B大和S大是哪两所啊？"我问道。"文学，"他们回答说，"他学的是文学。"我岂肯罢休，说："我没问他学什么，我是说他在哪儿学的。""哦，这个嘛，这儿那儿吧。"他们回答说，"反正离这儿不远。""可'这儿'是哪儿？为什么又说'那儿'？"我问出了最后一个问题。"为什么？听着，这都跟他的出身有关，"他们重复道，"跟他出身中的一部分有关。"

那些年，我默默消化了许多交谈，其中记得最清楚的一段，跟爷爷的一位叫哈基的老师有关。与爷爷上同一所大学的许多亲戚也认识哈基。他们都说，要是摊上哈基的课，极大的概率是永远毕不了业；实际上，很可能会被开除。某人被勒令退学的消息往往是小声说出的，伴随着阴沉的脸色与颤抖的声音。听到消息的人会说："我真难过，这太可怕了，听到这个消息我真的非常难过。"听说有人没拿到学位，大家都会有激烈的反应，然而，唯一会让大家反应更激烈的，是某人辍学、主动放弃学业的消息。那会儿我常听他们说："就是哈基，她就是受不了哈基。"有人评论道："不对，不只是哈基，主要是这学位太难读。""这话没错，可如果没哈基，说不定就读下来了。"哈基对教育呕心沥血，名声在外。他是最严苛的老师之一，惩罚起学生来出了名地狠，所带来的羞辱也令人难堪。

有个故事跟哈基有关，我听他们讲过很多次，发生在爷爷读完文学学位的时候。那是1964年的夏天，爷爷阿斯兰离开了大学，没有找到差事。他到处求职，却发现比他想象中要难，他的出身成了拦路虎。他决定写信给一位老同学。家里还保存着那封信的副本，就放在装褪色明信片（包括埃菲尔铁塔那张）的灰扑扑的塑料袋里。第一句是："亲爱的恩维尔。"接下去就像是宪法文件的开头："人的尊严是不可侵犯的，社会主义的基础是劳动赋予的尊严。"下一段对这些年受到的再教育表达了感激，祝贺党领导国家在社会主义制度下取得了辉煌的进步。然后他请求获得一份工作，最好能够发挥自己的才能。

信寄出没几天，党总部的回复便到了，说有个空缺的律师职位。等到周一，阿斯兰穿上自己唯一的西装去上班了。那是一套黑色细直条纹西装，离开大学那天他就穿着，后来在爸妈婚礼那天、我离开妇产医院那天，以及他下葬那天,他也穿着它。新工作刚干了几个月,有一天,哈基敲开他办公室的门,希望拿到一份法律证明文件。

阿斯兰穿着西装,哈基头一眼没认出来。

他指指带来的一份文件说:"这份东西需要签署。"

阿斯兰回答道:"请坐,能请您抽支烟吗?"

哈基这会儿意识到,他见过我爷爷,变得有些不安。阿斯兰继续微笑着说:"我想你没认出我吧。欢迎你啊,哈基。见到你真开心。"

哈基犹豫了一下,说:"我可以改日再来。"爷爷回答道:"别担心,一下子就搞好了。"

哈基坐在办公室里,默默抽着烟,阿斯兰则着手处理那份文件。弄好后,哈基要付钱,被阿斯兰拒绝了,他说:"你已经做得够多了,哈基,这次我来做。"哈基千恩万谢,离开时,两个人握了握手。

所有那些关于大学的故事中,这一个我至今难忘,不是因为多年来人们反复讲起,而是因为每次讲起,叙述者的口吻与倾听者的反应都不尽相同。有些见过哈基的人听罢会说:"阿斯兰做得对!"有的人则会很纳闷:阿斯兰怎能与哈基握手呢?难道他忘了吗,要不是哈基,他最好的朋友哪里会辍学?后来我发现,最好的朋友,就是寄来埃菲尔铁塔明信片表示祝贺的那位。"哈基不过是位老师。要求执行的规矩并不是他制定的。"奶奶解释道，试图为丈夫的行为寻找合理的依据。"这么说的话，谁都没有责任喽，"亲戚们反驳道，"老师总得心里有数，不能像规定要求得那么严苛。把下达命令的责任向上推很容易啊，出了什么问题，就怪教育部或部长。可事实上，规定执行时很多人都参与其中。"他们会说，在每个层面上都得慎重，在每个时间点都得慎重。哈基没必要那么严苛。对他的残忍不该报以友好的握手。

我常常想，每次有亲戚来，回忆起在B大，也就是哈基任教的那所大学的时光，奶奶都会再讲一遍那个故事，到底是为什么？我搞不懂，为什么要费劲去分析爷爷给哈基烟抽这个举动，这难道很重要吗？他们毕竟在大学里有过交集啊。爷爷把他当作老朋友，这有什么大不了的吗？有一次，我听奶奶说起罗伯斯庇尔的一句话："惩罚人类的压迫者是仁慈的，宽恕他们就是野蛮。"哈基的名字似乎浮在同样的语境中。将哈基视作人类的压迫者似乎太夸张。可是，爷爷在大学里学会了什么呢？为什么亲戚们这么在意该由谁来弥补罪责？

当我反思童年的所有未解之谜，重温给我留下深刻印象的事，比如艾哈迈德的故事和哈基的故事时，我会把它们视作某个真相的一部分。这真相始终在那里，等着我去发现，可惜我当时看不见。没人对我隐瞒什么，一切都触手可及。可尽管如此，还是得有人告诉我。

我想过问家人B大、S大或M大在哪里，但从来没想过去问大学意味着什么。因为我不知道该如何问出正确的问题，也就无从得到正确的答案。可不这样，又能怎样呢？我爱我的家人，也信任他们。我接受他们为满足我的好奇心所说的一切。在追寻确定性的过程中，我依靠他们来理解这个世界。1990年12月在雨中遇见斯大林铜像的那天之前，我从未想过，家人不仅是我所有确信事物的出处，也是一切疑惑的源泉。

第 10 章

历史的终结

早在拥抱斯大林铜像的几个月前,我就见过首都大街上,纪念五一劳动节的游行队伍举着他的画像。那是每年的常规游行。游行前,电视台就已开始转播,南斯拉夫电视台没有体育赛事可看,意味着我同爸爸不会发生谁看谁不看的冲突。我可以先关注整个游行过程,接着看一场木偶戏,再看一场儿童电影,然后穿上新衣服,出门走一走,买一客冰激凌,最后,找镇上唯一的摄影师拍张照片,他通常就站在文化宫旁的喷泉那儿。

1990年的五一,是我们庆祝的最后一个劳动节,也是最开心的一次。不过,也许因为是最后一次,才显得是最开心的吧。客观来讲,它不可能是最开心的。买日常必需品的队伍排得越来越长,商店货架眼见着越来越空。然而,我并不操心。过去我很挑食,如今长大了,没有美味的金色奶酪,廉价的羊奶干酪也行,没有蜂蜜,陈年果酱也行。奶奶乐观地说："道德第一，食物第二。"慢慢地我明白了，她说得对。

1990年5月5日，在萨格勒布举行的欧洲歌唱大赛上，托托·库图尼奥以《一起来吧：1992》摘得桂冠。在《在家学外语》的帮助下，我取得了长足的进步，能够听懂歌词，会在心中哼唱合唱部分："我们从未这样自由，自由不再是梦，我们不再孤单，我们从未这样团结，给我你的手，你将目睹自己飞翔，一起来吧，团结，团结，欧罗巴。"我一直以为这首歌颂扬的是社会主义理想广泛传播所带来的自由与团结，几年后才发现，它实际上颂扬的是《马斯特里赫特条约》，这个条约不久后便为统一的欧洲自由市场奠定了坚实的基础。

与此同时，欧洲依旧处于各种"流氓"的魔掌中，他们肆意破坏着公共秩序。当年晚些时候，波兰退出《华沙条约》。保加利亚和南斯拉夫共产党宣布放弃一党专政。立陶宛与拉脱维亚宣布脱离苏联独立。苏联军队进入巴库①，帮助镇压阿塞拜疆的示威抗议活动。我偶然听爸妈说到民主德国的"自由"选举，便问爸爸："不自由的选举能选什么呀？"他似乎不喜欢我这么问，连忙换了话题，说："纳尔逊·曼德拉获释出狱，你不高兴吗？"

来我家的人翻了一倍。即便迪瑞科蒂上没有足球赛

---

① 阿塞拜疆首都。

或歌曲大赛，他们也会跑过来。爸妈开始打发我早点上床睡觉。夜晚，透过客厅里弥漫的烟雾，用散装烟丝卷烟的人看起来宛如幻影。

我注意到，爸妈招呼人们进屋时，压低的嗓音里透着惊恐，是受到威胁了吗？似乎并没有。大家照常面带笑意，拍拍我的肩膀，问我学习怎么样，班上有没有谁比我厉害，成绩是不是一直优异，令党为我骄傲。我点点头，将好消息告诉他们。

我刚加入少先队，比同学们早一年。我被选中代表学校在二战英雄墓前敬献花环，还带领同学高诵向党表达忠诚的誓言。上课前，我站在全校师生面前庄严宣誓："恩维尔的少先队员们！以党的事业之名，你们准备好战斗了吗？""时刻准备着！"少先队员们发出雷鸣般的吼声。爸妈特别自豪，作为奖励，全家去海边度了一次假。

那年夏天，我参加了为期两周的少先队夏令营。每天，铃声七点会响，将我们唤醒。早餐面包卷味同嚼蜡，餐厅里负责分发的阿姨倒是格外和蔼，甚至充满爱意。吃完早餐后，我们整个上午都会泡在沙滩上，晒日光浴、游泳、踢足球。午饭时，我们排队领碗装米饭、酸奶和葡萄，饭后会给打发回房间去睡觉，睡不着就假装在睡，直到下午五点钟铃声再次响起。下午，我们会打乒乓球或者下棋，然后分成不同的学科小组做活动：数学、自然科学、音乐、艺术及创意写作。晚饭时，我们会大口喝下蔬菜汤，然后冲到露天电影场，找座位坐好。夜里，我们会聊到很晚，结交新朋友。最大胆的与年纪最大的坠入了爱河。

白天我们都在进行各种竞赛，比谁床铺整理得最整洁，谁饭吃得最快，谁泳游得最远，谁首都知道得最多，谁读的小说最多，谁会的乐器最多，谁能解复杂的三次方程。过去一年里，老师们费尽心血教我们，团结是巩固社会主义的纽带，然而在那两周里，团结的观念消失无踪。经过最初的几天，竞争不再受限，组织方设定规范，分年龄组展开。赛跑、奥林匹克竞赛模拟、诗歌创作比赛都是统一组织的，各种竞赛成为营地生活的基本，只有小资产阶级反动分子才会拒不参加。两周结束后回家时，很少有孩子拿不到至少一颗红星、一面小旗、一份认可证书或一枚奖章，获得的即便不是个人奖，起码也是个团队奖。我每样都拿到了。

我在少先队夏令营的两周成为这类活动的绝唱。我拼尽力气赢得的红领巾，每天都会骄傲地佩戴着去上学的红领巾，很快就成了一块用来擦拭书架灰尘的抹布。红星、奖章、证书，还有"少先队员"这个称谓，不久将成为博物馆里的旧物、来自上个时代的记忆，变成某些人在某处经历过的碎片。

那年早些时候去海边度假，是我们全家的头一次，也是最后一次。那是国家最后一次发放旅游券。那年五一是工人阶级最后一次上街庆祝自由与民主。

1990年12月12日，阿尔巴尼亚正式宣布成为多党制国家，将举行自由选举。大约一年前，在罗马尼亚，齐奥塞斯库被枪决，死时高唱《国际歌》。海湾战争已经爆发。在刚刚恢复一体的柏林，柏林墙的小碎块已经在纪念品商店里出售。一年多的时间里，这些事件对我们国家几乎没有影响。密涅瓦①的猫头鹰像往常一样飞走了，似乎已经将我们遗忘。可她终究又想起我们，飞了回来。

我们国家的社会主义为何会终结？仅仅几个月前，在德育课上，诺拉老师说社会主义并不完美，它到来时不是共产主义实现时应有的模样。她说，社会主义是一种专政，无产阶级专政，有别且优于西方帝国主义国家的资产阶级专政。社会主义制度下，是工人而不是资本控制国家，法律维护的是工人阶级的利益，而非一心牟利者的利益。但她也明确指出，社会主义也存在问题，阶级斗争尚未结束，有很多外部敌人，比如苏联，它早就放弃了共产主义理想，变为派坦克蹂躏小国的帝国主义国家。还有很多内部敌人，以前的富人失去了特权和财产，不断阴谋颠覆工人阶级的统治，理应受到惩罚。

---

① 罗马神话中的智慧、战争、月亮和记忆女神，也是手工业者、学生、艺术家的保护神，罗马十二主神之一，对应希腊神话中的雅典娜。

尽管如此，随着时间的推移，无产阶级斗争必将获得全面胜利。诺拉老师说，当人们在人道的制度下长大，孩子们受到正确理念的教育，大家就会将其内化。阶级敌人将日渐减少，阶级斗争将趋缓，最终将彻底消亡。届时，共产主义将真正实现。它为何优于社会主义呢？因为它无须以法律惩戒任何人，而是彻底解放了全人类。与敌对势力的宣传相反，共产主义并不压迫个体，而是在人类历史上首次赋予个体充分的自由。

长大后我会身处怎样的世界？阿尔巴尼亚的社会主义都不存在了，又该如何实现共产主义？我难以置信地盯着电视屏幕，看政治局书记宣布，政治多元论不再是该受惩罚的罪行，爸妈则在一旁说，他们从来没有支持过那些人，从不相信它的权威，可我看到他们一直在给那些人投票。他们只是熟记了口号，不停地朗诵，就和别人一样，就像我每天早上在学校宣誓忠诚时一样。但与他们不同的是，我信，除了信，我一无所知。如今我一无所有，除了过去所有微小而神秘的碎片，就像早已失落的歌剧，只余零落的音符。

接下来的几天里，第一个反对党成立了，爸妈也揭露了真相，属于他们的真相。他们说，在近半个世纪中，我的国家就是一座露天监狱。家人常常挂在嘴边的大学，没错，是教育机构，不过性质特殊。说亲戚们大学毕业，实际上是说，他们刚刚刑满释放。拿到学位是暗语，意味着服满刑期。代表大学城的首字母,其实是各个监狱和流放地的首字母:B代表布雷尔[①],M代表马利奇[②],S代表斯帕奇[③]。不同的专业对应不同的官方指控:国际关系意味着叛国罪,文学代表"煽动与宣传",经济学意味着所涉的罪行较轻,譬如"私藏黄金"。学生留校任教意味着犯人变为暗探,比如我们的表亲艾哈迈德,比如他过世的妻子索妮娅。严苛的教授代表曾夺去很多人性命的官员,比如哈基,爷爷居然在刑满后与他握手。说某人以优异的成绩毕业,意味着刑期短暂,其间没有节外生枝;开除意味着死刑;主动辍学,就像爷爷在巴黎的挚友那样,则表示自杀身亡。

我发现,我从小鄙视的那位前总理,跟爸爸同名同姓并非出于偶然。他竟然是我的曾祖父。终其一生,这个沉重的名字压垮了爸爸的所有希望:无法学习自己心爱的专业,不得不为自己的出身做解释,为不曾犯过的错误赎罪,为并不认同的观点道歉。我爷爷与他父亲立场相悖,试图加入西班牙的共和军,在那场斗争中站到了他父亲的对立面,后来却因为血缘关系,坐了十五年大牢。爸妈说,原本我也会为此付出代价,至于是以何种方式,那就很难说了。若非家里撒谎掩盖了秘密,我

[①] 阿尔巴尼亚迪勃拉州马蒂区一城市,距地拉那91千米。
[②] 阿尔巴尼亚的城镇,位于该国东部。
[③] 阿尔巴尼亚关押政治犯的著名监狱。

也会付出代价。

"可我是少先队员啊!"我难以认同,"入队比同学都早。"

"谁都会入队的,"妈妈回答说,"但不会让你加入共青团,入党就更不要想了。"

"他们没让你入党吗?"我问道。

"我?"妈妈笑道,"我根本就没申请。一位新同事推荐过我,可他随即便发现了我的出身。"

他们跟我讲,原本我也会因妈妈的家庭背景付出代价。我才知道,妈妈同她表叔希森折的纸船模型确有其船,她小时候画的土地、工厂和公寓也确实存在,在她出生前,都属于她家,当时,社会主义尚未来临,那些产业尚未被剥夺。党总部大楼——爸妈曾站在楼前,第一次跟我解释何为伊斯兰——也曾是她家的财产。"记得那次我们站在那栋大楼前说起伊斯兰吗?"妈妈问道。我点点头。她这话让我想起,只要路过那座大楼,她都会抬头望向五楼那扇没有放花盆的窗。那个所谓的人民公敌曾站在窗口高喊"真主伟大!",然后纵身跃下。他一直试图逃脱所受的折磨。那是1947年,那个人是她的祖父。

奶奶也将她的故事对我和盘托出。我偷听她与科考特的谈话时,就无数次猜测过她都经历了什么。她生于1918年,是家中的次女,叔父是一位帕夏,父辈均是奥斯曼帝国的行省高官。十三岁那年，她成为萨洛尼卡法语学校唯一的女生。十五岁那年，第一次喝威士忌、抽雪茄。十八岁因成绩冠绝全校获得金质奖章。十九岁第一次造访阿尔巴尼亚。二十岁成为总理顾问，是供职于国家行政机构的首位女性。二十一岁在索古国王的婚礼上结识爷爷。他们饮香槟，跳华尔兹，对那位新娘表示同情，发现彼此都很厌恶皇室婚礼，更对君主政体满怀鄙夷。二十三岁与爷爷成婚。他信奉社会主义，但不主张革命，而她则隐约是进步派。两人都出身于立场保守的名门望族，几代以来，族人散布到了奥斯曼帝国的各处。二十四岁那年，她成为母亲。二十五岁那年，战争结束，而她也是最后一次见从此再未见过的萨洛尼卡的亲人。二十六岁那年，她参加了立宪大会代表选举，那是女性首次和男性一样可以投票选举，也是非共产党的左翼候选人最后一次竞争政府职位。二十七岁那年，那些候选人遭到逮捕和处决，其中大多与她家交好。碰巧他们俩在战争中结识的一批英国军官即将启程回国，于是爷爷提议在朋友的帮助下移居国外。奶奶断然拒绝了。她母亲在此之前从希腊赶到阿尔巴尼亚，帮着带蹒跚学步的孩子，最近病倒了，她不愿抛下母亲不管。二十八岁那年，爷爷被捕，罪名是煽动群众和非法宣传，先是被判处绞刑，后来被改判为无期徒刑，最后刑期减到了十五年。二十九岁那年，她母亲死于癌症。三十岁她被迫离开首都，搬去了另一个城市。三十二岁进入劳改营。到她四十岁那年，亲戚中很多人不是被处决，便是自杀而死，侥幸得活的，要么进了疯人院，要么遭到流放，要么锒铛入狱。五十五岁那年，她差点死于胸膜炎。六十一岁那年，我出生了，她成了奶奶。之后的事，我都知道了。

奶奶解释说，她一直想教我法语，是因为法语能让她想起从前的生活，想起周围的人都说法语，还有法国大革命。对她而言，同我讲法语是身份认同的问题，更是一种反抗，一种小小的不合作姿态，她觉得，将来我会珍视。有一天她不在了，每当我想起这种事，就会想到自己的家庭渊源、家中奇特的政治际遇，以及人们因为出身而付出代价，无论他们想成为什么样的人。那时我就可以思考，生活如何将我们抛来掷去，生来拥有一切，而后又尽数失去。

奶奶并不怀旧，无意于回到昨日的世界——那时，她的贵族家庭说着法语、看着歌剧，而备餐洗衣的仆人却大字不识。她说自己从来都不是共产主义者，但也不向往旧制度[①]。她意识到自己是在特权中长大的，对为特权正名的那套说辞深表怀疑。她觉得阶级意识与阶级归属不是一码事。她坚决认为，政治观点不是继承来的，

---

① 原文此处是法语。

而是自由选择的,我们会选合理的,而不是最好用或最符合我们利益的。"我们失去了一切,但并未失去自我,以及自己的尊严,因为尊严同金钱、荣誉或地位无关。我原来是什么样的人,现在还是什么样的人。"她强调,"而且,我还是喜欢威士忌。"

她平静地述说着这一切,将生命的各阶段清晰区分,尽力点出差别,偶尔看看我是否听懂。她希望我记住她的人生轨迹,明白她是自己生活的书写者:尽管一路上千难万险,她始终掌控着自己的命运,从未逃避,始终为自己负责。她说,自由,就是始终意识到什么是必然。

奶奶和爸妈那几周里说的每件事,我都努力去理解,并牢记在心。后来,同样的谈话又重复了多次。我感到迷惑,弄不懂我家的遭遇是当时的普遍情况,还是例外;对这些关于我自己的事的发现,会让我同其他孩子更相近,还是更像个异类。我常常听朋友们说,有些事他们搞不明白,说大人们聚在一起聊的内容好难懂,跟密码似的,真想破解破解。也许别人家的大人也聊社会主义,晚上达埃蒂和迪瑞科蒂展示别国生活的画面时,也会谈论党,或许也会说到那些实为监狱的大学,并且就此交流看法。也可能他们的亲友更像哈基。照奶奶说的,这个人是真正的信徒,施用规则时,何时该严格,何时该慎重,对此他毫无自己的认识。

我了解到这些事的时候,真相已不是危险的存在,

第 10 章 历史的终结

但我已经不小了，会想家人为什么瞒了我那么久。也许是信不过我吧。他们不信任我，我为什么要信任他们？在这个政治与教育渗入生活方方面面的社会里，我是家庭与国家共同塑造的产物。当两者的冲突浮上来时，我被弄得头晕目眩。我不知道要往哪里看，该相信谁。有时我觉得我们的法律不公平，领导人太残暴；有时又想知道，家人遭受到那样的惩罚，是不是罪有应得。毕竟，他们如果在乎自由，就不该使唤仆人；如果在意平等，就不该富得流油。可奶奶却说，他们也希望这些事改变。爷爷信仰社会主义，厌恶家庭享有的特权。"那他为什么会进监狱呢？"我不肯罢休，"一定是干了些什么，没干什么不会坐牢的。"奶奶说："都是阶级斗争，阶级斗争一向是血腥的，跟信仰什么的无关。"

对党来说，牺牲个人偏好是历史发展的需要，是过渡到更好未来的代价。学校教导我们，每场革命都得经历恐怖阶段。对我的家庭而言，这一切没有什么好解释、辩护的，也没有什么大背景可作为借口；他们遭遇的，只是对生命的无端摧残。也许我出生时，恐怖已经结束，也许尚未开始。我被新的形势拯救了吗？还是在某种程度上依然受到了诅咒，因为我自己从未发现过什么？

我很想知道，家人原本是否打算向我透露我们是谁，以防我变成他们不想看到的样子，或者相信他们并不认同的东西。"原本不打算告诉你的，但你自己会发现的。"

他们回答说。

"要是没发现呢?"

"会发现的。"他们很肯定。

接下来的几周里,疑虑不断来袭。我发现难以接受的是,那一刻之前,家人的言行都是弥天大谎,而且不断重复,让我一直相信别人告诉我的。他们鼓励我成为好公民,而心底却十分清楚,因为出身问题,我只能成为阶级敌人。他们的苦心如果没白费,我应该会认同那个制度。他们能接受我变成那样吗?也许我会变成艾哈迈德,成为又一个可疑的亲戚,已经倒向了另一边,不知是出于恐惧、信念,还是监狱教育的影响,抑或是别的动机——所有原因都同样神秘难解。或许,如果不给入党,我会满心怨恨。我会发现真相,对党代表的一切充满敌意,变成又一个缄默不语的敌人。

一天下午,妈妈带回报纸《民主再生》的第一期,其办刊宣言是:"个体自由必将保证全体自由。"此前多日,就有风传此报已经付梓,会于某日早晨送达各书店,那是唯一出售报刊的地方。人们手攥空瓶排队等候,这样的话,一旦"西谷里密"①的秘密警察盘问起来,可以辩称是在排队买牛奶。爸爸高声朗读了那篇社论,题目是《第一个字》。该报承诺捍卫言论及思想自由,永远只

---

① 即国家保安局,是阿尔巴尼亚的国安机构。

讲真话。他念道："只有真话才是自由的，只有讲了真话，自由才能成真。"

长那么大，我生活中的所有变化加起来，都不及1990年12月发生的变化多。对某些人而言，历史就是在那些日子里终结的。然而，这感觉不像是终结，也不像是新的开端，至少没有立刻开始。更像是一位没人信的先知的崛起，他曾预言灾难，所有人都恐惧，却无人肯信。几十年来，我们都在想象灾难的样貌，准备抵御敌人的攻击，做好核战防范，设计地下掩体，压制不同政见，预防反革命言论。我们竭力夺走敌人的权力，反对他们的论调，抵御他们腐蚀我们的企图，与其进行军备竞赛。然而，当敌人最终现出真容时，我们却发现他们与我们太过相似。对于眼前发生的一切，我们无法归类，无法定义我们失去了什么，又换得了什么。

国家不断告诫我们，无产阶级专政一直受到资产阶级专政的威胁。我们未曾料想到的是，这场冲突的首当其冲者、这场胜利最显著的标志，正是"独裁""无产阶级""资产阶级"这类词语的消失。它们不再属于我们的语汇。这个政体消亡之前，赖以清晰表达其抱负的语言就已衰亡。这不单是理想的破灭、统治体制的垮台，也是思想范畴的消亡。

只有一个词留下来了：自由。它出现在电视中的每一段演讲里，街头愤怒呐喊出的每一句口号里。但当自由最终到来时,就像上了一道没解冻的菜肴,我们没怎么咀嚼,迅速吞咽下去,却依然感觉饥饿。有人很困惑,难道给我们的是剩饭剩菜?有的人意识到,这只是开胃冷菜。

1990年12月到来前的那些日子,我步行上学,在教室里上课,在街头玩耍,同家人用餐,听广播看电视,日子过得一如往常。同样的行为,以及这些行为背后人的欲望与信念,后来回忆起来,将会具有截然不同的意义。说起那段艰难时光,我们会说那是勇敢的举动,以及面对挑战的适时决定和成熟反应。我们无法去考虑一路上出意外的可能,无法去想象计划出差错。某些先前还被视作天方夜谭的图景,后来都成了必然发生的事实。我们无法想象失败。失败是我们扬帆驶离的海岸,不会是我们抵达的港口。

然而,我能从那段日子回忆起来的,只有恐惧、迷惑和犹疑。我们用"自由"谈论一个最终实现了的理想,同样的事情以前我们也做过。然而,情况发生了翻天覆地的变化,很难说我们以后是否还是同样的我们。半个世纪以来,大家都参与到同一个合作与压迫的体制中,扮演着如今不得不改变的社会角色,而扮演那些角色的男男女女本身毫无改变。亲属、邻居、同事曾经相互倾轧,也曾相互支持;互相猜疑的同时,也形成了互相信任的纽带;互相监视的同时,也互相掩护。狱卒是曾经的囚徒，受害者是曾经的施害者。

我永远不会知道，那年五一上街游行的与 12 月参加示威的是不是同一群工人。我永远不会知道，当初如果问了不同的问题，或是得到了不同的答案，甚至根本没有得到答案，我会变成什么样的人。

事情曾是一个模样，然后又变成另一个模样。我曾是某个人，然后又变成另一个人。

Part two

第二部分

第 11 章

灰袜子

旧年结束的几天前,宣布要自由选举,伊洛娜在学校问我:"你家人会投谁的票?"

"他们会为自由投票,"我答道,"自由和民主。"

"是啊,我爸也是。"她说,"他说阿尔巴尼亚共产党错了。"

"哪儿错了呢?"

"哪儿都错了。你觉得,在神这件事上,他们也错了吗?"

我犹豫了。我明白她为何急于知道,也不愿让她失望,但终究还是无法说谎。沉默片刻后,我说我不相信神存在,可话一出口便后悔了,于是改口:"我也不知道,显然很多事情他们都弄错了,这才有了多党制嘛,也就是说,现在有许多不同的党,有了自由选举,人们可以选择投谁的票,去发现谁才是正确的。爸爸都跟我讲了。"

"这大概就是为什么诺拉老师会说宗教是来自人民的吧。"伊洛娜说,"在这一点上他们没错。"

"她说过这话吗?我只记得她说过,宗教是冷酷世界里暖心的东西。我又问了尼尼关于神的事,可她说对神一无所知,她只相信自己的良知,也不知道是什么意思。"

伊洛娜思忖道:"也许是说,有了多党制,有的党说神存在,有的说不存在,谁赢了选举,谁说的就是对的。"

"不会吧,他们不能总是这样变来变去。否则,有的党为了赢得大选,会试图让人们相信宙斯、雅典娜什么的都是真的,我们得像古希腊人那样用活人献祭神灵。要是那样,还有什么能阻止他们呢?"

"没什么能阻止他们。"伊洛娜说,"这才是最重要的。如今我们自由了,大家喜欢说什么,就说什么。"

我怀疑地摇摇头。"那样的话,圣诞节、新年夜这类节庆,就得一会儿被取消一会儿被恢复了,全看谁赢得大选喽。怎么做一定是有依据的。在社会主义社会里,我们信赖科学,不能凭空杜撰。科学是真实的,因为可以做实验,可以验证理论。我不知道该如何验证神的存在。"

"我还是信神,一点点吧。"伊洛娜说,"我是说,我当然也信科学,可神我也信。你不信吗?"她追问道。

"我不知道,"我再次说,"不知道该怎么想。以前我信社会主义,对共产主义充满向往,认为就该反对剥削,把权力交给工人阶级。爸妈如今却说,我家以前站在了阶级斗争的对立面。"

"没人再信社会主义了,连工人阶级都不信。"伊洛娜说。

"你爸爸信吗?"我问道,"你们家站在阶级斗争的哪一边?"

"我爸爸嘛,"伊洛娜想了片刻,"我觉得他不信。我是说,他是公交司机,属于工人阶级。五一总跟着单位上街游行。如今,看到电视上书记露面,他便会咒骂一通。这些天他动不动就发火,酒也喝得比以前凶,很难让他平静下来。我妹妹咪咪还在孤儿院。他曾发誓,六个月后就接她回家,可现在却说养不起。过去他是个乐呵呵的酒鬼,现在却从早到晚都怒气冲冲的。我觉得,他压根没信过社会主义。"

"我爸妈也变了。过去停电了也不发火,现在没事也会发脾气,'杂种,杂种'地嚷嚷。不过要是我放学回家晚了,只有奶奶会注意到。至少她一如既往,一点都没变。"

"我外公说他一直信神,一点点吧。"伊洛娜继续说,"即便宗教活动被取缔时,他也会偷偷庆祝圣诞节。他以前打过游击。他说党做过一些好事,比如要求人人能读会写、修建医院、架通电力等这类事,但也做过一些不好的事。他说自己是社会主义者,也是基督徒,说基督徒很容易成为社会主义者。他还是党员,并没有退党。"

"我爷爷也是社会主义者,"我说,"坐了十五年牢。我爸妈没机会入党。"

"真的很奇怪啊,"伊洛娜说,"我外公说,既然政治已经多元化了,教堂也许会重建。他说妈妈在天堂,他会为她祈祷,我还让他教我如何祈祷呢。"

"我家是穆斯林,"我说,"去的是清真寺。如今没有清真寺了,如果重建,也不知道会不会去。我妈妈说,她家的人一直信神的。"

"什么圣诞节、新年夜,我都无所谓。"伊洛娜说,"他们想庆祝什么都行,投票决定庆祝什么都行。大选会在周日举行。至少他们没把周日给废除了。你知道基督徒是周日去教堂的吗?"

我耸耸肩。"我们是穆斯林,"我再次说,"我不清楚周日该做什么。我想我们到时再看吧。"

实际情况是,我们睡了个大懒觉。第一个自由公平选举的周日早上,我们全家都躲在被窝里。爸爸会不时爬起来去厨房查看选举情况。"还有时间。"回来时他喃喃道,似乎害怕自己的嗓音会让透过深色窗帘照进来的大好阳光拥有更多力量,破坏大家赖床不起的努力。他站在卧室门口,带着每次要传达重要消息时的那副严肃姿态。今天,消息包含在一个词里:三十。

说完他便回了自己的屋。一小时后,他重复一遍,去厨房查看了新闻,然后在卧室旁边停留,告诉我们最新的数据。四十,他说。再后来是五十。每一次,被子底下都会传出声音来,像是被努力压抑的欢呼。"在上升啊。"奶奶低声说,把我俩床上的羽绒被往上扯了扯,仿佛此刻是午夜。"我觉得不会到一百。"爸爸答道。那一刻,欢呼声越发响亮,没法被禁住。"我们得睡了。"奶奶说。

我们睡得并不沉,只是浅浅地睡了一下,就像有时想重温美梦或不想面对前方的现实而逼自己再睡那样。那一次,梦与新闻纠缠起来。那是一个关于投票人数的梦。

我们希望人数会上升,但是得慢慢来,不能一举飙升。关键是,到百分之九十九前就得停。那天早些时候,官方宣称投票人数接近百分之百。这就意味着,选举和以前一样既不自由,也不公正。以前,到了选举日,家里每个人五点就会起床,六点已经在投票站排队了,七点已经投完了票,九点结果就已宣布。官方口号是:"人民投出的每一票,都是射向敌人的一粒子弹。"爸妈认为,越早现身,就越不可能遭到怀疑,说他们不愿向敌人开火。

通常，我们是最早到的那批。投票队很像牛奶队，半夜就已经开始排了，不同的是，头天夜里没人会摆上袋子、罐子、石头占位子。大家都亲自到场。没人会大呼小叫，没人会寻找熟脸，也不会觉得事态会在顷刻间急转直下，陷入混乱。整个场面透出秩序与平静的期盼感，我都认定，从根本上讲，选举比买牛奶会带给人更多的满足感。情绪显然要明快得多。至于我父母，他们对投票的热情之高，让我觉得自己必须做点非我不可的事才能追上他们。我有时会在选举小组面前朗诵一首讴歌党的诗，有时会带上一束花，放在恩维尔伯伯照片旁的投票箱前。

记忆中，社会主义制度下最后一次选举是在1987年。我写了首诗，打算自己朗读，即便年龄太小无法投票，我觉得也可以把诗歌当子弹。然而，我内心煞是煎熬，不确定自己整出了怎样的子弹，他们会不会觉得它的威力足以消灭敌人。奶奶再三宽慰我，说诗写得很棒。爸妈却不想让我期望过高，说朗读嘛，不知道到时时间是否允许。要看队有多长，他们说。

出门时天还没亮，我心里发慌，攥紧了爸爸的右手，只觉得他的手汗涔涔的，同我的一样。我们站在投票站外等候，等到开门，轮到我们时，选举小组的工作人员递给爸爸一张白纸。上面印着一串姓名，均来自民主阵线，那是唯一可以推举候选人的组织。爸爸瞧都没瞧就填好，将之对折投入了红色票箱。他直勾勾地盯着工作人员，那人正在为下一个人，也就是妈妈，准备选票。然后，爸爸冲他点点头，那人举起拳头作为回应。我也举起拳头。看到有拳头举起时，我总是会跟着举。

我记不得自己有没有朗诵那首诗了。我肯定是朗诵前突然觉得不够好，反悔了，或是爸妈想了个鬼主意，打发我离开了现场，免得让他们出更多丑。

如今，选举自由而公正，一切都不似从前，无须早起，不必排队，投不投票无人在乎。我们那一天中随时都可以投，不喜欢去，不投就是了。大家都赖着不起，仿佛对值不值得放着觉不睡，而跑去投票站拿不定主意。就算跑过去了，又该投谁呢？

选举前夜，大家都拿出了想穿的衣服。我从小只见过奶奶穿黑衣，因为在给爷爷守丧。但这晚，她从一口木箱里挑出一件短上衣，上面点缀着白色圆点。她上一次精心打扮去参加选举还是 1946 年。她说，那会儿还戴了帽子和珍珠项链，并开玩笑道，那帽子八成还挂在国家电影制片厂的衣橱里。资产阶级家庭的衣服充公后，大多送到了那里。

是赶早去投票，还是等等看，爸妈各持己见。谁也没法预测选举会出现什么情况。他们一再提到 1946 年的大选，那次结果并不好，大选刚结束，我爷爷和外公就都被抓了，其他家人也遭到遣送。这次，历史还会重演吗？

爸爸指出："那时形势不同，苏联人赢了战争，如今他们失败了。"妈妈显然很恼火，回答道："哼，苏联人！苏联人去年这个时候就完蛋了，当时你在哪儿？"这是个反问句，因为她立刻调整语气，给出致命一击，"准备五一游行呢吧！"

爸爸摇摇头，带着一种神秘的自信说："恩维尔完了，我们不会走回头路的。"

几周前，首都主广场上的恩维尔·霍查像被推倒了。大学生们绝食抗议，要求"恩维尔·霍查大学"改名。党政官员不知该如何应对，便提出由全体大学生投票表决，这导致冲突进一步升级。

党从唯一的党变成了一个党，多党派中的一个。它将更名为"阿尔巴尼亚社会党"，与其他政党竞争议会席位。每个党派都将拥有自己的候选人、自己的报刊、自己的施政方案，以及自己的成员名单。名单中有些人曾是共产党员，最近才改换阵营。有些人依旧保持忠诚。党竟能分裂成多个党派。它既可被视为疗法，也可被视为疾患，既是罪恶渊薮，也是希望之源，这些都赋予了它某种神话色彩，而在未来的许多年里，它被视为一切不幸的缘由，一种暗黑的魔咒——它令自由看上去如同暴政，令必然看上去如同自由选择。摆脱其无所不在，就像突然发现牙齿之间咬着绳子。党垮台了，却依然存在。它高于我们,却又潜入我们内心。每个人、每件事都来源于它。它变了声音,换了样貌,说起了新语言。然而,它的灵魂是什么颜色?它可曾变成它一直以来向往的模样?这只能由历史来评说了,但那时历史尚未被创造出来。我们有的只是新的大选。

投票站开放前夕,尼尼说:"投票是种义务。我们不投票,就等于让其他人替我们做决定,那不就跟以前一模一样吗?唯一一张候选人名单读也不读,就投进票箱了。"

大选那天早上,我思考着奶奶的话。爸妈为何会犹豫该不该去投票?他们为何不出去感受一下期待已久的自由?他们夸张地打哈欠,做戏般地赖床,装作拿不定主意,这一切都令人觉得,这些年他们期盼的不是实际发生什么,而是永远拥有发生什么的理论可能性。如今,实实在在的东西触手可及,家人却害怕一切会变味。大选按说可以带来选择自由,他们却不去行使,而是试图让选择免遭玷污。或许,他们意在避免相信某个人或某项政策,怕到头来只有失望。或许他们是担心其他数百万选民的原则和动机与自己的不同,这些人只会选出同样的结果,让他们的希望化为泡影。

我与弟弟又等了一会儿,然后忍不住冲进了爸妈的卧室。只见他俩仍执拗地躺在床上,身子僵硬,身上裹着一床拒绝面对现实的毛毯。他们从头到脚都盖着白被单，就像医院里打过麻药准备手术的病人。我们靠近了些，困惑地观察着他们。两人注意到了我们，立刻翻身面向另一侧。随后，被单下传来声音："走开，现在不是时候。"

回到自己屋后，我打开收音机。新闻报道说，南方的偏僻乡村里，有群众走上街头，高举恩维尔·霍查像，呼喊拥护共产党的口号。他们警告选民，要不了多久，这个国家就会为今天感到后悔。记者称这类怀旧游行为"反示威"，以区别于几周前发生的真正示威。奶奶评说道："这些农民，他们懂什么？"

这些人里有农民、工人和共青团激进组织成员，实际上，官方称其为"捍卫恩维尔·霍查的志愿者"。几周前，霍查像遭毁后，他们便开始聚集。党总部回应："胸像可以被拆毁，但恩维尔·霍查的形象不会倒下。"然而，反示威者无法阻止事态的进程。就像悬在峭壁上的人，他们死死抓住这个国家共产主义遗产仅余的几个象征。他们也对未来充满恐惧。但与我家不同，他们中许多人依然认同过去。党一向都替他们发声，为他们做事。我家是国家暴力的牺牲品，他们则是帮凶。

反示威仅仅持续了几个月。先前出台的一系列改革措施，渐渐被视作一场革命。其他革命都会有压迫者与被压迫者、胜者与败者、受害者与施害者。然而在这场革命中，责任追究起来错综复杂，所有人也许都属于同一阵营。处决领导人、关押暗探、制裁前党员,只会令冲突愈演愈烈,复仇的怒火愈烧愈旺,血愈流愈多。将责任抹除干净,假装大家自始自终都是无辜的,似乎是更明智的做法。大家唯一可以公开点名的作恶者,是那些已经死去的,因为他们无法辩解,也无法脱罪。其他人都摇身一变,成了受害者。所有幸存者都成为赢家。找不到施害者,能怪罪的只剩下理念了。共产主义在某些人眼里无药可救,在另一些人眼里凶残暴虐,单单提起这个词,便会招致鄙夷或仇恨。这场革命,这场天鹅绒革命,是人对抗理念的革命。

等家人终于决定去投票时,投票站差不多要关闭了。我们急忙冲到街上,见许多人正彼此打着招呼,举起两根手指做 V 字状,那是代表自由民主的新标志。我和弟弟发现,用两根手指替代紧握的拳头,简直不要太容易。妈妈显然练习过。爸爸一开始似乎有些犹豫。上流社会的风范从未褪尽的奶奶对这个手势大概很不屑。或许,像发明它的同盟国军队一样,1946 年时,V 字还没有来到阿尔巴尼亚。

街头的宣传者将印有反对党标志的贴纸递给我们,那是一个蓝色字母 P,代表党,里面蜷缩着一个字母 D,代表民主,后者似乎在前者中获得了庇护。我以前没见过这些贴纸,便在胸前贴了几张,在商店橱窗上也贴了几张,营造出赏心悦目的幻象,仿佛店里有东西可卖。

我还在寥寥几辆停靠于路边的汽车的门上贴了一两张。进了投票间，弟弟打算在票箱边上贴一张，却遭到制止，于是他只得趁人不备，偷偷将之贴在了桌子下。

第二天早上，大选结果公布了。反对党一败涂地，社会党以超百分之六十的选票获胜。妈妈断言，选举既不自由也不公平，整个选举都是党一手策划的，怎么能指望与反对党公平竞争而赢得大选，这简直荒谬透顶。整个就是一场骗局。

这话其实过激了，至少游客们不这么看。选举时他们莅临我国，拿着记事本和电视摄像机，如今他们叫"国际社会"。他们的解释开了先例，唯有国际社会的解释才是权威。而他们对这事的解释和我妈妈不一样。他们的看法是，反对党几乎没有准备时间，在农村地区很难推出候选人，老一辈异见人士被监禁多年才被释放，想要参选为时已晚。

随后的几个月里，全国各地的示威与骚乱如火如荼地进行着。在北方，某次游行中，身份不明的枪手射杀了四名反对党活动家。向自由主义的过渡就此沾染了鲜血。烈士为民主献出了生命。几周后，在新近独立的工会的组织下，矿工宣布绝食示威。但他们没有政治诉求，而是要求提高待遇。党与反对党如今达成一致，认为改革势在必行，只在实施方式上存在分歧。取代旧口号的，是一种新口号，其目的是给出解释和安抚，做出警告和规范，振奋人们的精神，抚慰大家的伤痕。新口号无所不包，从食物短缺与工厂关停的悲惨现实，到势在必行的政治改革与自由市场。就是一个词：休克疗法。

它源于精神治疗，即给病人的大脑通电，以缓解严重精神疾患的症状。就我们国家的情况而言，计划经济便相当于疯癫，休克疗法便是改革货币政策：平衡预算、放开物价、取消政府补贴、国有单位私营化、开放经济、鼓励对外贸易和直接投资。市场行为将由市场自主调节，无须太依赖统一调控，新兴资本主义企业也能高效。人们预见到了危机，但他们一辈子都在为所谓美好的明天做着牺牲。这将是他们最后一搏。这种疗法实行激进的措施，但出发点是良好的，病人很快就会从"休克"状态中恢复，享受它所带来的益处。时不我待，速度才是根本。几乎一夜间，米尔顿·弗里德曼[①]与费里德里希·冯·哈耶克取代了卡尔·马克思和费里德里希·恩格斯。

面对自发前来首都欢迎美国官员首次进行国事访问的三十多万人，时任美国国务卿的詹姆斯·贝克说："自

[①] 米尔顿·弗里德曼（Milton Friedman，1912—2006）美国经济学家，货币主义（亦称货币学派）创始人，芝加哥学派主要代表人物之一。1976年取得诺贝尔经济学奖，以表彰他在消费分析、货币供应理论及历史和稳定政策复杂性等范畴的贡献。

由有用。"他宣称，美国将支持阿尔巴尼亚向自由过渡，并强调，新律法之精神与其字面含义同样重要。美国政府和民间组织将参与其中，力助一切走上正轨，帮助我们建设"民主、市场和宪法秩序"。

新政府没能维持多久。来自国际社会的压力、街头的劫掠与暴力、日渐恶化的经济状况，迫使党宣布重启选举。一年尚未过去，国家再次进入选战模式。这一次，激进的改革势力有了充足的准备时间。

一天下午，巴什金·斯帕希亚敲开了我家的门，显得心烦意乱。他在本地行医，以前是党员，如今成为反对党候选人。他穿了件炭灰色夹克，是勃列日涅夫喜欢的样式；里面是一件紫色T恤衫，当胸写着一行粉色的字；下面是一条颜色很搭的紫色长裤。那行英文是这样的：做个好梦，我可爱的朋友。

巴什金问我爸爸有没有灰袜子，可否借来穿几个月。左邻右舍的门，他都已经敲了个遍。他解释道，这都是为了大选。美国国务院发放了竞选指南，就志在参选的国会议员如何穿戴给出了重要建议。"显然，只有深色袜子才合标准，灰色或黑色，最好是灰色，"他补充道，看得出很发愁，"可我只有白袜子。他们还说竞选需要赞助人。还赞助人呢，我连袜子都没的穿。"他绝望地大叫道。

爸妈请他进屋喝咖啡，跟他分析说，那种建议不会是美国国务院发布的，也许是美国大使馆给出的。即便如此，大使馆做事也是灵活的。巴什金摇摇头。看来安慰不管用。他还强调，他儿子翻译了小册子，跟他保证，上面盖着国务院的戳子。袜子颜色不对，就别再指望从那些龌龊的浑蛋手里赢回席位了。

宣布选举结果的那天晚上，我们在电视辩论中看到了获胜的他，脚上穿着奶奶给爸爸织的灰色厚羊毛袜。能助巴什金一臂之力，我们特别自豪。他们没有心怀妒意，甚至对于他妻子薇拉曾到地方党委会投诉爸妈周日不愿扫大街的事，也乐得一笑置之。巴什金一直没还袜子，他们也不以为忤。在短短的时间里，这位本地医生摇身一变，成了颇具魅力的政治家，生意也做得风生水起。他衣服上"做个好梦"的字样不见了，手腕上戴起了劳力士；勃列日涅夫夹克换成了雨果博斯。我敢打赌，如今他改穿真丝袜子了。我们很少再见到他了，即便瞧见也是远远的，看着他摔上黑亮奔驰的门，身材魁梧的保镖围了一圈。要上前去指责他贪没了爸爸的袜子，那就太鲁莽了，也没人肯信。

第 12 章

雅典来信

大约是 1991 年 1 月,首次自由公平选举之前,奶奶收到一封来自雅典的信,署名者她从来没有听说过,是个叫卡塔琳娜·斯塔马蒂斯的女人。打开之前,我们把信拿给邻居们看。帕帕家聚了一小群人。多尼卡一辈子都在邮局工作,信顺理成章地交到了她手上。她站在客厅中央,周围是一张张好奇的面孔,眼睛盯着那薄薄的奶油色信封,上面是几行墨水书写的希腊文,宛如预言未来的象形文字。

我知道多尼卡不懂希腊文。就在几周前,她还请奶奶帮忙翻译了一瓶黄色液体标签上的配料表。这瓶东西是一位表亲最近从雅典旅游回来带给她的礼物。她还以为是外国的柠檬香波,洗头后才发觉有点刺痛,很不对劲,然后头皮瘙痒起来。经奶奶一翻译,方才真相大白,原来那是国外才用的玩意儿,叫什么洗碗机清洁液,以前真没听说过。

有那么几分钟,多尼卡一言不发,仔仔细细、翻来覆去地端详着信封,那严肃的样子令整间屋子都笼罩在静默的期待中,能听到的只有炉火里木柴燃烧的噼啪声。她把信封拿到鼻子下,不同的位置都嗅了嗅,每嗅一次,便用力呼一口气。她摇摇头,咂咂舌头表示不屑,然后将食指探入封盖下,拇指摁住外侧,接着,两指沿着信封边缘向前滑动,动作缓慢而凝重。她聚精会神地紧锁着眉头,仿佛这让她感觉到疼痛,而她却不得不忍耐。检查结束后,她抬起头,脸上写满了沮丧,开口说话时,沮丧又渐渐变为愤怒:

"信拆开过,"她一边宣布,一边将目光投向门口,"那些人拆开过。"

安静的房间里突然充满了众人的低语声。

最终妈妈爆发了:"浑蛋。"

"还不止拆了一次呢,有好几次。"多尼卡说。

"是啊,这不明摆着嘛,"她丈夫米哈尔抢白道,"邮局好像也没有雇新人吧?老人儿可不就是老一套做法。"

几个邻居点点头,其他人却不以为然。多尼卡反驳道:"应该规定邮局员工不能再拆信。"我妈跟着说:"那是隐私啊,隐私多重要啊。以前哪里有什么隐私。"她觉得,除非邮局私有化,否则还是老样子。只有私有化才能让人尊重隐私。

大家都觉得隐私很重要。"岂止重要,那是你的权利,是一种权利。"多尼卡阐述道,嗓音中透出多年拆信积累起来的智慧与权威。

随后,在众人的请求下,奶奶大声朗读了信中的内容,并逐字逐句地翻译。寄信人卡塔琳娜·斯塔马蒂斯自称是我曾祖父的生意伙伴尼科斯的女儿。信里写道,50年代中期,奶奶的父亲去世时,尼科斯就陪伴在侧。那女人想知道,奶奶有无兴趣诉诸法律手段,收回她家在希腊的产业和土地,并提出可以帮着办理此事。奶奶说那女人的姓氏听上去有些熟,应该不是个骗子。

尼尼最后一次见到她父亲还是在她的婚礼上,1941年6月,在地拉那。照她的说法,战争结束后,"道路都被关闭",她虽然记得自己收到了从雅典拍来的通知父亲死讯的电报,但她没有将护照申请下来,无法参加葬礼,也不清楚他过世时的情况。她回忆起大约四十年前收到父亲死讯的情景。当时她白天下地干活,晚上给一个男孩上法语课,他爸是高级官员。收到死讯的那天,他们正在复习属格,她让那孩子用"你的"造句,孩子说:"你的眼睛红了。"小男孩后来也成为高级干部,就是那个教育小组里的穆罕默德同志。没有他的许可,当年我就没法提早上学。

信中,卡塔琳娜动情地写到父亲尼科斯对奶奶的父亲的忠诚。她回忆说,在尼科斯弥留之际,她答应只要阿尔巴尼亚的局势有所缓和，就会联系我奶奶。接着她用稍微冷静一些的语气说，这件事会给双方家庭带来巨大的利益。她已准备好在雅典接待奶奶，陪奶奶去查询相关档案，协助联系律师，律师会帮着调查的。

奶奶对这个消息的反应，就仿佛一辈子都在排练这个角色，心里清楚这不过是有一天人家希望她扮演的角色。不过，她考虑的是另一项财务问题。自从获得批准，在我长大的那条街上建了一栋私房，爸妈就深陷债务之中，欠了很多人的钱：我舅舅的、妈妈同事的，还有几个外地远亲的。那天，奶奶、爸妈和邻居们坐下来讨论奶奶有无可能拿到签证，还左算右算，看家里还欠多少钱、每个月底爸妈能剩下多少、奶奶的养老金能到哪个数、够不够远赴希腊的开销。他们尽量将每一项明细都列出来，很快就发现，家里的余钱仅够在雅典待一天，更别说签证费和两周的旅行花销了。

奶奶给我看过一本旧护照，是国王统治时期签发的，纸壳上订着一张她的黑白照片，下方是几行字，注明了她的身高、头发和眼睛的颜色、出生地与日期，以及身上的胎记情况。护照存放在抽屉里，与埃菲尔铁塔明信片、爷爷获释后给恩维尔·霍查的信在一处。照片里，奶奶表情严肃，如果不是那副十七岁的青涩面容，会给人自命不凡的印象。她的头发剪得极短，似乎是刻意想让人觉得，这什么发型都不是。她嘴唇紧抿着，似乎在尽力绷住笑。整个人的姿态都是在努力让观者相信，性别一栏的那个"女"字如果不是经办人填错了，便只是偶然。

奶奶过去常说："我们要的就是这个，这叫护照。"她解释说，护照决定路是畅通的还是关闭的。有护照的话，就能远行；没有的话，就只能困在原地。只有少数阿尔巴尼亚人可以申请，通常是为了去国外工作，而决定什么算工作的是当局，所以我们只有等。她曾说："护照里可以添加一张儿童照片，要是哪天我拿到旅行护照，就把你带上。"

1990年12月，我们清醒地认识到，我们盼望的不是上面批准护照，而是盼着护照可以挨到他们下台，就像当年挨到国王流亡那样。然而，收到雅典来的信时，听着大人们在多尼卡家客厅里耐心计算，看家里的钱够不够我和奶奶出行，一种从未有过的困惑攫住了我。我才发现，光有护照是绝对不够的，护照只是最为迫切的第一关，后面还有一连串障碍，它们变得越来越抽象，离我们越来越遥远。真要打开通往外界的路，签证必不可少，然而事实上，获得签证不是旧党能保证的，它已奄奄一息，新组建的那些党派也没法打包票。更令人沮丧的是，即便我们顺利拿到护照和签证，旅行的钱也没着落。那这趟国该怎么出呢？家人花了出奇久的时间才得出结论：我们去不了。

第 12 章 雅典来信

几天过去了，雅典来的信被仔细折好，塞回了信封里，置于客厅的矮桌上，旁边是一个花瓶和一包用来招待客人的香烟。谁也没有勇气把它收进抽屉，因为抽屉里收藏的是我们的过去；我们还不愿将雅典来信视为过去，它属于当下，甚至属于未来，即便那未来依旧遥远。妈妈仔细看顾那封信，仿佛它是新近驯服的野兽，仍然会咬人。她细致地擦拭桌上的灰尘，确保花瓶里的水不会滴在信上。我们还称那封信为"卡蒂"，那是寄信者的昵称。除了妈妈，其他人都不愿靠近它。我们会蹑手蹑脚地绕过去，偶尔偷瞄一眼，但多数时候，都装作它不存在。有一两次，它引发了家人的争论：该如何回复，才不会一下子断绝未来出行的可能；它会让我们指责对方以前本可以更好地管理家里的财务状况，或是幻想会不会还有一些我们没欠债的人能借些给我们。

就在我们要放弃希望的时候，我外婆诺娜·弗齐伸出了援手。她来给弟弟庆生，注意到放在桌子上的"卡蒂"，就问雅典之行准备得如何了。尼尼只是叹气。

"我们去雅典，比加加林上太空还难呢。"爸爸打趣道。

"斯塔马蒂斯同志答应出机票钱，"我慌忙打断他说，"签证费也筹到了，可大老远跑去希腊，身上没有备用的钱可不行，万一出什么状况呢？"

"是斯塔马蒂斯太太，"妈妈纠正道，"不是斯塔马蒂斯同志。她才不是你同志呢。不过其他说得没错。"说完转向她母亲。

诺娜·弗齐急匆匆出屋去了，咖啡没喝完，生日蛋糕也没怎么吃。她半小时后回来时，右手紧紧攥着什么东西，大老远就挥动着，像共产党员行礼一般。等到了放"卡蒂"的桌边，她伸开手掌，眼中流露出傲色，将五枚拿破仑金币撒落在信封上。它们发出清脆的叮当声，与列克掉落地板时发出的闷响不同，那声音是如此陌生，离我们是如此遥远，就如铸造金币的那个国度。没人知道诺娜·弗齐还有黄金。妈妈有时会想，家里的财产被没收前，她父母是不是私藏了些黄金。她觉得不可能，因为即便是饿到绝望时，大家说起藏匿的黄金也完全是以假设的口吻，就好像说说黄金就能填饱肚皮。诺娜·弗齐这会儿说，财产被没收时她设法留下了一些，妥善保存了起来，就等着道路开放的那天。"瞧瞧，"她跟尼尼说，脸上明显带着因自己的远见而颇为得意的神情，"现在可以出发了。愿神灵保佑你的黄金成倍增长！"

爸爸拿着金币去银行换钞票，很快就攥着张一百美元的纸币回来了。大家纷纷建言，这张钞票该藏在哪里，才不会被偷或轻易花掉。一度十五个邻居挤在我家客厅里，拿出各个时期、各种尺寸的钱包供我们挑选，但仔细查验后，我们觉得没有一个是安全的，因为"谁都知道西方满大街都是扒手"。接着大家又否定了几项建议，包括藏在箱底、夹在书中、塞进护身符里，最终一致决定，将钞票缝进奶奶衬裙的下摆，除了睡觉，平时不脱，而且绝对不能洗。

出发那天，整条街的人都来送行，每户邻居都拿出了一些东西，指望着旅途中或许能派上用场：用报纸包好的馅饼、带来好运的大蒜球、失联已久的亲属名单（但没有地址）——万一斯塔马蒂斯家没人来接，便可以去找他们。坐在轿车里，奶奶不停整理裙子，确认百元美钞还在原处。这么做的时候，她神色庄重，带着一丝挤出来的微笑，仿佛是在说："我懂我懂，一位女士不该边进机场边摆弄裙子。"在出发大厅候机时，有一瞬间，最担心的事差点就发生了。"我觉得那东西不在了。"奶奶惊恐地说。两人忙不迭地冲进卫生间，她没法弯腰看下摆上的小孔。我只好仰卧在地上，瞧那张纸币是不是还在。还好，只是有些皱了，它仿佛在表达不满，好好的为何要离开外汇商店，沦落到被藏在奶奶的裙子里。

候机厅里空空荡荡的，有几个外国人在等航班，还有几个在入口处的小店里购物。那家店很像外汇商店，不同的是，人们可以直接从货架上选商品。奶奶说店员笑起来像个暗探。"暗探怎么笑啊？"我问她。"就这样啊。"她嘴角向两边撇了撇，没有露出牙齿。"也没什么特别的呀，都是这样笑的嘛。"我说。"没错，"奶奶回答道，"问题就出在这儿。"

大厅各处站着些穿蓝色制服的警察。一位工作人员查看了护照上贴的条子，随即便盖了章。我知道那小条子是签证。我们放下行李接受检查的时候，其他人则在一旁等着。"浑蛋。"我小声咕哝道，想起妈妈发现雅典来信给人拆开过，当即就骂了这句话。奶奶看上去不知所措。

检查结束后我说："这个国家就没人在乎别人的隐私，不是吗？我猜啊，机场这儿肯定没雇新人。"

在飞机上，我人生中头一回见到了彩色塑料袋。空姐问我们是不是第一次坐飞机，然后便递过来一个彩色塑料袋，告诉我想吐的时候该怎么用。旅程结束前，我一直在问自己是不是忍不住要吐了，看到最终也没吐，心里还有些惴惴不安。午餐上来了，用的是塑料餐具，不过我们吃了自己带的馅饼，午餐没有动，一来怕晚些时候肚子饿，二来塑料刀叉和盘子挺稀罕，打算带回家，特殊场合再拿出来用。"真是好看啊，"奶奶赞叹道，"战争前没见过这样的东西。我不记得有这种材料。"

到了雅典，奶奶鼓励我开始写日记。我列出头一次看到的新鲜事物，细致记录自己的感受：手心第一次感受到空调风，第一次品尝香蕉，第一次看到红绿灯，第一次穿上牛仔裤，第一次不必排队就能进商店，第一次遇到边境检查，第一次目睹车辆排长龙而不是人排队，第一次坐上马桶而不是蹲着解决，第一次看到人牵着绳遛狗而不是流浪狗尾随着人，第一次拿到口香糖而不只是糖纸，第一次看到大厦内外商铺云集、商店橱窗塞满玩具，第一次看到坟茔上竖立的十字架，第一次凝视贴满广告而非反帝国主义口号的墙壁，第一次观赏雅典卫城却因买不起门票只能在外面欣赏。我花了很多笔墨描写我这个小游客与其他小游客的第一次邂逅。我惊讶地发现，看到雅典娜和尤利西斯的名字时他们毫无反应，而他们也会笑我，米老鼠那么有名，可我看见就像没看见，根本不知是何方神圣。

我们落脚在卡塔琳娜夫妇家。他们住在埃卡利的一套顶楼公寓，位于雅典北郊的富人区。透过将独栋别墅与外界隔开的大门望进去，只见带泳池的大花园里，草坪修剪得十分整齐。斯塔马蒂斯夫妇家没有泳池，却有更古怪的东西：五台大小不一的冰箱，分别放在几间房内，无一是南斯拉夫的奥博丁牌。其中两台只放酒，一台放包括可乐在内的软饮料。装可乐的不止我熟悉的罐子，还有塑料瓶。我养成了半夜醒来开冰箱喝可乐的习惯，不仅因为对那味道很上瘾，更因为一直拿不准罐装与瓶装可乐口感是否一样。如果是一样的，为什么要搞两种包装？主人请我们不要客气，想吃什么、想喝什么就自己拿，但奶奶绝不允许我这么做，说绝不能要人家请吃请喝。如果注意到我想多要根香蕉、多要杯饮料，她会在桌下拧我的大腿；如果离得比较远，她会绷着牙挤出几句阿尔巴尼亚话,脸上却装出笑容,好让别人看不出她在警告我。真像个暗探,我心里说。她自己吃得很少,每到吃饭时,卡塔琳娜的丈夫约戈斯便会大声说:"给霍查统治了四十五年,您的胃都缩成橄榄那么大了!"约戈斯那样的大块头我从来没有见过。他经营着一家生产丝瓜海绵的工厂,体形也颇具丝瓜海绵的风范。

我们去了趟萨洛尼卡,找到了奶奶以前上过的法文学校。那栋建筑如今成了写字楼。我觉得它像一家银行,跟在西方电影中看到的很像。班上那些最吃香的男孩,谁叫什么,尼尼都记起来了。课间她还曾同他们一起抽过雪茄。她还记起了以前的老师,特别是某个伯纳德先生。他曾预言,只要不笑太多、一直保持短发发型,她一定会前程似锦。此话她谨记在心,严格遵行,可到头来却证明,那预言有些不靠谱。

我们造访了她父亲的坟墓。她心里一定很痛,却能尽力克制,保持尊严。也只有她能做到。从头至尾她都一言不发,只在离开时躬身轻吻了墓碑上的照片,同时催我照做。我挺不情愿的,毕竟我没见过他,他也没见过我。不过我还是依了她,不想让她失望。她执意要找到老保姆达芙妮的墓。她最后一次见到老人,还是在战争结束的时候。她僵立在白色十字架旁的时候,眯缝起眼睛,死死攥着手包,脸色苍白,形销骨立,似乎这中间的岁月已经让她的肉身枯萎,唯余一根根骨头。几滴泪水滚落在大理石墓碑上，很快就会被冬日的阳光晒干。她察觉到了，转向我，忧郁地勉强一笑，说："看到了吗？达芙妮以前总是帮我拭泪，如今也还是啊。"

我们在城里的土耳其人区找到了她家的祖屋，是一栋带花园的白色大房子，花园里各种果树正芳华初绽。尼尼两岁时，这栋房子曾失过火，这是她最早的记忆。她记得自己给人抱着冲到屋外，身上裹着的毯子灼烫着皮肤。她说，现在似乎都还能听到尖叫声，记得当时看见妈妈头发上燃着火苗。房子正面，过火的痕迹依稀可辨。奶奶说如果可能，想带我看看屋内的样子。走近前门时，露台上出现一个女人，问我们有什么事。奶奶说了此番前来的目的，请求进屋看看。那女人回答说，她倒是愿意相信我们，不过她只是来打扫的，让外人进屋她可负不了责。奶奶表示了理解。"邻居们还互相帮着打扫屋子吗？"我很是纳闷。"她是花钱请来的。"尼尼解惑道，然后再次转身面对清洁工，熟络大方地用希腊语喊道"谢谢你"，就好像两人以前见过面。

奶奶早就知道收回产业断无可能了。她同意来一趟，有尽义务的考虑，不想让抱有希望的人失望，同时也想重温过去，让我对它有所了解。对遇到的人她诚挚而友好，只是也许他们觉得她是冲钱来的，尽管其实对钱她没那么上心。她找了不同的律师，都说想收回她家过去的公寓和田产，操作起来困难重重。他们说奥斯曼帝国崩溃后，人口开始流动，还着重指出，财产法改了，要拿到所需的文件绝非易事，而且两国理论上仍处于交战状态，从40年代起未变，再加上希腊军人独裁政权流毒未尽，等等。奶奶点点头。斯塔马蒂斯夫妇开车送我们去了大大小小的办公室，赴了各种约。他们总是在旁边仔细听着，同时做着笔记，有时会插上一两句我听不懂的话，有时会做出激烈的动作，挥舞胳膊，摆动手指，无奈地摇头。

最后一天商谈时，约戈斯怒不可遏，用希腊语冲房间那头的一个律师咆哮，同时手指指向我，仿佛想借此表明论点，他声音越提越高。接着他跨步过来，扯起我的胳膊挥动起来，就好像那是他自己的，与此同时吼声不断。我的目光投向奶奶，她一直在点头，听着律师的解释，听着约戈斯的喊叫。我想，不抽回胳膊或许明智些。

"他们争论的是一份叫'遗嘱'的文件，"那晚奶奶跟我说，"人们在里面写下自己去世后财产留给谁。"

"我们有吗？"我问道。

"遗嘱吗？"奶奶笑道，"比它更要紧的信件，警察抄家时我都没能保留下来。"

远离希腊的五十年里，奶奶只跟科考特争论政治话题时说过希腊语，因为不希望我听懂。斯塔马蒂斯夫妇有时跟我说法语，磕磕巴巴的，比我差远了；有时又同我讲英语，也是磕磕巴巴的，倒是比我强很多。他们发现，奶奶的希腊语一点没忘，不过带有旧时上流社会的味道，听上去挺好玩，而且语调低缓，不似我见到的普通巴尔干人讲话那般粗声大气。同人交流时，她不断使用另一种语言，将我严挡在外。就好像我与两个人同行：一位是我最信任、最崇拜的尼尼，另一位是来自另一个时代的神秘女人。

奶奶始终坚持说自己没变。出发去雅典前，我还是相信她的。她的话总能让人心安，有她在身边，心里就很踏实。特别是1990年冬天，身边的一切都波动不定，爸妈也一样，上一刻还紧张焦虑，下一刻便热情洋溢，中间几无过渡。奶奶就不同，她总是镇定自若，波澜不惊，至艰的苦境都能适应，天大的困难都能克服，而且应对自如，让人觉得自己为自己设置的障碍才最可怕，唯一需要的是获胜的意志。她令我相信，我们的现在总是过去的延续；在每一组看似随机的情形中，我们都会发现理性的人与动机。她的表情、姿态与言谈方式，无不传达着这种印象。

可在雅典之旅期间，我感觉到了变化。我们凝视着泛旧的照片，上面是早已过世的人、奶奶所爱之人，我却毫无感觉。他们应该都是我的先人和亲戚，对我却几乎没有意义。有一天，卡塔琳娜给奶奶拿了一把曾祖父留下的旧烟斗，我随手拿起来玩，奶奶却突然发火，劈手夺了过去，从没见过她那么粗暴。她吼道："这不是玩具！只顾自己玩吗?！"我无法理解，她为什么会对这么一个物件如此敬重有加，为什么将它拿回手中对她如此重要。"好吧好吧，"我说，"不就一把烟斗吗？你都不抽烟了。"

奶奶以前总说，我和弟弟是她生命中最重要的人。可我们对她的生命却知之甚少。当她真情流露，不论是站在达芙妮墓前、思念学校同学，还是与斯塔马蒂斯夫妇回忆她父亲时，她的话便没那么可信了。我感觉到了疏离与冷漠。我意识到，正是让我出生的这一系列事件迫使她离开了自己的生活，多年来遭受艰辛、孤寂、丧痛与悲戚的诅咒。倘若当初她没有离开萨洛尼卡，就不会遇到爷爷，没有遇到爷爷，就不会生下爸爸，没有爸爸，就不会有我。这桩桩件件环环相扣，形成了完整的逻辑链。她一向都是这么说的。我如果能像她跟我解释别的事情时那样，理解其中的因果关联，就会认同有决定就有后果。在别人眼中的断裂处，我就能察觉到某种连续性。我是自由选择的产物，而非必然性的产物。

当我们在希腊时，难以相信她一直以来都在为自己的所有决定承担后果，她居然找到了与返回阿尔巴尼亚后遭遇的一切达成和解的办法。我们无法理解，战争结束时，移居希腊的机会就摆在面前，她是如何做到选择留下的。或许她无从得知即将降临的一切。可她一定感受到了什么，就算她不恨，不想报复，至少也有深刻的怨怒。在被迫抹除了自己的过去后，她还能体会到新的爱吗？她总说为我骄傲，爱我，在那个异邦，那个我至为陌生而她却至为熟识的异邦，我无法将自己同骄傲和爱联系起来，我只与她丧失的一切的痛苦有关。我想离开。我想回家。我渴望家带来的安全感。

第 13 章

人人渴望离开

在雅典的最后一晚,我打包了一个塑料袋,里面装了用锡纸包的半块妙卡巧克力、一条形似香烟的口香糖,还有一块约戈斯厂里生产的草莓状丝瓜海绵。这是我头一次出国,我答应过伊洛娜回去给她带礼物。能说话算话,我很自豪。

我回去上课时,却没看见她。听说是病了,已经几天没来上学了。整整一周过去了,她依然没回来,然后又是一周,接着就放春假了。

4月底返校上课时,伊洛娜依然没回来。我决定去看望她,也不知道她身体好些没有。巧克力我已经吃掉了,形似香烟的口香糖、草莓状的丝瓜海绵都没碰。我敲了敲门,应门的是她爸爸。"我找伊洛娜,"我说,"听说她病了,我能看看她吗?"

"伊洛娜?"他反问道,似乎这名字很陌生,"伊洛娜是个坏丫头,坏透了。"他砰的一声将门摔在我脸上。我僵在原地,有那么几分钟,有些不知所措。他一定是从窗口看到我了,或者感觉到了我还在门口,于是又拉开了门。"能把这个给她吗?"我颤声说,将手里颤抖的塑料袋递了过去。他一把将袋子夺了过去,甩手扔出几米远,袋子落在马路中央,同时大吼道:"她不在这儿。你是聋了还是怎么了?她不在这儿!"

这次遭遇不久后,伊洛娜被学校移出了名册。老师们都说她没生病,只是转学了。班里同学都在猜她到底去了哪儿。有人说她去跟爷爷奶奶住了,在城里的另一片。还有人说,她跟妹妹一样,给送进了孤儿院,不过是家收大孩子的。还有说她出国了的。一通乱猜没有结论,她这个话题也就被搁下了。我问爸妈是否知情,他们只是耸耸肩。"可怜的姑娘,"奶奶说,"她妈多好的一个女人啊。谁知道这可怜的丫头落了个什么结果?"

那年10月末的一天,我和奶奶散步回来时了解到了真相。我在街上认出了伊洛娜的爷爷。前一年5月5日,他来过班里,讲了在希腊附近山里打游击的英雄事迹。他叫什么我不记得了,反正伊洛娜总是叫他"爷爷",于是我隔着马路冲他大喊:"同志,同志!"他没有转头。奶奶见状也叫了起来,声音比我响亮:"先生!先生!"他停下脚步,认出了我。我跟他说我很想念伊洛娜,想知道她到底在哪儿。他深吸了一口气,然后长叹一声。"伊洛娜啊，"他说，"唉，这孩子可怜哪。我们最近收到了她的信。你们朝哪边走？"他跟我们并排走着，开始说道这件事。

1991年3月6日早晨，伊洛娜穿着校服出门去上学，背着沉甸甸的书包，里面是那天课上要用的书和作业本。他说，那几周她比平时出门早，去见一个新近认识的男孩，十八岁上下，叫阿里安。

我知道阿里安。他和我住在一条街上，但几乎没讲过话，连弗拉穆尔都躲他躲得远远的。伊洛娜有次说起过认识他，那是我跟她去孤儿院看她妹妹的时候。但我觉得他们不会常常见面。原来他们每天早上都会在那条从她家到学校的背巷里见面。那地方我知道，那儿的后门处有片隐蔽的区域，通向一座小公寓楼，男女幽会不会撞到人。只有"坏女孩"才去那种地方。我无法想象伊洛娜跟阿里安在一起，总觉得怪怪的。她怎么从来没有跟我提起过？她刚满十三岁，我还一直以为她同我一样，对大些的男孩不感兴趣，甚至有些鄙夷。也许是我们去希腊那段时间，她与阿里安开始交往。

她爷爷说，3月6日早晨，街上人满为患，就连伊洛娜与阿里安碰面的那个隐蔽区域也挤满了人，都是携家带口的，操着奇怪的口音，似乎前一晚就歇在那儿，等天亮了接着赶路。本地人也行色匆匆，乌压压地拥向港口：年轻人、穿工服的工人、抱着裹在毯子里的孩子的男人和女人。

伊洛娜等着阿里安,直到上课铃响了都还不见人。她正要走时,他终于出现了,劈面就说:"知道吗,港口没人把守了,集装箱货轮都挤满了人,每个人都想走,士兵也不开枪,同人群一道爬到小船上去了。我也要走,你要不要一道?"

"走去哪儿啊?"伊洛娜问。

"去意大利呀,"阿里安回答,"反正是去国外,我也搞不清楚。船到哪儿算哪儿,如果不喜欢那儿,就回来呗。"

到那会儿,去学校已经迟了。伊洛娜跟着阿里安去了码头,起先只打算去瞧瞧。越靠近集装箱船停泊区,路上的人群就越稠密。他们奋力挤到泊地边上,眼前是大型货轮中的一艘,名叫"游击队员号"。一个男人高喊着"游击队员号"就要起航了。阿里安扯着伊洛娜跳上了船,货轮舷梯缓缓升起。

伊洛娜在信中说,航程持续了七小时,但下船得等官方授权。二十四小时后,命令才下达。起先,新到的人被安置在由当地校舍改造而成的难民营里,几天后,大家被分散安排到意大利各处。伊洛娜和阿里安在意大利北部落了脚。他们与在船上遇到的几个难民住进了一套狭小的公寓。她还太小,没法工作,但阿里安找到一份差事,是替当地一家商店送冰箱,挣的钱不多,但凑合着能过。为了证明所言非虚,她随信寄来几张钞票,大约两万里拉。她还写下了邮政地址,但说要把信直接寄给阿里安,因为她谎称自己是他妹妹。

这是我的朋友啊,几个月前还跟我一起买葵花子、玩布娃娃,最远都没出过城,她哪儿来的勇气跑到国外去,简直令人难以置信。她怎么能狠心离开家、离开学校、离开亲人,甚至离开妹妹呢?

"我自己试过去一趟,"伊洛娜的爷爷对奶奶说,"找到她,把人带回来。我是8月份出发的,搭的是'发罗拉号',他们对我们就像对狗一样。"

我还记得"发罗拉号"起航的那天。一大早,弗拉穆尔他妈疯了似的敲遍了街上所有人家的门,问有没有见过她儿子。他没跟自己的母亲打招呼便上了船。我朋友玛西达也跟着爸妈走了。当时她爸正在补一双鞋,鞋的主人急匆匆闯进来,让他把鞋子赶快给她。她说,破也将就着穿吧,港口开放了,得抓紧时间。她爸撇下缝纫机,先跑到学校去接女儿,再赶去厂子里接老婆。他们一家也上了"发罗拉号"。

那天有几万人拥入港口。"发罗拉号"刚从古巴返港,运回满满一船古巴糖,因为主发动机出了故障,那会儿正泊在船埠里等待修理,没想到竟给强行占据了。人群冲上船,逼迫船长起航去意大利。船长害怕如若不从,性命就不保,便决定启用备用的发动机,却发现没有雷达。虽然额定载客量只有三千,这艘船当天却搭载了近两万人。船似乎航行了很久很久才到达布林迪西①港,3月份的那几千人就是在这儿成功登岸的。然而这次,地方当局命令船长改变航线,向一百一十千米外的巴里港②驶去。又过了七小时,轮船才抵达旅程的终点。

"发罗拉号"抵达巴里港的画面,如今依然历历在目。那时家里刚买了台小彩电,我在上面看到几十个人设法爬上了桅杆顶端,上身光着,脖子上流淌着汗水,脸上邋邋遢遢、胡子拉碴的,脑后的头发留得很长,是胭脂鱼发型③。他们颤巍巍地站在上面,拼命抓住桅杆,仿佛一群自封为将军的人,还没接战便泄了气。他们盲目地朝电视镜头挥舞着手臂,大声喊道:"盆友④,放我们出去吧!""我们要下船!""盆友,我们饿坏了!""我们要喝水!"他们头顶上方,有两三架直升机盘旋,而下方的甲板上则人山人海:成千上万的男人、女人和孩子,忍受着酷暑的炙烤,在挤挤挨挨的等待中受了伤,你推我搡起来,悲号着,拼了命想下船。其他挤在船舱里的

---

① 意大利东南部海滨城市,位于普利亚大区,是布林迪西省首府。
② 位于意大利东南部,坐落在濒临亚得里亚海的肥沃平原上,是意大利通向巴尔干半岛和东地中海的主要港口。
③ 一种前面和侧面短而后面长的发型。
④ 原文为"Amico",为意大利语"amigo"(朋友)的不标准发音。

人们，此时坐在舷窗沿上，冲甲板上的人群或是挥手或是叫喊，催他们跳入海中。有人依言跳了下去，旋即被逮捕，有人则成功逃脱。余下的人继续嘶吼着，说几小时前就吃完了货仓里的最后一些糖块，许多人都严重脱水，不得不喝海水解渴，船上还有怀孕的女人。

接下来发生的事情最初是由亲历者讲述的，意在告诫人们，不要重蹈覆辙。原本七个小时的航程竟然花费了一天半。下船令最终到达时，人们被强行塞进大客车，由警察看押着送去一座废弃的体育场关了起来。企图逃跑的人遭到拘捕和殴打。直升机空投下一包包食品和瓶装水，任男人、女人和孩子们争抢。随身带了刀的人开始对其他人大开杀戒。

体育场内流言四起，说政治避难的请求大概率会遭到拒绝。新到的这批人会被视作经济移民。人们头一次听到这种分类，感到很陌生。它虽然适用于同一群人，内涵却大不相同，甚至还有点隐晦，几天后，大家便都明白了它意味着什么。在体育场待了近两周后，人们给塞进大客车，说是要被送去罗马办理身份文件。大家很快便意识到，车是朝港口方向开的。到达港口后，人们被押上了返程的轮渡，敢于反抗的人当即遭到了毒打。

"我可不想留在意大利，"伊洛娜的爷爷跟尼尼说，"只想寻见伊洛娜，带她回家，可他们哪里会听你解释呢？我想跟他们讲，我不需要办理什么居留许可，只是想找到孙女。他们就是不肯听，而是给了我们每人两万里拉，逼我们上了返程的船。"他重复道："唉，他们就是不肯听我说。"

"要不找大使馆再试试？"奶奶说，"说不定可以申请签证？"

"哼，还签证呢？"他冷哼道，"你知不知道大使馆那儿都成什么样了？门就在那儿，可靠过去就不用想了。那是军事禁区，到处都是守卫，里里外外统共五层防线呢，到处都有戒备。"

"您有没有试试电话预约呢？"我问道。我这么问，是因为当初我们向希腊大使馆申请签证时就是电话预约的。

"打电话？"他笑出了声，"打电话？"他笑得更狠了些，"打电话？那还不如等死来得快呢。"

"我们去了希腊来着，"我说，"我们拿到了签证。之前就是打电话到大使馆预约的。"

"是什么时候去的？"

"今年早些时候。"奶奶答道。

"那就是了，"他回应道，"如今所有的路都被封了，堵得严严实实。除非是去工作，否则哪儿都别想去。"

"我们的政府——"奶奶又待要讲。

"不，这不关政府的事，"他立刻打断了她，"政府巴不得大家都走呢。也许那些船就是他们给预备的，好让大家走光光。如今工厂都在关门，大家都走了，政府就不必操心他们的肚皮,不必操心他们的工作了。我说的是那些个大使馆,那些大家想去的外国。他们说接收不了更多的移民了。可我不会就这么罢休的,一定要想个办法。我考虑过到南边去,"他解释道,"那儿是边境。我想试试越过希腊边境。挺危险的,保不准会给一枪打死。不过那一带我很熟,战争那会儿在那儿打过游击,可毕竟上了岁数,身子没那么灵活了。我不是什么游击队员了。"

他惨然一笑。

"还是有人成功离开了,"我说,"好比伊洛娜和阿里安,他们就逃成了。"

他若有所思地摇摇头。"3月,他们还当我们是受害者,予以接收。可到了8月份,在他们眼里,我们似乎变成了某种威胁,就好像我们会吃了他们的孩子。"

奶奶点点头。那当口我一直在寻思,爸妈怎么会从来没有考虑过离开的事呢?想当初,玛西达同她爸妈打算乘那艘货轮去意大利,临行前来我家告别,尼尼就劝他们别冒那个险。"那很危险的,"她告诫道,"即便走成了,也还是很危险。我生下来就是个移民,移民过的是什么日子我可太清楚了。"

爸爸调侃道:"她在奥斯曼帝国的日子可难过了,家族的帕夏们和总督们管理着整个帝国。"妈妈应该会愿意试一试,说:"到那儿再糟也比这儿强。"奶奶则一直在摇头。

我也不想走。我起初很喜欢雅典，后来奶奶变得麻烦。可最终我还是想家了。听不懂希腊语让我很受挫败。人们盯着我，对我指指点点，我却听不懂他们嘴里在说什么，真是恼火。外国游客到这儿来时，至少彼此的关系是对等的。他们盯着我们，我们也盯着他们。彼此的世界泾渭分明。如今，分明的界限消失了，但彼此并不平等。

"说不定他们会再次开放道路。"我说。

"我觉得不会，"伊洛娜的爷爷回应道，继而转向奶奶，"他们加强了防备，要过去只会更难了。海上巡逻加大了力度，不会等你到了再应对。起初，他们毫无准备，如今却是严阵以待。跟你说吧，任何防控手段都不会撤销的，只会变得更加高效。"

他那副口吻，就仿佛对边境管控了若指掌，讲得头头是道，跟年轻时讲游击战术一样。"要是给发现试图偷越边境，就会被关进一个什么营，可能一辈子都出不来了。"

"还得有钱才行。"奶奶指出。

"我们到了雅典，发现什么东西都很贵。"我说，"我们没多少钱。那叫一个难受啊。商店里的东西真是太多了，还不用排队，可我们什么都买不起。"

"钱。"他说着，脑子里正琢磨着自己的计划，对我们说的并不怎么在意，"没错，钱也是个办法。当然了，有钱的话，路就不会封住。如果把钱存进银行，再让银行出具个存款证明，事情就容易多了。"

"伊洛娜肯定没事的。"奶奶说，"她既然写信来说过得挺好，大概是喜欢留在意大利吧。毕竟都十几岁了，做这样重大的决定有利于成长。我们那会儿，这个年纪的姑娘都给送去寄宿学校了。"

"或者去上班挣钱了。"伊洛娜的爷爷说。

奶奶点点头："不要多久她就会回来探亲的，这会儿大概在准备资料，办理手续呢。只要她保持联系……"

对我来说，这一切听起来都很荒谬。我心想，怎么会有人在国外比在家更开心呢？即便是在意大利，我也无法想象同阿里安一起生活会更幸福。我越思忖，越觉得不太可能。

"人人渴望离开，除了我们家。"对于1991年3月和8月发生的事情，我在日记里写下了自己的看法。亲戚朋友们大都一连几天、几周，甚至几个月都在盘算该如何离开。想出来的办法五花八门：伪造文件、劫持船只、偷越边境线、找西方人出邀请函担保。至于离开的目的，人们几乎顾不上去想。知道如何去某个地方，比知道为何去更紧要。

对一些人而言，离开是官方所谓"转型期"的必然现象。据说，我们的社会正在转型，从社会主义转向自由主义，从一党专权转向多党制，从一处转向另一处。

机会绝不会主动找上门来，你必须主动去寻找，就像那个古老的阿尔巴尼亚民间故事中的小公鸡，不远千里寻找天命，最终满载黄金而归。对另一些人而言，去国离乡是一场冒险，是儿时的梦想终于成真，或者只为讨父母欢心。有些人一去不返；有些人方去便还。有的人将组织移民变为一种职业，开办旅行社，或者提供船只帮人偷渡。有人不仅活了下来，而且发了家致了富；有人虽然活了下来，却依然在挣扎着讨生活；还有人在穿越边境时就丢了性命。

在过去，光是企图逃出去就会遭到逮捕。如今，虽然没人阻止我们移民国外，目的地却不再欢迎我们。唯一改变了的，是警察制服的颜色。如今，移民依然要冒被捕的危险，但抓捕我们的不是自己的政府，而是其他国家，那些此前鼓励我们冲破桎梏奔赴自由的国家。几十年来，西欧国家不停地指责东欧国家封闭边境，资助呼吁移民自由的运动，谴责刻意限制出境权的国家违背道德。我们的流亡者曾经如英雄一般受到欢迎，如今却被视作犯罪分子。

也许移民自由从来都不是问题的关键。有人替你干关押囚禁的脏活时，你自然可以轻松地跳出来捍卫移民自由。然而，如果没有入境权，那么离境权又价值何在？边境与围墙只有在将人封闭于内时才该遭到谴责吗？将人拒之于外就不该吗？那几年在南欧首次出现的边境守卫、巡逻舰艇、对移民的拘押和镇压，在接下来的几十年里成为惯例。最初，成千上万渴望改变未来的人突然涌至，令西方措手不及，但很快，他们便打磨出一个日渐完备的系统，将最弱小的人拒斥在外，又将身有长技的人吸引过去。与此同时，他们在边境严防死守，以"维护我们的生活方式"。即便如此，还是有人打破脑袋也要移居国外，因为向往的正是那种生活方式。他们对那个系统根本构不成威胁，而是它最热切的支持者。

从我国政府的角度来看，移民短期内能带来福祉，长期来说却是祸患之源。它是安全阀，可以缓解失业压力，而且有立竿见影之效。不过，它却令国家失去了最年轻有为且往往是受教育程度最高的一批人，也令许多家庭分崩离析。正常情况下，移民自由若能包含留在原处的自由，那就最好了。不过当时这并非正常情况。当成千上万的工厂、作坊和国有企业面临停业关闭和裁员时，离开就像面临被解雇的可能时主动提出辞职。

然而，不是每个人都曾尝试离开。试过的人也不是都成功逃离了。留下来的人当中，许多人不得不自问，没有工作要怎么活下去。要不了多久，我父母也将加入他们的行列。

第 14 章

竞争性游戏

第一次多党选举结束后不久,爸爸就丢了工作。一天下午回家时,他宣布几周后单位就要关门大吉。作为森林工程师,他前半生都致力于规划、种植和照料新树,特别是月桂树。如今,国家要忙其他要紧的事,不仅不栽新树了,还一直在砍伐现有的。一方面是因为经常停电,人们有取暖的需求;另一方面,社会上时兴崇尚自由个体的能动性,每天夜里都有更多的树木从森林里消失。你也可以称之为偷窃,不过,个体侵吞公共资源恰恰构成了私有财产的基础。或许,称之为自下而上的私有化更恰当些。

爸爸宣布单位关门的消息时,那语气跟他以往宣布工作中的其他行政变化时一样,譬如,他要从这个村调去那个村、新主管会接替现任主管。他说再也不用提供出身情况,不用解释家庭的历史了。如今没人在乎你的过去。你只要提交一个叫作简历或简称 CV 的拉丁语文本就够了。

"谁会用拉丁语写呢?"我问道。

"不需要整篇都用拉丁语写,布里嘉蒂斯塔,"他回答,"只是第一行用。不过弄个英文版也挺好的,申请私营企业的工作时也许派得上用场。"

听到爸爸被裁员的消息,家人似乎都很放松。他们做出那样的反应,仿佛只要爸爸投出 CV,就会有几十份优渥光鲜的工作排着队等他挑,如同自家烤箱里烘烤着的饼干等人品尝一样。

"下周能上班吗?"我问,心想,这次跟他过去调工作花的时间应该差不多。

"怎么可能?!"妈妈嚷道,似乎我即便只是暗示一下,都是对爸爸尊严的亵渎,"谁会那么轻易给你工作啊!"

"等等看吧,"爸爸说,"如今是资本主义了,找工作得跟人竞争。不过这会儿我自由了!"

自他宣布自己被裁的那刻起,空气中便始终有种自信的味道。正因如此,一天放学回家后,我发现他瘫在沙发上,不禁感到困惑,甚至有些不安。他换掉了睡衣,穿上了妈妈才在二手市场买的过于宽大的田径服,两手紧紧攥着新买的飞利浦小电视的遥控器,在空中挥舞着,一副聚精会神的表情,仿佛在指挥轨道上的行星如何旋转。

看到我进屋,他关了电视,专注的表情覆上了一层忧伤。"太压抑了,我受不了了,不知道该做些什么。"

"会好起来的,"我含糊地回答,也不知道自己是什么意思,"肯定会好起来的。"

他摇摇头,接着说:"我想看欧洲冠军赛,可是看不下去,越看越心碎。南斯拉夫眼看着就要第五次夺冠了。去年他们还赢了世界杯。"

"这是好消息,不是吗?"

"很可能这是他们最后一次一起打球了,"他面带悲戚地说,"斯洛文尼亚已经宣布独立了,克罗地亚很快也会分离出去。[1]这就好像目睹喉癌患者赢得歌唱大赛的桂冠,这也太悲哀了!就我而言,篮球已经死了。"

妈妈并没真的丢掉工作。在她四十六岁那年,单位提出可以提前退休,她接受了。爸爸刚收到最后一次薪水,为了表示庆祝,去附近新开的迷你超市买了阿姆斯特尔啤酒[2]。那晚全家人都开心极了,直到妈妈宣布,退休后她不准备闲下来,打算忙些事情。她说自己加入了反对党。就在该党成立的那一天。

尼尼和我都目瞪口呆。爸爸从盘子上抬起头来,一

---

[1] 原文如此。疑误,斯洛文尼亚和克罗地亚都是在1991年6月25日宣布独立的。——编者注
[2] 荷兰著名啤酒品牌,现属于喜力公司。

脸惊愕，我知道，接下来，惊愕很快就会变成暴怒。每次妈妈不跟他商量就做出重大决定时，他都会以那副神情盯着她。先是惊愕，接着会是不解的诘问、斥责、怒骂、互攻，再之后便是沉默，有时一连几周都互不理睬。再升级的话，就只有扬言去离婚了。

之前他们两次提出过要离婚。第一次是因为妈妈从一位集体农场的员工那儿非法购买了五十只小鸡。她打算养在我家的花园里，这样就不必排队买鸡蛋了。她是买完才跟爸爸讲的，爸爸听了之后气得脸色铁青，说我们会给抓起来的，花园那么小，五十只鸡怎么藏得住。妈妈回答说，可以把鸡藏在浴室里，而且她觉得存活率会很低，最多也就能活十只，合作社那人就是这么说的。后来的情况表明，他和妈妈都没说错，可这个细节却让他们的紧张关系进一步恶化。爸爸很害怕被抓，但更受不了小雏鸡大量死亡带来的痛苦。他每次进浴室发现又死了一只鸡，出来时都会心痛不已，对妈妈就越发痛恨了。几个月后，死亡率下降了，而且奶奶扬言，他们俩要是再不和解，她就搬去养老院住，两人这才停了战。

第二次是妈妈鼓动我去主街的人行道上，坐在卖口红和发卡的吉卜赛女孩旁边，摆摊卖丝瓜海绵。在雅典，约戈斯额外给了我们满满一袋子丝瓜海绵，好拿回来送给家人和其他亲戚，不知是作为礼物，还是给他的工厂打广告。妈妈想起自己的爷爷早年是如何发家致富的，当初他卖的比丝瓜海绵还微不足道：在村里劈好木柴，运到城里卖。她说我们也可以创业，只是动作要快。要不了多久，大家都会在自由市场上做买卖，找到赚钱的法子。不过，她觉得自己坐在吉卜赛女孩身边会很尴尬，也许会给路过的学生认出来，那会颠覆她在班里的权威。于是，她写了张价目表，让我坐在人行道上吆喝："可爱的希腊丝瓜海绵喽！颜色多，造型多！"我照做了。接近傍晚时，所有存货都销售一空。

我将挣的钱全数带回了家，未曾想到爸爸竟会大发雷霆。起初，他以为那是我的主意。当他正要打发我回房间闭门思过时，我解释说，我只是遵照了妈妈的意思。听了这话，他转向妈妈，眼中闪着怒火，吼道，如今任何人都能出去卖想卖的东西，但这不意味着你有权剥削自己的孩子。妈妈起初并不理会他，而是转向我问道："你自己不想去吗？"我猛点头表示肯定。爸爸气得浑身颤抖，大声嚷道："她当然想去了！不同意还叫什么剥削。不同意就叫暴力强迫了。"妈妈没有丧失冷静，解释说我就要满十二岁，不是小孩了，在西方，让十几岁的孩子给兴旺的家族生意帮忙再正常不过了。"可咱们家哪儿有什么生意！"爸爸尖声回击道，"说不着失败，也说不着兴旺！"妈妈喃喃地回嘴道："你永远不会……"

即便妈妈事先向他请求过，爸爸十有八九也会反对我掺和到卖海绵的事情中去。问题是，她根本想都没想过要征询谁的意见，这才是让爸爸更气恼的。一般来说，爸爸都会坚决要求别人听听他的想法，而妈妈会横了心不予理睬，两人针尖对麦芒。不过在争吵中，他们几乎总是对等的。一旦妈妈不过问爸爸便擅自做决定，这种平衡就会被打破，爸爸便会很受伤。我父母的关系建立在拌嘴的基础上，随着时间的推移，两人是吵着玩还是真动气，界限渐渐变得模糊。他们的婚姻就像岩石嶙峋的山脉；作为经验老到的登山者，他们晓得要如何攀上险峻的山峰，要如何远离许多人跌落的深渊。可有的时候，我害怕他们也会坠落。第三次闹离婚，是妈妈宣布打算参政的那次。

爸爸许多朋友的妻子即便是涂口红，也要先征得丈夫的同意，爸爸知道自己绝不会那样。妈妈从不用口红，而且，她的意志坚硬如钢。每次他希望妈妈有事先跟自己商量，而妈妈偏不肯，他便会很为难。他要么装作管得了她，像该有的那样大光其火；要么承认失败，就好像这事无所谓。只不过他太爱妈妈了，无法装作无所谓。不较量一番便放弃，他做不到。他从不对她动粗，而是靠砸瓷器来发泄怒火。可是，当他气得浑身战栗、嗓音颤抖时，谁都很难保证，受害的会只是盘盘碟碟。

妈妈宣布自己已经加入了反对党时，我以为这次的事态跟平时不会不同。可我错了。爸爸困惑的目光射向妈妈，这我很熟悉。可紧接着他脸色变得惨白。他没有站起身，没有走近她，也没有威胁地晃动那根手指。他没有大喊大叫，只是继续难以置信地盯着她，一副怪相冻结在脸上，坐在椅子里的身体仿佛瘫痪了一般。

这副样子妈妈看在了眼里。她一定是有些抱歉，反应异于以往。目光并不像平时那样直直地越过他，以示爸爸的威胁对她毫无作用。她感觉不得不做些解释，说如今暗探依旧掌控着一切。有他俩那种出身的人无法置身事外，得有人勇敢地站出来。否则，这世道就无法改变，我们始终会被同一批人所代表。我们得将决定权拿到手里，得为自己代言。也许当初她应该征求家人的意见，共同做出决定。她知道爸爸大概会持怀疑态度，毕竟两人的政治观点不同。但她不得不那样做。而且如今他没了工作，需要有各种关系，将来才好寻找机会。她似乎对此早有考虑。

爸爸默不作声地听着，强忍着心中的怒火。日后想起当天的情形，我渐渐明白了，也许他看似无所谓，其实很在乎自己丢了工作这事。也许在他心中，被解雇与提前退休有着重大的区别。也许，如今靠两个女人的退休金过日子，他觉得自己不像个男人。他再也不能像别的男人那样大声叫嚷、扬言要干什么，或者气得浑身发抖并把盘碟砸到墙上了。也许他周围的一切都发生了巨变，往常的反应都变得不合时宜，仿佛属于另一个时代，或许只能出自另一个人，一个他已经无法辨识的过去的自己。曾经熟悉的坐标消失了,他失去了方向。他无法理解自己面临的困境,也没有摆脱困境的办法,能做的只是默默点头,就像他从前用来对付单位领导那样。

妈妈退休后非但没有停止工作,反而迎来了一生中最忙碌的一段时间。加入民主党不久后,她成为该党全国妇女联合会的领袖之一。她要参加党的会议,为选举遴选候选人,组织群众大会,参加各类全国委员会,会见外国代表团。余下的时间都花在档案馆里和法庭上,她仍在想办法讨回曾遭没收的家族财产。

"你应该多花些时间在家里,照顾一下孩子。"尼尼对她说。"我挺好的。"我常常回答,很高兴之前每学期一次的数学检查,如今溜出了妈妈的备忘录。"妈妈,你应该弄个驾照。"为了转换话题,我提议道。

"我们家不需要驾照。"爸爸插嘴道,担心如果不立即表示反对,一直找不到工作的他可能会升级为家庭司机,"开车对环境有害。"

这个话题常常会引发另一场争论。妈妈会说:"大家都在买车,车是必需品。切尔诺贝利对环境可要有害得多!""切尔诺贝利跟车又有什么关系?"爸爸会这样回答。妈妈显然不以为意,接着说:"要这么说,别人帮我们建冶金厂,对环境又有什么好处?我们的问题不在环保,而是买车的钱还没攒够。""这也不等于说汽车对环境就无害了。"爸爸会这样指出。

这些关于该不该买车的嘴仗看似漫不经心，却往往会引向关于世界历史的广泛论辩：从工业革命对环境的破坏，到太空竞赛激发的知识进步；从谁有权污染环境，到谁在哪里出售武器；从海湾战争到前南斯拉夫的解体。"这不挨边啊！这根本就不挨边！"无言以对时，爸爸就如此回应妈妈。她的主意绝少会变。"群众大会时你就这么对人群说吗？"他会这么问，表示最终放弃了，"你就是这么准备发言稿的吗？"

妈妈从不准备发言稿。发言她都做几百遍了。打我十三岁那年起，在家同她吃晚饭的时间少，看她站在政治集会主席台上等待发言的时候多。她高高地站在台上，腰板笔直，对着成千上万的人发表演说，不时停顿一下，依据情势调整声音，有时会让听众陷入可怖的沉默，有时则会掀起人群如雷的掌声。她讲话从不看便条，说出的话仿佛几年前就在脑中写好了，仿佛生命中的每一天都在反复演练日后的发言。然而，她的词句仿佛并非自过往而来。它们很新，甚至带了些异国的味道：个人主动性、转型、牺牲、财产、合约、自由化、休克疗法、西方民主。除了"自由"一词，它并不新鲜，但从她嘴里念出来就是不一样，后面总是跟着惊叹号。因此，它听上去是崭新的。

不参加政治集会时，妈妈会去城里的档案馆翻找资料，常常是去查地图和土地分界图，以寻找属于家族的财产；再就是去法院，带着兄弟姐妹一起打官司，追讨几千平方英里的土地、几百套公寓和几十家工厂。战争结束前，它们曾属于她祖父，一位砍柴人出身的百万富翁。爸爸和奶奶对这事从来都没有兴趣，部分是因为他们觉得那些财产追讨不回来了，部分也因为他们不确定是否应该追讨回来。

"简直是浪费时间。"奶奶偶尔会摇摇头说。这话常常是模棱两可的，不确定她说的是玩政治浪费时间，还是妈妈追讨那些著名资产是浪费时间，或者两者皆是。"过去的事情就该让它过去。"她曾对一位外国记者说。那人得知她曾是持不同政见者便前来采访，还问到了她家族的财产问题。"如今人人都是持不同政见者。你说的是希腊的田产吧？不过是片烂泥地。"

我母亲却断不肯放弃。这么做不仅是因为需要收入来源，还因为这事关原则问题。两个原因多少是掺杂在一起的。对她而言，在这个世界上，要生存自然就要争斗，唯一的解决方案就是规范私有财产。她相信，无论男女老幼、前代后代，人与人的争斗天经地义。父亲认为人之初性本善，而她则认为人性本恶，令人向善毫无意义，只需疏导恶念，从而限制伤害。人们必须明白哪些东西属于自己，对其拥有支配权。然后，他们才会看顾好自己的财产，也就不会再有争斗，只会有健康的竞争。她相信，如果能确定谁是一件物品的第一主人，那么之后围绕它的各种纷争就能得到规范。这样的话，不仅我们家，其他每个人都有机会如她祖辈那样发家致富。

她说，这就像重启一届赛事过半便被中断的象棋锦标赛。当初每位选手都从同一个位置开始，有些已经积累了优势，可之后却被迫去参加另一场赛事，那就是社会主义。冷战结束了，原来的赛事重启。但旧日的选手已过世，回到棋盘边取代他们的只能是他们指定的继承者。妈妈认为，开启新的比赛有失公允。所有新选手必须从前辈走到的棋步开始，用同样的棋子，遵守同样的规则玩下去。

对她而言，追寻家族财产的下落，不但是规范财产所有权，也是纠正历史的不公。她认为，国家存在的唯一目的，就是促成交易，维护合约的效力，以使大家都保有业已获得的利益。除此之外，任何超出此目的的做法，都是在滋长寄生虫，导致财富与资源的浪费。国家就像国际象棋赛中的裁判，严格执行规则，不时查看计时钟，但绝不允许给棋手支着，更改某一步棋，将已死的棋子放回棋盘，或者准许未获资格的选手参赛。那样做便等于扭曲了裁判的功用。按照规则比赛，最终，会决出胜负，有赢家，也有输家。那又怎样呢？大家都知道会有这样的结果，也都认可这样的规则。这是比赛自身的性质决定的。比赛终归是一种竞争，即便它是健康的。

第15章

我总随身带把刀

1992年暮夏的一天,一群法国女人表示会来我家登门拜访。她们所属的组织与我妈领导的组织是伙伴关系。为了接待她们,我们好一通忙活,就好像第二天就要过新年。墙壁重新粉刷了,窗帘取下来清洗干净,床垫搬到屋外晾晒,橱柜里面擦洗干净,书架上的每本书都取下来掸掉灰。她们到达前的几个小时里,整栋房子变成了一支组织严明、纪律整肃的军队所处的战场,每个人都拿起了刷子、破布、海绵、水盆、水桶、拖把等一切居家作战的武器。妈妈就像个将军,高声向爸爸发出一串串果决的命令。她自己则不知疲倦地跑前跑后,将一张张桌椅翻转过来,查看还有什么没做完,暴露出之前的一轮轮清扫漏掉的地方。等到房子变得纤尘不染、熠熠生辉,眼瞅着客人还有半小时就要到了,她便逮住我和弟弟,将我们带去浴室洗洗干净。她没时间试水温,直接朝我们身上浇，还使劲擦我们的脸，那股子劲和先前擦地板时一样。忙完这事之后，她才去收拾打扮。

那是个致力于推进妇女事业的组织，接待其代表时要怎么穿最合适呢，妈妈向奶奶征求了意见。尼尼的意思是该穿连衣裙，于是妈妈选了件最近从二手市场淘来的。她之所以选它，一是因为肥皂剧插播的广告里的女人都这么穿，她觉得这样穿跟西方妇女解放运动有关；二是因为衣服后背印着"荣誉"的字样，她觉得这说明它是高端时尚的奢侈品牌。那是条深红色的丝裙，长及膝盖，底边饰有黑色蕾丝花边，袖口饰有丝带，领口呈V字形。当时，人们将进入本地二手市场的西式睡衣当成是白天穿的，这是常有的事。那阵子就有几位老师穿着睡衣或睡袍来上课。我妈妈这么穿算头一回，不是因为她能看出差别，而是因为她一向对蕾丝花边不感兴趣。她总是穿长裤，对化妆嗤之以鼻，梳头时也不照镜子。她唯一了解的丝带和花边就是她与尼尼强行让我穿戴的——她们这是在公开声明，五十年的无产阶级专政并未能摧毁她们要将我培养成委拉斯开兹笔下的幼年玛格丽特·特蕾莎[①]的巴尔干版的决心。

五位访客到了，身着黑色职业装。爸爸在厨房里点

[①] 委拉斯开兹（Velázquez，1599—1660），巴洛克时期的西班牙画家，《幼年玛格丽特·特蕾莎》是其代表作。

评,好像什么地方来的古板代表团。在起居室里,我们围着她们坐下,桌上摆着咖啡、雷基酒和土耳其糕点。见到妈妈的睡裙,客人们未动声色,肯定觉得这要么是我们的文化,要么代表着我们刚刚获得了自由。一位叫德索夫人的访客对妈妈讲:"那天开会时你发言,反响那么热烈,真让人大开眼界,听众的掌声经久不息,简直太棒了!"接着,她面露歉意,微笑着补充道:"显然我们听不懂阿尔巴尼亚语,但对你关于妇女自由发表了哪些高见,很感兴趣。"

奶奶在一旁做法语翻译,将德索夫人这段话译给了妈妈听。妈妈一下子慌了神,好像考生临场突然发觉,此前的复习全没到点上。她用阿尔巴尼亚语低声问奶奶:"她说的是哪次发言啊?我可从没谈过什么妇女问题。"慢慢镇静下来后,她扭过脸朝向几位客人,自信地朗声道:"我认为不只是妇女,每个人都该获得自由。"

"多丽认为这个问题十分复杂。"奶奶如此传译道。

客人们点点头。"哦,那是当然,"德索夫人完全赞成,"我们知道,社会主义社会是大力宣传妇女平等的。"她接着说:"可实际情况又如何呢?阿尔巴尼亚妇女有没有经历过性骚扰?"

一阵短暂的沉默。该如何翻译才好呢?奶奶再次犹豫无措。这个词深深印在我脑海中,只是当时意思尚不明了。我记得妈妈一脸茫然,不再搅着咖啡里的糖,而是盯着问话的人，琢磨自己的回答会引起怎样的反应。她那睡衣透出俏皮的性感气息，而身体姿态却凝重严肃，这鲜明的对比既透着滑稽，也让人不安。她把咖啡杯放到桌上，可依然感觉紧张，便伸手拿起一块土耳其糕点塞入口中。"当然有了。"她答道，嘴里依旧嚼着。接着，她清清嗓子说："我总随身带把刀。"

德索夫人吃惊不小，身子陡然缩回沙发里，似乎想拉开与妈妈之间的距离。其他几个女人不安地交换着眼色。"就是一把厨刀。"留意到自己直言所引发的反应，妈妈连忙补上一句，决意要把情况说清楚。眼见客人似乎更往后缩了，她接着说："没什么特别的。"词语从她嘴里不间断地飞出来，仿佛小石子滚下陡峭的山坡。

"我当时很年轻，还不到二十五岁，每天得赶很远的路，去北边一个村子的学校上班。有时回家遇到路过的卡车司机，就搭他们的车，这也是没办法。冬天天黑得早，搭便车时不带把刀可不行。不过只用过一次，没用来杀人什么的。"说着她自己笑了起来，似乎没有料到搞笑的细节会从记忆中某个被遗忘的角落浮现出来，"只是刀尖点了一下他的手。知道吗，他把手放在我大腿上，让人不舒服。"

奶奶将这些话照直翻译了过去。妈妈深吸了一口气，如释重负，显然对这番解释颇为满意，尤其了得的是，那本是一次创伤性事件，自己居然能轻描淡写地讲出来。

然而，这番话并没有达到预期的效果。客人们依旧僵坐不动。妈妈朝爸爸望过去，似乎在求助。那一刻之前，他一直默不作声，不过显然是知道那件事的。此刻从他的表情来看，似乎妈妈的每一句话，都让他有了为她感到骄傲的新理由。两人目光相遇，爸爸报以会心的微笑，似乎那刀是他递到她手中的。然后，他扭过身面对客人，自信妈妈办不到的，他一定会手到擒来。"这个女人身体里燃着火，"他说，"她可是非同一般的人物。喝点雷基酒吧，是多丽自己酿的。"

爸爸出手相助也无济于事。几个女人伸手端起酒杯，送到唇边浅尝，嘴里勉强地说着好喝，却小心翼翼地不吞下去。又一阵疑虑袭上心头，妈妈觉得自己已经无法讲得更清楚了，便又伸出手去，拿起一块土耳其糕点。手还没收回来，她便改了主意，将糕点放了回去，决定换个策略。

她发表演说般地开口道："在那个自由的国度，也就是美利坚合众国，人们被允许携带枪支。这显然让保护自己变得更容易了。在阿尔巴尼亚，我们没有多少选择，个人不准拥有枪支。我们当然知道怎么用枪，自十六岁起，我们就在学校接受了军事训练，那是必修课。然而，我们无权支配枪支。同美国人不一样，即便是需要用枪，我们也没那个自由。"

一句话，妈妈如果能教组织里的女人如何用刀保护自己免遭骚扰，她会很乐意那样做。可惜做不成，作为领导的她便集中精力发挥协调作用，帮助子女移居国外、希望前去探亲的母亲们申请签证。她将她们的名字收集起来，整理出一份份名单，为需要经济资助的人募集钱款，帮她们填写表格，去相应的大使馆预约面签。名义上，这些旅行是为了去几个欧洲国家的首都，譬如雅典、罗马、维也纳、巴黎，访问不同的伙伴组织。实际上，一旦越过边境线，代表团成员便分散去往不同的城镇。唯有她及一两个同事会赶赴安排好的会面；其他女人则会同自己的子女及孙辈团聚，一直待到旅行结束。最后一天，团员们重新会合，逛逛食品铺子，探索一下购物中心。但她们什么都不买，因为即便最便宜的货品都贵得离谱。就像她们所说，去只是为了"见见世面"。

妈妈心里很清楚，泄露旅行的真实目的会付出什么代价。她迅速掌握了一套固定说辞，一次次不断重复，以跨过面签这道坎：促进知识的转移，发展团队协同，提高培训技巧，建构愿景宣言，理解战略规划，如此等等。她曾说，有次面签时，外交官问，她领导的妇女组织是否也参与了女权主义活动。她说："我问'女权主义'是什么，他说的我听不懂。"他回答了几句，提到什么配额制[①]和优

[①] 此处指的是"女性参政配额制"。

惠性差别待遇[1]。她便借此话头说，正是为了这些，赴西方访问才极为重要，因为她的组织已经最终敲定了行动方案，希望通过与经验丰富的伙伴交流，学习更多的东西。这番话令那位外交官大为放心。"配额！平等！"那天回家时她愤愤地哼道，"他说什么我都得说是，除此没别的办法搞签证。我敢打赌，他老婆肯定雇了个清洁工干杂活。我还敢打赌，外出慢跑时，她嘴里肯定在咕哝：搞哪门子女权啊！"

讲述面签过程时，妈妈的两颊与脖颈上会出现大红点。"优惠性差别待遇！"她吼道，"女权主义！那些母亲和她们的孩子算什么？她们很多年没见过自己的子女了。去罗马的名单上有个叫萨尼埃的，女儿过得怎么样，她压根不知道。她手头只有街道名，胡乱写在一张字条上。她跟我讲夜里睡不着，左担心右担心的。你觉得她会关心配额吗？可如果我在大使馆这么讲，人家便会立刻打发我走，会说萨尼埃不符合签证要求，没有工作，也无法保证她去了会回来。连签证费都不会退的。我倒想在这事上看到些优惠的样子。可是没有，让母亲见孩子，人家才不在乎呢。他们只想教我们如何争取代表权、如何参政之类的花哨名头。当然喽，这又不花他们一分钱！"

---

[1] 又称"平权行动""肯定性行动"。

说到这里，她猛地转身面向爸爸："换了是你，会怎么看优惠性差别待遇？"

他耸耸肩，回答："是这样，这取决于如何开展，由谁来实施；它也可以变成一种借口，可以用来污蔑黑人。"他竭力阐说，举出了民权问题方面他唯一认可的权威："最近我看了穆罕默德·阿里的一次采访……"

妈妈打断了他。"我在说妇女呢，别跟我扯什么黑人。没听见我说什么吗？知道吗，那些西方女人无法事事兼顾，简直弱爆了。要她们边学习边工作，或者边工作边照顾孩子，再或者边照顾孩子边做饭，她们就搞不定了，还想当然地以为，咱们这儿人人都跟她们似的，而且觉得这或多或少是国家的问题。于是，咱这儿也就有了同样弱爆的人，拿着一张清单，列出各种无脑的标准，告诉你如何给女性机会。"

"什么是优惠性差别待遇？"我问道。

妈妈便跟我解释起来，不过她还在气头上，情绪有些失控。她说："想想看，学校特意给你加分，就因为你是女孩，你会有怎样的感受？觉得被侮辱了，不是吗？"她的问题一个接一个，音调也越来越高。我想说点什么，可问题都给她自问自答了。"你刻苦努力，拿到了最棒的成绩，你的朋友们呢，因为她们长得像你，也是女孩，所以加分了，于是你们毫无差别。这听起来如何？"

我努力想象自己会有怎样的感受，可妈妈对此毫无兴趣。她都是在反问，不过是想撒撒气。"想想看，如果无论做什么都是这种情况，"她说，"你怎么知道谁是凭实力获得优秀成绩的，谁又不是呢？如果别人一直以为，没有朋友帮忙，你哪儿会有这么好的成绩，该怎么办？"

妈妈蔑视优惠性差别待遇和性别配额，但也同情其倡导者。如果有人胆敢暗指她取得的一切成就都是因为女性身份，而非自身努力的结果，她一定会拔出厨刀戳过去。在与伙伴组织的女性会面时，她常常会强调，检视共产主义遗产，只有一件值得骄傲，即党毫不妥协地严格实施两性平等；每个人，无论男女，都应该工作；不但每种工作都对两性开放，还鼓励男女应征。就连着装限制也不分男女。

她说得没错，不过并不全面。过去，我们国家确实期待所有女人都上班，而且是什么班都上。朋友们的妈妈都上班，没哪个待在家里。她们黎明即起，打扫屋子，打点孩子上学，然后去工作，开火车、挖煤、修电缆、教书、在医院做护理。有的人得花好几个小时才能到达上班的办公室、农庄或工厂。下班很晚才能到家，到家已是精疲力竭，可还得做晚饭、洗碗、辅导孩子功课。为了准备第二天的三餐，她们往往要忙到很晚。夜里，她们有的必须照顾幼儿，或者跟丈夫做爱，有时两件事都要做。

而在家里，男人就是休息，读读报，看看电视，要不就外出会友。很多男人都想当然地觉得自己的衬衫该有人给熨好，咖啡端来的时候不够热乎，便开个玩笑讥讽两句。如果妻子也想外出去见朋友，丈夫有权知道为什么。他们有时会嫌理由不够有说服力，或者直接拒绝。他们会命妻子留在家里，或者不准再见这个或那个朋友。他们总是说这么做是出于爱。在他们的认知里，爱女人与控制她几无分别。这一套他们继承自父辈，而父辈亦承继于自己的父辈，如此辈辈相传。他们继承来的，也将传给自己的孩子。

有些妻子不愿言听计从。偶尔，施控与失控间，就像爱与控制，边界会变得模糊不清。接着可能会有一出争吵，结果是手腕断裂或者鼻子淌血。鼻涕邋遢的孩子则躲在暗处，将一切看在眼里，第二天到学校，会一点不漏地讲给朋友听。消息会传到老师那里，有时组织会出面干预。情况如果继续恶化，单位或地方党委便会开会。同志们会直言不讳地谴责这种行为只是表象，究其实质是人性的局限、社会习俗或宗教传统。社会主义成功揭掉了女人头上的头巾，却没能揭掉男人心中的头巾。它成功扯断了妻子胸前挂十字架的项链，却没能扯断禁锢丈夫头脑的锁链。对此，除了等待时代变化，或者如妈妈所说，自己捍卫自己，几乎别无他法。

爸爸不愿同其他男人一样，就像他父亲也曾为此做过努力。被囚在狱中时，他翻译了奥兰普·德古热①的作品《女性与女性公民权宣言》，将阿尔巴尼亚语译稿拿给哈基看，那人却逼他把稿子吃掉。至于我那位做总理的曾祖父，根据官方记载，他对阿尔巴尼亚女性事业的贡献，是颁布使性工作合法化的法律，不过战争一结束，党便将这个行业取缔了。他脑子里是怎么想的，我们不得而知。他的头给炸弹炸得稀碎，而且无论在什么情况下，我们都不被允许想到他。可即便如此，根据家族史，家中几代男人至少在理论上承认女性不是完全附属于他们的存在。

至于这种认识在更为繁杂的日常中落实到了何种程度，譬如谁做饭、谁搞卫生、谁负责洗碗，那就是另一回事了。爸爸眼中的家务，就像孩子眼中的卷心菜。他明白做家务对自己好处很多，可还是会腻烦。还算不错，他一向只拿哮喘作为借口，从不祭出自己的染色体做挡箭牌。为了减轻妈妈的负担，他时常会请自己的妈妈来帮忙。然而，奶奶自己痛恨家务，不是因为她觉得家务

---

① 奥兰普·德古热（Olympe de Gouges，1748—1793），原名玛丽·古兹，法国女权主义者、剧作家、政治活动家，其有关女权主义和废奴主义的作品拥有大量读者。作为民主的拥护者，德古热一直寻求法国女性与男性的权利平等。在其作品《女性与女性公民权宣言》中，德古热向男性权利和男女不平等的观念发出了挑战。

不该推给女人做，而是因为她从前见惯的是仆人做家务。末了，爸爸、奶奶就都仰仗妈妈做脏活、累活了。教育孩子则由他们负责。

我妈妈从来没想过，她的生活本来可以不同。发现问题时，她只考虑如何自己解决，而不是要不要向别人求助。她具备领导人的魅力，拥有权威感，这让她不用依赖任何人，有时甚至独立过了头。她能给其他女人的唯一武器，就是她自身的力量。她传递给我的唯一防护措施，就是她树立给我的榜样。从小到大，我目睹人们对她尊重有加，就好像心存惧怕，其中不仅有她的学生、街坊邻居家的孩子、我们这两个她自己的孩子，甚至还有包括男人在内的成年人。我总是想知道，她的力量源自何处，觉得也许是她不怕任何事，才会令他人心生惧意。可当我努力去模仿她，去控制，甚至是主宰自己的恐惧时，却发现那是何其难。妈妈从来都不需要与恐惧较量，或者去战胜恐惧。她根本就不知道什么叫恐惧。

对她想帮助的妇女来说也是一样。如果说男人面对她时会露怯，那么，能不抬头仰视她的女人则少之又少。她绝不会承认自己与她们有同样的弱点，需要别人的帮助，等待别人的援手。她提供支持，从来都是慈善之举，而不是出于团结的考虑。对她而言，道德两难、依靠他人，以及与他人追求共同事业，是对实现自己目标的干扰，是无谓的阻碍。正因如此，她才不愿征求别人的意见。除了自己,她不信任任何人。

她最不信任的,还是国家。对于那些关于平等、制度如何促进公平的抽象讨论,她很是受不了。询问某件事是应该这样还是那样,从一开始就是不对的。她认为,永远都不应该去思考国家应该为你做什么,只应该思考能做些什么以减少对国家的依赖。她怀疑,一切关于优惠性差别待遇和女性配额的讨论都是障眼法,这些政策会给官僚机构更大的监控能力,让那些寄生虫有了更多的腐败机会。她从来都不相信国家是进步的工具,从不相信集体的力量。

直到很多年后,我才突然意识到,她一定孤独极了。我还意识到,或许她根本不是异类,或许像她那样的女人成百上千。她们过着各自的生活,不知道彼此的存在,满足于自立自强,埋怨别的女人不够勇敢、没有抱负或者缺乏战斗的决心。妈妈一辈子都生活在社会主义国家,相信人从来都只能与他人为敌,而不是并肩战斗。这要么是制度的失败,要么是她缺乏想象力。如果不是怕她觉得受到侮辱,我是会对她报以同情的。

第 16 章
这些都是公民社会的一部分

1993 年 10 月的一个下午，放学回到家，我看见奶奶站在门阶上，面带焦虑之色。我走进屋，她默默地跟在身后，等我放下书包和书本，换上家居服，吃了她热好的肉丸。然后，她指指客厅沙发示意我坐下，自己则坐到对面她的专属扶手椅上。终于，她开口了，劈面甩来一个令我始料未及且荒唐透顶的问题。

"避孕套的事你是从哪儿知道的？"

"什么哪儿啊？"我不假思索地回问道。见我回应如此快，奶奶似乎心下确认，我这是在否认她想追问的实情。"我不知道避孕套是什么。"

"你知道。"她不肯罢休，"你爸在街上碰到了卡塞姆。他跟你爸说要注意你。你说人们得用避孕套时，他儿子就在旁边。当时教室里大概有二十几个男孩子，而且显然都比你大很多，听到好人家的女孩子在学校那样讲,就连他们都觉得很窘。你爸听了很恼火[①]。真的很恼火。"

"哦,你说的是法语翻译吗?"听到她讲法语,我才突然明白她指的是什么,"我没跟哪个具体的人说,只是在翻译一部法语电影的结尾。"

这番解释适得其反。

"为什么要在学校翻译讨论避孕套的电影呢?"她继续质问道。

"是骡子让我翻译的,"我回答道,"我就是翻字典查了'préservatif'(避孕套)那个词,但我根本不晓得它是什么意思。"

我当时刚上中学,骡子是学校以前马列老师的外号。她走起路来像骡子小跑,气喘吁吁的,背着个沉甸甸的帆布包,仿佛驮着个人,快要背不动了。爸妈怀疑她以前是国安特工,只要在街上看见她,都会穿过马路到对面去。骡子最近开始参与到公民社会中。学校工资微薄,为了增加收入,她去几家外国非政府组织在我市开设的分支机构帮忙,常常会找学生帮着组织活动。从前她为共青团组织晚会,举办恩维尔·霍查庆生演出,如今无缝衔接,顺畅地实现了转型。爸爸开玩笑道,有些本事搁哪儿都好使。

[①] 此处原文为法语。

"骡子为什么叫你翻译讲避孕套的电影?既然你连什么是避孕套都不晓得。"尼尼的怒气一点点消了,取而代之的是迷惑不解。

"她没叫我翻整部电影,只是结尾,"我解释,"电影讲一个年轻女人得艾滋病死了,那是种传染病,能要人命的。结尾处,那个女人讲了自己的故事。我要跟观众说她讲了什么。我得站在大家面前高声说'请戴避孕套',那女人就是这么说的。我们没看整部电影,就那么一小点。不过挺有效果的,那女人眼含泪水,大家看了挺感动。骡子如今主持一个新成立的非政府组织'行动+'。那个组织的使命是提高人们防范艾滋病的意识,为此我们差不多每两个月会在学校组织活动。上次,作为提高防范艾滋病意识活动的一部分,我们看了那部法国电影的结尾。大家被安排了不同任务:碧莎朗读了吉卜林的诗《如果》,一组人演唱了《我想挣脱》,这是弗雷迪·墨丘利[①]的歌,他死于艾滋病,我则翻译那部影片的结尾,因为骡子觉得那段很感人,虽然她没怎么看懂,还因为只有我会讲法语。资助'行动+'的几个美国人跑来观摩,看完后使劲鼓掌,夸我们提高防范艾滋病意识的活动'太令人振奋了'。"

---

① 弗雷迪·墨丘利(Freddie Mercury,1946—1991),英国音乐家,皇后乐队主唱。

解释了一大通之后，我都气喘吁吁了。虽然成功令奶奶确信我依旧是个纯洁的孩子，但我也对"行动+"心生疑窦，觉得它哪里不干净。

奶奶没有作声。她离开扶手椅，挨着我坐在沙发上，给我上了人生第一堂性教育课。她跟我解释避孕套是什么、人为何需要它。我则跟她讲了人类免疫缺陷病毒的事，此前她从来没有听说过艾滋病毒；接着，我们一起弄明白了艾滋病的传播方式。我还告诉她很多名人死于艾滋，例如鲁道夫·纽瑞耶，她知道这个人，因为他1961年叛逃苏联留在西方；还有安东尼·博金斯[1]，她没听说过这个人，可当我说他演过《惊魂记》中的诺曼·贝茨时，她一下子就想了起来。

"太可怕了，"她难以置信地摇头说，"简直太可怕了。我从没听说过。谁知道呢，也许要不了多久就会传过来吧。"她答应我会跟爸爸讲清楚，说"行动+"这个组织非但无害，而且大有必要，没理由禁止我参与骡子组织的活动。她会告诉爸爸，虽然在我们国家，家教好的姑娘婚前不可能有性行为，因此也没有艾滋病例。但情况或许很快会变。既然有了毒品和其他西方来的变态玩意儿，可以肯定地说，艾滋早晚也会找上门。因此，

---

[1] 安东尼·博金斯（Anthony Perkins，1932—1992），美国演员，1960年主演《惊魂记》中的诺曼·贝茨。

防范措施就不是该不该有的事了,而是必须有。

奶奶最后给这事下了结论:"问题的根源在自由,这就是自由过了火的代价。自由带来好事,也带来坏事。永远控制人是不可能的,防止人们染上这种病毒也不可能。我想这就是为什么我们需要这些非政府组织,保护我们不感染那些新的疾病,防止即将降临的灾难。不能指望国家负起这个责任。正因为如此,我们需要公民社会。"

"公民社会"这一术语最近才进入政治语汇中。或多或少是作为"党"的替代词。众所周知,公民社会为东欧带来了天鹅绒革命[①]。那场革命圆满完成后,这个术语才在我们国家流行开来,或许是为了赋予一系列事件以意义,它们最初看似不可能,后来却需要一个标签,以显得意义重大。它加入了新关键词的行列,与诸如"自由化"(取代了"民主集中制")、"私有化"(取代了"集体化")、"透明"(取代了"自我批评")、"转型"(这个词虽然表面未改,如今却不再指社会主义向共产主义的转型,而是指社会主义向自由主义的转型)、"反腐败"(取代了"反帝斗争")这些词为伍。

---

① 又译红丝绒革命,即温和革命,狭义上是指捷克斯洛伐克从1989年11月16日、17日到12月29日发生的反捷克斯洛伐克共产党统治的民主化革命,结束了捷克斯洛伐克的一党专制,为捷克和斯洛伐克几年后的和平分裂埋下伏笔。

这些新观念都跟自由有关，不过不再是集体自由，而是个人自由；前者已变为肮脏的词。社会上仍有挥之不去的疑虑，或是残存的文化记忆，认为如果社会控制缺失，更多的个人自由必将伤害个体自身。如今人们认为，社会控制不能再交由政府，于是，拥抱公民社会成为更加迫切的需求。公民社会理应存在于政府之外，但也有可能取而代之；它理应自然地生发出来，却也得给予刺激；它理应带来和谐，同时也承认某些分歧永远不能解决。公民社会由众多社群与组织构成，就像社会主义时期购物队里的友谊，其形成自然而然；有些由本地人自发组成，但多数靠外国友人襄助。常听人说，我们国家的问题繁多，其中之一就是缺乏成熟的公民社会。或许我们曾拥有公民社会，但它却被党压服，就像克洛诺斯①吞下自己刚出生的孩子；或许我们应该从头开始创立。这些没人能说清。不管怎样，两手都抓似乎更加稳妥：一面让克洛诺斯吐出孩子，一面建设充满活力的社会生活，令个体不仅能自发地形成组织、交流观点、进行互动，为相互学习和商业往来创造空间，而且能在危险即将降临时保护自己。

我十几岁那几年，公民社会搞得如火如荼。我同很多人一样，对其好处也是看在眼里的。好处既有精神层

---

① 古希腊神话人物，提坦族最强战士。怕儿子们长大后会像他自己一样推翻父亲，于是便把自己的儿女全部吞下。

面的，也有物质层面的。比如，可以同开放社会研究所①的辩论队讨论"死刑理当存在"这类话题，同时了解到美国《宪法》第八修正案②的内容。就"开放的社会需要开放的边境"展开论辩，能对世界贸易组织的功能有所认识。参与"行动+"的艾滋病宣传活动，坐在以前体育宫的乒乓球室里，吃着不要钱的花生，喝着可口可乐，便可以打发一下午时间。参加"世界语朋友"③的活动，便能得到去巴黎旅行的承诺。加入红十字会的行列，便能四处闲逛，给困难家庭发放食品杂货，同时免费获得一袋大米。这米跟平时从街坊邻居那儿借的不同，首先量要多很多，其次它来自西方，再就是袋子上有个日期，标明哪天前要吃掉，而通常情况是已经过期一周。

我朋友玛西达发起了《古兰经》阅读组。她一家此前乘"发罗拉号"离开了阿尔巴尼亚，但同其他人一样给遣送回国了。鞋子作坊改成了夜店，她爸爸也就丢了工作，于是决定参加培训，继承他父亲的衣钵做阿訇。

---

① 现名为开放社会基金会，是一个由乔治·索罗斯于1993年创办的国际捐赠机构。在2010年前，该机构一直以"开放社会研究所"而为人所知。该基金会为世界各地的民间组织提供资金支持，其明确的目标是推动司法、教育、公共卫生和独立媒体的发展。
② 第八修正案的内容为："不得要求过重的保释金，不得课以过高的罚款，不得施予残酷和逾常的刑罚。"
③ 由国际世界语协会发起的一项计划。

玛西达教我念《忠诚章》①：奉至仁至慈的真主之名/他是真主，是独一的主/真主是万物所仰赖的/他没有生产，也没有被生产/没有任何物可以做他的匹敌。②她说，这是最好的苏拉③之一，它宣告了神的特性：统一、权威、永恒。大声朗诵只需十二秒，但先知说，能背诵就等于读懂了三分之一的《古兰经》。她把意思翻译给我听，我这才知道，万物仰赖安拉，便决定去清真寺，好多了解了解穆斯林的神。

我跟爸爸说，清真寺也列入了我的公民社会活动清单。"有没有祈祷我找到一份工作啊？"爸爸打趣道。我回答说："祈祷没用的，你得改简历的字体，把新罗马体改成加拉蒙。"

这倒真起了作用。至于是拜祷告还是改字体所赐，又或许是妈妈动用了政坛上的新人脉，我也不知道。大约在我十四岁生日前后，爸爸得到了一份工作，受聘去管理植物出口公司。那是家国有公司，以前做药用植物出口业务，现在的紧要目标则是减少巨额债务。

接受工作之前，他也得到对方的多次保证，说前任已经搞定了所有裁员的事情。他对前景感到乐观，觉得

---

① 《古兰经》第112章经文。
② 此处原文为阿拉伯语，译文引自马坚译本（北京：中国社会科学出版社，1996年，第464页）。
③ 《古兰经》的章节。

自己已经准备好去迎接挑战了。

他在后共产时代处理家庭财务的表现有目共睹。就在受雇于植物出口公司前几周,他成功还上了1980年11月4日里根击败卡特那天我家借的那笔钱。我会记得那天,是因为我家就是这样记录向叔叔借的最后一笔钱的。

如今想来,从种植树木到募集资金,爸爸的职业转变真有点像送匹诺曹去许愿地①。不过,他的信心既非自大,也不少见。他对金融的态度,与举国上下的态度如出一辙。

1993年那会儿,我家毫无积蓄。亲戚邻人间的借贷正在慢慢消失,部分是因为有了出国机会,攒下来的钱也有地方花了,在以前这几乎是不可能的。另一个原因是,收入水平开始出现天差地别,敲人家门请求帮助,就无异于承认自己很失败。过去有种被称作"单位彩票"的借贷模式,大家自愿拿出部分工资凑笔钱,帮同事买洗衣机或电视机,如今这种做法也销声匿迹了。私人交易都是匿名的;放贷公司与保险机构的生意蒸蒸日上。我们家对这类公司缺乏信任,不愿投钱进去,也不愿借钱出来。"还记得《赛查·皮罗多盛衰记》②中写破产的那一章吗?"奶奶常常这样问,仿佛搬出巴尔扎克《人间喜

---

① 童话故事中的匹诺曹曾唱道:我将有一个许愿地/许任何愿都能达成……世界如今在等待/等我去尝试。
② 巴尔扎克《人间喜剧》中的一部。

剧》中的虚构人物，就足以确证借贷体系的不道德。对这个话题，妈妈的观点更加微妙。她的意思是，如果我们像她家以前那样拥有房产，借贷也没什么大不了。后来，她虽然改变了看法，但在此期间，我们依旧会将省下来的一点钱放进爷爷旧外套的内袋里，以期能"带来好运"。

有几样东西，无论是在资本主义社会还是社会主义社会，其功用都无变化，那件外套就是其一。我们在不举债的情况下勉力度日。奶奶开始给小孩开法语跟意大利语私教课。消息很快便传开了，说她不像别人那样，学外语全靠唱歌、看电影，她在法语中学念过书。结果，她的课很快便供不应求。我家的卧室变成了课室，配了折叠桌椅、画架、粉笔，黑板上始终写着动词变位，仿佛要令它们描述的动作垂之永久：我只是忘记了；你只是忘记了；他/她只是忘记了[①]。我觉得自己好像永远住在学校里。爸爸会在每堂课后收取现金，优雅而威严地讨要拖欠的学费，家庭财务管理得井井有条，从不乱花一分钱，过去我们从来没觉得他有这样的能力。奶奶认为他天生就是做生意的料，一点不比妈妈差。可事实上，他只是对负债极为恐惧。他常说，负债是头野兽，跟所有事物一样，在社会主义社会沉睡，在资本主义社会则

---

① 原文此处为法语。

时刻保持清醒。要在它杀死我们之前杀死它。在我们还掉所有债务前,他一刻也不肯松懈。一旦消灭了一种野兽,他便准备好了去对付下一种。因此,他才会对下一项英雄使命,也就是拯救植物出口公司,充满了热情。

妈妈跑了趟二手市场,给他买了条黑色领带,上面点缀着小白象,还缝补好了爷爷的夹克与长裤。他上班那天,从未显露出宗教倾向的奶奶,居然让他出门前亲吻了《古兰经》三次,说"这样会保险些"。近来平稳的家庭财务状况、领带上的小白象、预示着好运的上班行头,以及对安拉的虔敬,一切都是利好。唯余一个厄运可能会攻击的弱点,那就是他蹩脚的英语。

乍看,这似乎是杞人忧天。除阿尔巴尼亚语外,爸爸还能流利地讲五种语言。他同家里其他人一样,从小就说法语;通过阅读偷带入境的皮兰德娄的短篇小说集《一年里的故事》[①],掌握了意大利语;在阿尔巴尼亚仍与苏联交好的年月里,多次赢得俄语竞赛冠军。借助俄语,加上看南斯拉夫电视,他自学了塞尔维亚-克罗地亚语和马其顿语,据他说,马其顿语跟保加利亚语一模一样。他不曾想到,所有这些都无法弥补他眼中此生犯过的最大错误:没有学会英语。他不但不为会说几门语言感到骄傲,反而开始觉得,能流利地讲它们是各种邪恶力量

---

① 这是皮兰德娄一生所作短篇小说的合集,分多册出版。

恶意操纵的结果，他错过了英语这门唯一该学的语言。"要是当时看了《在家学外语》就好了，"他常对我讲，"要是学了《必笨①》》该多好啊。"

"是《留学生必备英语》。"我纠正道。

这让他更恼了。"你多幸运啊，布里嘉蒂斯塔，因为我们跟苏联闹掰了，你们在学校就学了英语。我当年可只学了俄语。"英语成了他新的心魔，噩梦般让他难以入睡。"那些外国专家，他们很快就要到这里来了，"他声音发颤地说，"很快就要来了，可我没法跟他们交流。"后来，他又说："只要政府一换届，我就得卷铺盖走人。我再清楚不过了。我不会英语。"

"可是扎弗，不会可以学嘛，"奶奶温和地回应道，"你懂法语——你知道，布鲁塞尔②很重要，因为我们就要加入欧盟了，现在还有很多人学法语呢。"

"是啊，法国人还在学法语呢，"妈妈嘲讽道，"他们要学两次，一次当母语学，一次当外语学。"她觉得自己比爸爸强，英语有些底子，这都要感谢诺娜·弗齐。二战前，她上过有钱人家女儿上的美国寄宿学校。"不过说得对，学！"妈妈命令道，"别担心来担心去浪费时间。"

通常，对爸爸而言，担心来担心去并不是"浪费时

---

① 作者的父亲英语差，将"必备"（essential）读成了"必笨"（essenshel）。
② 比利时首都，欧盟总部所在地。法语是比利时官方语言之一。

间"。正相反，先担心这些再担心那些，倒是帮他标记了时间的流逝，让不同的事件有了组织，让心中的期盼有了形状。担忧是他生命的常态，是与生俱来的处境，一如呼吸与睡眠。即便不是英语这么至关重要的问题，他同样会找出别的理由为新工作而焦虑。他担心的不是英语，而是无人能向他保证，无人能说不会英语没什么大不了的。

一开始，他像过去那样直面挑战：弄来一本字典，拿一本书开始边译边学。这番努力旋即以失败告终。也许是因为他意识到，已经会的语言无法帮自己取得进步。也许是因为他选的是《莎士比亚全集》，而且是19世纪的豪华版，仿佛它逃过了家产被没收那一劫，只为半个世纪后羞辱爸爸。

那之后，我曾劝他报班学英语，就报我注册的下午班。那家机构叫剑桥学校，不收学费，但作为回报，你得写五六十封信，随机选择地址寄到英国去。班上所有学员都会收到一个纸包，里面有几张电话簿影印页，可以自主挑选收信人。我们在信中介绍自己和家庭情况，附上一两张照片，表达与外国人交友的愿望，并请求对方出钱资助我们的课程。分配给我的是字母F开头的姓。我从来没有收到过回复，也就对收到回复后要怎么做一无所知。这就像往大海里滴眼药水。听人说，有的学员获得了经济资助，有的受邀去英国观光或学习过。说归说，没人见过证据，因为收到邀请的人不会把信带来学校，万一运气不那么好的人"偷了资助者的地址"，那岂不糟糕。就我而言，写信的好处仅限于提高英语水平。每封信都得不同，我学会以不同的方式表达实际上没有什么区别的基本事实。爸爸听了也很来劲，可赶去报名时，却得知只招儿童和青少年，而且，没人会给阿尔巴尼亚中年男人回信。不用说，这令他益发消沉。

一天，在下班回家的公交车上，他偶遇一群美国青年，希望就这样降临了。也许是海军陆战队，他说，他们就是这么介绍自己的。看他们整肃的外表就知道了：黑色背包、紧身长裤、熨烫得挺括的白衬衫、刮干净的脸、一丝不乱的板寸。海军陆战队员们找爸爸问路。他想说自己一个词都听不懂，不过脸上一定也流露出了这种尴尬所带来的悲哀。他们写了张字条塞进他口袋，说晚上组织了免费英语课，欢迎他报名。

他第一时间就报了名。对这种安排他满意极了。他在班里遇到了熟人，比如我家邻居鞋匠穆拉特，正在接受培训打算将来做阿訇的那位。跟母语使用者学习令爸爸进步神速，非但如此，他们使用的教材本身也非常有趣。他了解到一个叫"耶稣基督后期圣徒"[①]的教派，还

[①] 总部位于美国犹他州盐湖城，分支遍及世界。据该教会统计，该教会拥有70000所教堂，信徒超过1500万人。该教会成员称为"后期圣徒"或"耶稣基督后期圣徒教会信徒"。

有一种他从未耳闻过的教义。就像伊斯兰教一样，它是允许一夫多妻制的。爸爸说，课堂上的辩论总是颇具深度、内容扎实，不像一般人想象中的初级英语班，只聊基本的小事。有几位学员辩称，先知穆罕默德高于耶稣基督，因为跟后者不一样，他从未妄称自己乃神之子；虽然只是众多先知中的一位，但他是最后一位，因而最正确。爸爸从不表明立场。他曾在什么地方读到过，理性的事与信仰的事不能依同样的标准评判。但他喜欢听人辩论，自己在一旁裁断。他说，班上有些人批评起后期圣徒来可以做到毫不留情。穆拉特邀请海军陆战队员参观了老清真寺。它已从青年中心改回原用，是最近才修缮完毕的，多亏沙特阿拉伯的穆斯林兄弟帮忙。

爸爸后来才了解到，他们其实并不叫海军陆战队。他当时英语还很差劲，在车上听错了。他们叫作摩门教徒[①]，称自己为传教士，但对于他们传教的真正性质，我家内部存在争议。爸爸觉得他们只想教英语；尼尼坚持说，真这样的话，他们就会说自己是老师，而不是传教士。传教士之所以叫传教士，就因为他们的任务是让人皈依其宗教。"这些都是公民社会的一部分。"妈妈提供了自己的意见，仿佛只要一提"公民社会"这个词，一

---

① 作者的父亲将"海军陆战队"（Marines）与"摩门教徒"（Mormons）混淆了。

切宗教论争便会戛然而止。

"可怜的小伙子们。"奶奶叹息道。

"的确可怜,"爸爸附和道,"说他们想劝人皈依实在有失公允。他们在班上是少数派,总是需要为自己辩护。反而是穆拉特和朋友们想劝他们改信伊斯兰教。"

"我就是这个意思,"妈妈说,"这就是辩论的题中之义。"

"可怜的小伙子们。"尼尼重复道。

从那天起,只要爸爸晚间去上英语课,她都会说他去见"那些可怜的小伙子"了。

第17章

鳄 鱼

爸爸还跟"可怜的家伙"练习英语,最初大家都叫他"鳄鱼"。他真名叫文森特·范·德·伯格,在海牙出生,大半生都生活在国外。在某种意义上,他也是个传教士,为世界银行工作。他到处转悠,不过包里没有《圣经》,而是一份粉色报纸,叫《金融时报》。报纸装在一个小皮包内,里面还有一部豪华笔记本电脑,是我平生见过的第一部。他搬来阿尔巴尼亚,为各类私有化项目担任政府顾问。他是位"专家",就是爸爸准确预测即将到来的专家。正是因为他们,爸爸才感觉到学习英语迫在眉睫。

文森特是社会转型专家。他也生活在"转来转去"中,总是从一个转型社会赶赴下一个。他住过很多国家,我都记得,比问他挣多少钱更令他尴尬的问题只有一个,那就是以前在哪里住过。他去过那么多地方,根本想不起所有的名字。他只会微微耸耸肩，挤挤眼睛，顿上一顿，盯着虚空。他凝望着地平线，仿佛在等待云团聚拢成球状，形成一幅地图，让他看到曾经穿越的所有国度。他会搔搔头说："哦，很多很多国家，太多了。非洲，南美洲，东欧，如今在巴尔干。我哪儿都去过，就是个世界公民。"这样说的时候，他的脸庞几乎羞红了，露出介乎遗憾与抱歉之间的神秘浅笑。

文森特近乎全秃，仅余几块灰白短发，戴一副细金边大眼镜。他身穿深蓝色牛仔裤和短袖衫，这副打扮有点像美国海军陆战队员，不过短袖衫胸前没有口袋，而是绣着一条鳄鱼。那鳄鱼是布做的，死盯着一方向，大张着嘴，尖利的巨齿与身体其他部位不成比例。范·德·伯格会频繁换短袖，每天的颜色都不同，但始终有鳄鱼装饰。我开玩笑说他喜欢鳄鱼，或许是因为它们会令他想起自己到过的异域。爸爸却说，更有可能的是他想让人一眼就能认出自己。范·德·伯格搬来我家附近时，人人都叫他"鳄鱼"。直到后来发生了一件事，他才得了"可怜的家伙"的外号。

带范·德·伯格住到我们这条街上的是弗拉穆尔。两人第一次遭遇是在食品市场，弗拉穆尔在那儿当扒手。他会选择这个营生，是因为他妈的厂子关了张，他只好辍学，几次试图出国也没能如愿。弗拉穆尔本想偷他的钱包，没想到遇到了高人。范·德·伯格不但长于处理转型问题,口袋里的东西稍微动一下,他也能灵敏感觉。弗拉穆尔后来说:"我没有下手。为了转移注意力,我问他来市场要不要人帮忙。我带着他转了各类摊位。他说刚到这儿,想租个房子,我便说可以租我家的。"

范·德·伯格去看了房子,一眼便相中,问什么时候能搬,弗拉穆尔说现在的租客答应很快就搬走,最多一周。那一周,我们帮弗拉穆尔和他妈妈施普莱萨将所有家什搬进另一间屋。那是隔壁邻居锡莫尼家的,他家移民意大利后,屋子一直空着,弗拉穆尔娘儿俩才答应租下来。靠着两边租金的差价和施普莱萨主动提出为范·德·伯格搞卫生、做饭挣的钱,弗拉穆尔得以重返校园。他会和同学说这个荷兰人的生活细节,鳄鱼一大早就出门,吃晚饭只邀请外国人,从不邀请阿尔巴尼亚人;晚饭时他和朋友们在花园里吃沙拉,说这让他想起希腊沙拉;鳄鱼交了个在意大利天主教学校工作的女朋友,后来又换成了女朋友的朋友,索罗斯基金会[①]的一名翻译;鳄鱼说晾在绳子上的内衣昨晚给人偷了,全是这类事。

范·德·伯格搬进弗拉穆尔家几周后,所有街坊组织了一场晚宴,欢迎他搬到这条街上来。自那以后,人们

---

① 即开放社会基金会。

便开始叫他"可怜的家伙"。实际上他并不穷[1]，至少我们都这么觉得。倘若他当真很穷，肯定会和其他人一样想离开这个国家，当初也就不会搬来这里住。大家都觉得他很有钱，不过也很吝啬。在街上遇到人，他从来都不会递上口香糖或糖果什么的，同我们小时候见过的游客不一样。

文森特的欢迎晚宴一开始气氛挺不错。和从前一样，我们在帕帕家的花园里摆出桌椅。气氛也如往常一样热闹，孩子们跑来跑去拿餐具和盘子，狗钻到桌下搜寻食物，喇叭播放着音乐。不同的邻居从家里端来了几道点心，还有馅饼、肉丸、酿青椒、烤茄子、橄榄、各种酸奶酱、羊肉串、土耳其糕点、果仁千层酥、碎屑小麦饼、啤酒、红酒、斯利沃威茨[2]、葡萄雷基酒、乌佐酒[3]、土耳其咖啡、意式浓咖啡、山地茶、中国茶，除可口可乐外，还有最近商店里出现的软饮料。弗拉穆尔主动担当起了DJ之职，坐在回廊上首，不知疲倦地切换着磁带，以照顾所有风格、满足不同的口味，如果觉得曲库中还缺什么，便会派更小的孩子们去取来更多磁带。舞池里整夜都人头攒动：有人站起身来加入传统的排舞；有人只在听见哥萨克歌曲时跃身而起；《蓝色多瑙河》奏响时，有

---

[1] 英语中"poor"既有"可怜"之意，也意为"穷"。
[2] 一种水果白兰地，东欧人饮的一种烈性酒。
[3] 一种希腊产的茴香味开胃酒。

早已组好的舞伴从桌后优雅地走出来；还有人只随着比尔·哈利[1]和猫王的歌跳舞，别的都不屑一顾，比如我爸爸。不跳舞时，人们便放声歌唱，从《黑眼睛》[2]到《顺其自然》[3]，从阿尔巴诺与罗米娜·鲍尔的《幸福》到《雪花》[4]，只有最后这首歌，人们的吐词与实际歌词差相仿佛。

范·德·伯格坐在花园正中央那一桌，如果是举办婚礼，那是专门留给新婚夫妇的主桌。他虽没唱歌跳舞，不过手指敲击着桌面，随着旋律左右摇摆，遇到会的歌便跟着哼唱，似乎颇为惬意。他说这场景让他忆起加纳人的派对。男人们轮番上前做自我介绍，兴致很高地与他握手，同时拍打着他的后背。有人说："欢迎你啊，文森特！再来一杯雷基！这酒是我自己酿的。"旁边有人补充道："这一轮祝你健康！"有人重复别人的话："你刚才说是从荷兰来的，对吧？为了阿尔巴尼亚与荷兰的友谊，干了这杯！"还有人说："嘿，文森特！世界银行万岁！天佑美利坚！"

---

[1] 比尔·哈利（Bill Haley，1925—1981），美国摇滚歌手，摇滚乐之父。
[2] 俄罗斯民歌。
[3] 甲壳虫乐队的名曲。
[4] 阿尔巴尼亚作曲家西蒙·乔尼（Simon Gjoni）于1946年创作的一首歌。

夜色渐浓，招呼文森特的换成了女人们。她们不像男人那样粗声大气，却同样一门心思想让他感受到真诚的欢迎，继续参与到大伙越来越来劲的谈话中，最重要的是，保证他有足够的吃食。"文森特，有没有尝尝洋葱肉馅饼？""很好吃啊，"文森特回答道，"我吃过萨莫萨①，香料比这个放得多。""萨莫瓦②？那是什么呀？是俄国吃食吗？来，吃些番茄汁肉丸，就这样吃。不，文森特，不是那个，那个酱冷了，应该配这个汁，或者配酸奶酱，就这个，这个好多了。小太阳，快拿杵和钵来，怎么忘了磨胡椒，文森特要尝尝胡椒口味……"

晚餐才进行到一半，文森特便面露倦意，敲桌子没那么勤了，手捂着肚子，好像很疼。人们还不停问他住过哪里，是如何在阿尔巴尼亚找到工作的，打听他的家庭情况。"你说你在海牙出生？我有个表亲就住在海牙。20世纪50年代，他越过南斯拉夫边境离开了这儿。他叫杰尔吉，杰尔吉·马奇。据说在那边，他管自己叫约里斯。你有没有碰见过他，约里斯，约里斯·马奇，当然，他或许已经过世了……"范·德·伯格摇摇头，额头微蹙，不易察觉，笑容渐渐少了，但似乎无人注意到。

过了一会儿，他起身问洗手间怎么走。一群男人陪

---

① 印度菜饺（肉饺），油炸三角形食物，是印度的代表性美食。
② 作者模仿问者错误的发音。

他进了屋，等他方便完，又陪他走出来。见他回到座位上，多尼卡问："你说还没成家是吧？怎么会呢？年纪又不大，刚才你说多大了？别担心，说不定会遇到个不错的阿尔巴尼亚姑娘。阿尔巴尼亚女人可漂亮了，干活那叫一个卖力！来，吃点果仁千层酥，面皮是我自己擀的，里面放了核桃仁。""核桃仁，"文森特接话说，但礼貌地谢绝了，"我吃了有花生仁的，核桃仁的还没尝，不过我很饱了，谢谢你。""饱了？哪里饱了呀！你这么个大块头，这就饱了?！不会是热了吧？要不要把夹克脱了？吃的还有这么多呢。不尝尝施普莱萨做的碎屑小麦饼，她会伤心的，很好吃。来，先吃点千层酥，不过一定得留点肚子，过会儿尝尝碎屑小麦饼。"

压垮骆驼的最后那根稻草，是弗拉穆尔的音乐。他开始播放传统的纳波罗尼①舞曲，将立体声音响的音量调得很高。头几个音符才响起，桌边的所有人都听出是这首歌，于是三步并作两步地跑进临时辟出的舞池里。那个匆忙劲，通常只在遭遇天灾寻找庇护时才得见。随后有人想到，范·德·伯格给孤零零留在桌边了，于是大家连忙派了一壮一少两个男人回座位。他们指着正在欢唱、舞蹈、挥动手帕的人群，俯在他耳边扯着嗓子喊道："文森特，这舞我们可得跳，这是纳波罗尼，你一定得学，

---

① 著名的阿尔巴尼亚舞蹈。

生活在阿尔巴尼亚,哪能不学呢,来吧!"

范·德·伯格做了个手势,示意他对跳舞没多大兴趣。但两个人扯了扯他的座椅,继续高声道:"来啊,别不好意思,这可是纳波罗尼啊,你一定得跟着跳。来,拿着手帕!"范·德·伯格双肩一扭,摆脱了两人的手。"我不会跳舞,"他说,"跳得不好,就是喜欢看。纳波罗尼有点像佐巴舞①。"舞蹈进行着,乐曲已接近尾声,眼看着要错过心爱的舞曲了,那两人有些着恼,于是催得更用力了。

"文森特!"年轻的那个几乎绝望地喊道,"快呀,快呀,文森特,就要结束了。纳波罗尼就要跳完了。你什么意思,不会跳舞!当然会跳了,纳波罗尼谁都会跳的。看这里,就这么拿着手帕举起来摇,胳膊像飞机一样张开,就这么张着,往上,往上,再往上,张开些。胳膊别动,只需要摆动肚子……"

为了演示飞机如何跳舞,年长的抓住文森特的左臂,年纪轻的攥住右臂,双双试图将手臂抬起。范·德·伯格的脸腾地红了,额头上滴下细小的汗珠。他用力将两人搡开,坐回椅子里,在音乐将停的那一刻,一拳砸在桌上,震得一杯雷基酒洒到了地上。满腔怒火令他有些失态。"干什么,我有自由!"他嚷道,"明白吗?我有自由!"

---

① 希腊民间舞蹈。

第17章 鳄鱼

舞池里的人都僵住了，转头望向桌子。多尼卡的丈夫米哈尔坐在舞池的另一边，看不清楚情况，此时起身赶过去，看是不是有人醉酒起了冲突。他发觉范·德·伯格有些不对劲，想起对方除了母语，无法用其他语言和大家沟通，便问谁能帮着翻译一下。文森特此时已经控制住了情绪。他收拾起自己的东西，从椅子上站起身来，对米哈尔说："抱歉，我很累，得回去了，晚餐很丰盛，谢谢你们。"

人们低声交谈着回到了桌边，米哈尔陪着范·德·伯格走向门口。见他离开了，施普莱萨说："他的确说自己吃饱了，可我觉得他是想替我们省些吃的，担心我们破费。可怜的家伙。"

"真是个可怜的家伙，"多尼卡肯定地说，"大概是给蚊子闹的，要不就是天太热。这些游客啊，真是挺娇贵的。跟他说了好几次，可就是不肯把夹克脱了。"

"可怜的家伙，"爸爸附和道，"他确实跟我提过，说舞跳得不好，所以不喜欢跳。"

"我有自由！"试图教文森特跳纳波罗尼的两个男人学他说道，白眼一翻，耸了耸肩，"这话究竟是什么意思？好像有人要剥夺他的自由。这儿的人都有自由啊。想跳舞，行；不想跳，也行。说清楚就是了，犯不着捶桌子吧。可怜的家伙，一定是热得受不了了。"

那顿晚餐后，众人心照不宣，认定无论如何努力接纳文森特，他都绝对不会成为我们中的一员。那条街上，只有爸爸还与他保持来往，也许是因为他想隔着大门与文森特讨论足球比分，借此练习英文数字；也许是因为他们不得不经常见面，商讨私有化事宜。至于其他邻居，隔着老远便会客气打招呼，私下里却在不停议论那个"可怜的家伙"，有时叫他"可怜的荷兰人"，少数时候叫他"鳄鱼"。每次他出现在街道尽头，门阶上闲聊的女人都会瞬间消失，几分钟后才重新聚首，接着细聊"可怜的家伙"的各种习惯，仿佛一群治疗师背着病人对他进行心理分析。她们会说，注意到了吗，每天早晨他都去慢跑，就好像他是特殊年月长大的。不会是个间谍吧？他从不跟人拥抱，也不握手，不是很奇怪吗？也不知道他父母是不是还活着。说不定在哪儿的养老院，他们那儿都这么干。他一定赚很多钱，要不怎么愿意来这儿住，这里到处都要排队，还经常停电。一天一百块，说不定？还是一千？

一到周末，文森特便往乡下跑。他仍会穿着鳄鱼衬衫，不过电脑包换成了背包，深色牛仔裤换成了米色短裤，拿着顶草帽，上面有"厄瓜多尔"的字样，随身带着部相机，看上去跟别的游客没有不同。

"文森特，你去过达埃蒂山吗？"隔着大门互相寒暄时，爸爸会这样问。"还没去呢，"范·德·伯格会说，"不过打算最近就去，还要去另一个地方，名字这会儿想不起来。叫什么我记不准，发音太难了，我就不记了！"

范·德·伯格所有的习惯中，这一点最令人迷惑。去过的地方叫什么、遇到过什么人、做过什么事，他都没法想起来。在他头脑中，不同的声音、味道与邂逅，就像凌乱书桌上的文件，唯有主人理得清楚。每当我们给他推荐新菜品，或者某个他兴许会喜欢的景点，再或者是想教他一个阿尔巴尼亚语的常用词时，他都会神色如常地接受，然后会想起与之类似的经历，任我们继续跟他说，不露丝毫迷茫之色。当我们提醒文森特有什么挑战，或者帮他想办法对付难题时，他也是这样。虽然他会感激地接受建议，可我们总觉得，这些建议对他而言可有可无。

除了那次晚餐时发过火外，我从未见他有一丝焦躁。我们会说："文森特，今晚说不定会停电，一整天都没有停过。你那儿有蜡烛吗？"再不就是"文森特，这都下午两点了，供水差不多该恢复了，最好灌几瓶备着，要不半个钟后就又没得用了"。听罢，文森特会答道："知道了，谢谢提醒。我以前在……在中东什么地方的时候也这样，供水也有这样那样的问题，停电也是家常便饭。至少这里没炸弹！"以旧比新是文森特的秘密武器。他言谈间表现得一切都恍若曾见，就像一种魔法、一个妙招，令他将所有新事物变成旧事物，将陌生纳入熟悉的范畴。

对我们，这却起到了相反的作用。当文森特联想起曾去过的地方，分享过往经历时，我们熟悉的东西就会变得陌生。我们得知自己没能教给他任何新东西，这并不算什么伤害。然而，发现自认为独特之物其实无甚特殊，却令我们深感不安。在见识广博者那里，我们眼中的特别，无论如何也超不出他们熟悉的范畴。我们与别的风味共有的菜品、传统歌舞的韵律、我国语言的发音，这一切似乎不光属于我们，也属于别人。对此无知是我们的错。我们的英雄不过是普通人，他们这样的人世上有成百上千万；我们的语言是从不知来自什么地方的词汇组成的拼盘。我们的存在有赖于他者的慈悲，并非自我努力的结果。而这他者，或许是更为强大的敌人，他们决定放我们一条生路。他们胜利的标志，是依其形象打造出无数个彼此雷同，却自以为相异的小地方。

再迥异的经历、再不同的人群，范·德·伯格都能从中找到相似处或共同点，比如，他让我们意识到，阿尔巴尼亚馅饼与不加香料的萨莫萨味道相似，都拉斯的垃圾场与波哥大的垃圾场模样相同。有时，他这种本事会令我想起诺拉老师。两人所讲的内容虽毫无交集，却都喜欢综合归纳，从微小的细节中抽象出整体，对不同的情况进行比较，借此阐说更宏大的世界观，展示他们对全局的认识。诺拉曾说，我们与其他地方的兄弟姐妹的共同点，比我们想象中多。她解释，除非他们像我们一样解放了自己，否则，他们都会受资本主义剥削。我们都是全球反帝斗争的一部分。她告诉我们，压迫在任何地方都拥有同一副面孔。

范·德·伯格并不接受资本主义，或者至少觉得这不是个可以用于指称任何一种历史发展阶段的可信术语。其用途最多就是给某个现象贴标签，不会比他旅居之地的确切地名更有用。转型中与转型后的社会，奔波中与奔波过的人，他只接受这两种区分。当然，他隐约有某种目的。但是，赶路比解释朝哪儿赶更重要。范·德·伯格与小学老师诺拉不同。诺拉坚持认为，必须组织全世界的无产者奋起斗争。但范·德·伯格不为动员人们反抗而来，而是为了"提高透明度""保护人权""打击腐败"。他背后有别的变革推手，例如"国际社会"和"公民社会的行动者"[①]。此外，意图也不一样。

---

① 指过去 150 多年里出现的非官方团体，代表某些群体及其利益，目的在于影响国际政策，比如红十字会。

第 18 章

结构性改革

11月一个早晨,寒风怒号,出门上班前,爸爸对我说:"你知道我这辈子干过最难的事是什么吗?"他站在客厅里紧闭的窗帘前,一边听着窗框给漏进来的风摇得咯咯响,一边搅着杯中的咖啡。

"是你不想让我知道咱家跟乌皮总理的关系,不得不跟我说谎那次?"我问道,"一定挺为难的吧。"

他摇摇头。

"等一下,我知道了,"我说,"还记得吗?那会儿我盼着能弄张恩维尔·霍查的照片摆在书架上。你跟我说需要配上档次的相框,等有了相框再说。我差点就相信了。"我咯咯笑起来。

阿尔巴尼亚的社会主义垮台五年了,以前的生活片段变成了家庭趣闻。忆起的旧事是荒谬、好笑,还是痛苦,或者三者兼有,其实都不重要了。我们常在吃饭时笑说前事，就像在沉船事故中逃过一难的醉酒水手，喜欢向彼此炫耀伤口。爸爸说笑得最多，总是在打趣，以至于很难从语气中推测他是当真，还是想逗我们。在生命中的某一刻，他突然明白反讽不仅是一种修辞手段，更是一种生存方式。用起反讽他乐此不疲，见我和弟弟模仿，常常乐不可支。

"要不就是那次我……"

"世界不是总围着你转的，小太阳。"他硬生生打断了我。跟平时不一样，他不是在开玩笑。

最近他升职为港务局长。这是全国最大的港口，在亚得里亚海地区也位居前列。我们家安装了座机，他每天早上头一件事，就是给港务局打电话。他担心风暴中渡轮无法进港，吊车有倾覆的危险，海关前会排起长队。他经营植物出口公司的两年中，通过降低成本、削减外债达成了斐然的业绩。上层的人一定觉得他能担起更大的责任了。他的薪水涨了，每天早上专职司机开着奔驰来接他上班，不过为了能入眠，晚上要吞服两倍的安定。

我又猜了几次，一直在纠正自己回答的口吻。是他六七岁时目睹警察踢他妈妈便扑上去保护的那次，还是家人遭遣送，他不得不送走小狗的那次？抑或是他第一次见到刑满释放的父亲，纳闷这陌生人为何要住进家里的时候？要不就是怀疑朋友是暗探的那次？

他摇了摇头，目不转睛地盯着小小咖啡杯的杯底，似乎希望那浓黑的液体能冲刷掉他更黑暗的思绪。

"是这个。"他说道，一边慢慢扯动窗帘，现出聚集在花园里的二三十个吉卜赛女人。有几个背着学步的孩子，其余则坐在地上给孩子喂奶。大门外挤着更多人，脸都紧贴着金属栅栏，像监狱门后冻僵的囚犯。她们见到站在窗帘背后的爸爸，院子里立刻一阵骚动。所有人都指着我家窗口高声嚷道："那儿，他在那儿！他起来了！就要出来了！"

爸爸拉上窗帘，坐到沙发上，伸手拿起哮喘泵，深吸了几口。他的手一直在抖。为了治疗儿时患的哮喘病，他长期服用抗组胺药物，这导致他的手总是颤抖。但这会儿他手抖得比平时厉害了。

他缓了会儿才说："他们在港口做工。知道我们叫他们什么吗？结构性改革。"

他强忍内心的痛苦，但脸庞还是扭曲的，就像即将登台的演员被化妆间的门夹住了手。自到海港上任后，他就一直在与范·德·伯格这类外国专家谈判，讨论世界银行所谓"结构性改革"的各项措施。同其他国企一样，海港也在亏损，被勒令降低成本。这一次没人承诺不会裁员。专家绘出了所谓"路线图"，第一步便是一系列下岗举措，主要针对低技能员工。在海港工作的吉卜赛人有好几百个：货物装卸工、清洁工、货物运输工、仓库操作工。这些人都得解雇，负责人是爸爸。

这些港口工人听说要丢工作，开始一大早便跑到我家外面，耐心等着爸爸出门。起初也就四五个人，可随着结构性改革的消息传开，更多人聚集过来。他们等在院子里，见爸爸走出屋门，便冲他喊叫，求他重新考虑一下。"早上好，老板。您是好人，老板，别那么做啊，别听那些蛀虫的。""是因为喝酒的事吗，老板？是因为这事吗？如果是因为这个问题，我明天就可以戒。如果您愿意，明儿我就戒酒，烟也能戒。这年头谁有钱买雷基酒啊？我已经少喝很多了，老板，真的少喝了，您知道的。""没两年我就要退休了，老板，再让我干两年吧。我十三岁就在码头干活了。""老板，我从不偷东西。您知道的，他们说吉卜赛人啥都偷，也许有人跟您说我偷仓库，可我一分钱都没偷过呀，老板。我以孩子的脑袋担保，我啥都没偷过。""就让我干我的活吧。我喜欢这工作，虽然辛苦，可我喜欢。港口的人我都认得，港口就像我的家。我吃在这儿睡在这儿，啥事都在这儿。回家时孩子们都睡着了。"

那天早上，爸爸对我讲："我不知道该怎么出去面对他们，人每天都在增加。昨天，我又在办公室跟他们开了个会。我整天都在开会。先是跟世界银行，然后是跟那些专家，之后又跟世界银行。瞧瞧站在那儿的那些人，他们居然以为我能说了算，觉得我能做些啥，真不知道要跟他们说什么。现如今规矩改了，做事的方式不同了，公司不是以前那样运营的。港口有些部门要私有化。总得有人去做，而这个人恰好是我。就算不是我，也得有别的什么人。不管是谁都无关紧要，反正得有人做。"

"你为什么得做呢？"我问道。

"我们不可能继续给他们都发工资了，"他说，"范·德·伯格说得搞现代化、省资金、买新设备。他说要换掉那些人，就好像他们是机器。淘汰掉旧机器，买来更快的。砰，就这样。我不知道该如何做。我又不是机器。倒希望我是机器，人家编好程序让我做。范·德·伯格说他们在玻利维亚就是这么做的。我又没去过玻利维亚。那些人甚至都不知道玻利维亚在哪里。玻利维亚就是这么做的，这话有意思吗？那又怎样？看看那些人，眼里都是泪，额头上都是汗。如果还有希望这东西，他们该分到一份。去窗户边，站那儿看一眼。他们说这叫结构性改革。哼，结构性改革。"

爸爸焦虑地从衣架上取下雨衣，摔上门离开了家。我照他的话做了，回到窗前，打开来倾听。他走进院子时，众人鸦雀无声。接着大门打开了，出现一个人，只有五岁孩子那么高，两手撑地一路跳过来，两条截过肢的大腿左右摇晃，像鱼尾巴。我认出他了，是齐库，那个在墓园门口乞讨的吉卜赛残疾人。

齐库笑着挥挥手，像是见到了老友。我从未注意到他不仅缺了两条腿，也没有了门牙。我以前从未见他笑过,那笑容很扭曲,几乎像是在做鬼脸。

"记得我吧,老板!"齐库大声道,"我同他们讲,说您心善,不会那么做的。从我这个瘸子身边经过时,您从来不会不给几个子儿的。有时多一些,有时少一些,但总会给点什么。我跟他们讲,您站在老百姓这边。我知道您不会让他们失望的。喜欢吉卜赛人,还喜欢瘸子的人不多,但您就是一位。我知道您喜欢。您从不让我没吃的没喝的。您不会让这些孩子饿肚子的。我跟他们讲您不会。您是好人,这我跟他们都说了。"

爸爸扭头寻找窗户,与我目光相会。小时候,他跟我讲,身有残疾不是齐库的错。他的表情此时在说,这不是我的错。他把手伸进裤子的右边口袋,好像在摸零钱。可这次没摸到硬币,只掏出一条手帕擦了擦脸。齐库看见爸爸,便拖着身子靠到他脚边。"他哭了。"齐库扭头冲向众人,"看到了吗?他哭了,"他的手指一次次指向爸爸,"我同他们讲了,老板,我说您会尽力而为的。""我们知道您是好人,老板,"其他人也开口了,"别开除我们,别听他们的。那些人只想自己赚大钱。您不想搞钱,想把钱分给穷人,不想自个儿留着。"两个奶孩子的女人一下子扑到他脚下,啜泣着求他保住自家男人的差事。孩子见妈妈哭,也哇哇哭起来。这哪里是在抗议,更像是哀悼亲人。没有愤怒,只有绝望。

"别在这儿,别在这儿,好不好?"爸爸以奄奄一息的口吻对齐库说，"这儿是我家。要是我……要是我……钱也不是我的。我倒是想让每个人都保住工作，可做决定的不是我。我是说……没错，是我拿主意，可这事……怎么说呢，不是我定的。"他自觉语无伦次，便试图整理思路，"你们看，"他转向众人，"这不像给齐库钱那么简单，根本不是一回事。他们给了我们下岗比例，知道吗？你们得明白，这是有规定的。我们必须把市场经济搞起来，得沿着这条路走。做对了，大家日子都会好起来，这是为大家好。这是结构性改革。一切都得变，我们必须改变做事的方式，所以有的人就得走，都留下来是不可能的。不过要不了多久，所有人都会有工作，日子会好起来的。然而，当下没得选择，大家都得做出牺牲，我们没办法，只能这么做，必须做。"

他跟上司保证会去做，但终究没有做到。他终究没有签字同意裁员。他反复强调结构性改革势在必行，却是能拖多久就拖多久。"这事关政治，"他会说，"这是政治决策，我不过是执行者，是官僚。我只能拖延时间，却阻挡不了。"他整宿地盯着数据、表格、图表看，拼命想找到能既不解雇员工，又能降低成本的法子。可结果并不能让他释怀。他觉得有些难堪，甚至是羞愧，因为拿不出勇气去履行上面交给他的责任。他一辈子都尽心尽力地做事。奶奶曾教导我们，工作再无意义也要全力以赴，即便为何而做不是我们能决定的，但做成什么样却是我们要承担的。他无法承认自己分内事没做好。"快了,就快了。"他会这样说。

他找了副部长,接着又找了部长,最后找了总理。三位官员都重申了范·德·伯格的告诫。"结构性改革就像看牙医,你可以拖着不去,可拖得越久,疼得就越厉害。"可爸爸从来都不想当什么牙医,他想当的不是如今这个角色。至于想当什么,他一直没机会弄清楚。在心底,他依旧是个异见分子,对资本主义甚为不满,从不认同如今迫于压力必须施行的规则。他憎恨一切形式的权威,可如今却代表着权威,这让他厌恶自己的角色。他不愿为结构性改革背书,也不想阻挠。他痛恨毁了人们的生活,也不想将这脏活推给他人。

升职之初爸爸甚是骄傲。多年来,他不得不仰赖上司的好意,一辈子靠他们的怜悯过活。如今有了新职位,以为这下能做自己的主了,他备加珍惜。可没多久他便意识到,自主是有限的,并没有想象中那般自由。他盼着能改变些什么,却发现留给他做的极为有限。在人们弄明白这世界的样子前,它早已有了确定的模样。道德律令与个人信念的力量微乎其微。他发现,尽管无人命令他要说什么、去哪里,但他需要说些什么、去到某处,而在此之前根本无暇去考虑这样做的好处,掂量自己要付出的代价。过去,遇到两难的境地,无法完成任务时,他就会埋怨制度。如今不同了,制度变了。他没有试图阻止变化，而是欢迎变化、鼓励变化。

或许也不吧。爸爸与许多同龄人都以为，要是一个人怎么想、做什么、去哪里都要听命于人，也就丧失了自由。很快他便意识到，强制未必总是那样直接。过去的制度让他无法成为自己想成为的人，不能去犯错并从中吸取教训，无法按自己的方式探索世界。资本主义正在剥夺那些在海港工作、命运全由他决定的人这个机会。阶级斗争并未结束。这他也能理解。他不希望这个世界总是这样：在这里，团结会遭到破坏，唯有适者才能生存，某些人的成功以其他人的希望破灭为代价。妈妈认为，人天生就是相互倾轧的；可爸爸不同，他相信，每个人心底都存有善念，善未能萌发，只是因为人身处不合适的社会。

然而，他又说不出哪些社会才是合适的。当今世界上，有哪个地方适合善意生长吗？他举不出例子来。他不相信宏大的理论。"歇歇吧，别讲什么大道理了！"他常常这样告诫我。伴他成长的，是社会主义现实主义小说和苏联电影，它们解释什么是对的、什么是错的、正义是如何降临的，以及自由是怎样实现的。他赞赏这些作品的创作意图，对它们所开出的药方却不肯欣然认同。他期望看到的世界始终与他身处的世界迥然不同。每当他留意到某反抗现状的运动兴起时，便满怀希望。可一旦运动成形，有了领袖和条条框框，变成了什么正向的东西，不再是为了否弃某些东西而存在，他便会失去信心。他明白凡事皆有代价，但并未做好准备去接受这种代价。他欣赏的是虚无主义者与叛逆者，那些男人和女人一辈子都谴责自己所身处的世界，却不会投身于任何替代方案。

谈到结构性改革，当有人质问，为何要做如此决定时，爸爸的同僚会玩世不恭地说："土耳其人来了，我们没死掉；法西斯和纳粹来了，我们没死掉；苏联打压我们，我们还是没死掉；如今世界银行来了，我们同样死不掉。"他害怕自己忘却活下来所付出的代价。如今他安全了。如今，我们家再也不用害怕会被杀害、囚禁或遣送，他却开始担心自己很快便会记不起那种早晨醒来，惶然不知这一天会有什么降临的感觉。他努力回想港口所有员工的姓名，即便有好几百人。"忘记了他们的名字，就会忘了他们的生命，"他说，"他们不再是人，而变成了数字。他们的祈盼、他们的恐惧，也就什么都不是了。我们只会记住规则，而不是规则约束下的人；只会想到命令，而不去思考命令的目的。告发学生家长时，骡子大约就是这么想的；抄起刑具时，哈基大约也是这么一遍遍对自己说的。"

单单是想到自己变得和他们一样，冷漠无情地按规则行事，爸爸就会彻夜无眠。他并不认同范·德·伯格的观点，说转型一旦完成，事事便能得到妥善解决。他知道像市场经济那样的东西是必要的,但从未深入思考该采取哪种形式。与很多同龄人一样,他更关注思想自由、抗议的权利、按道德良知生活的可能性。

  即便他接受了那套理论,也认同了已为众人接受的事实,他仍然怕自己相信过了头。他见过太多理论先行的人。他知道一个人可能会出于好意而伤害他人。理想如今换了副面孔,也许称之为理想都有夸大之嫌,顶多是审慎的规划。但规划还需要人的参与来使之变成现实。在过去,他一直是无辜之人,是受害者。怎么突然就变成了加害者呢?

第 19 章

别 哭

90年代中期,我也在与内心的折磨抗争。我的少女时代多数时间都充满痛苦,家人却认为这是无病呻吟,他们越是这么想,我就越觉得自己悲惨。他们似乎以为只有客观条件恶劣,人才有资格感到不幸,譬如面临饥寒、无处安身、受到暴力威胁。这些是绝对的底线。但凡有办法超越,你就该放弃抱怨的权利,要不然,就是在羞辱比你惨的人。这就像社会主义时期发放的食品票,因为人人有份,饥饿就不可能存在。要是还说饿,你就成了人民公敌。

他们要求我懂得感恩,要对生活在自由中的幸福表达感激。对我父母而言,这自由来得太晚,他们无法尽情享用,因此我应该尽责地行使自由的权利。如果我不能同情他们的困境,他们便会说我自私,说我对先辈所经受的磨难冷漠,说我不负责任的行为抹杀了先辈的苦难记忆。我毫无自由之感，冬日尤其压抑，因为夜幕会早早降临，而日落后我是不被允许外出的。"你会遇到危险的。"爸妈这样讲，并不觉得有必要说清楚他们担心的是什么，而我也就懒得问。

危险可能有很多种。譬如，死于车轮下，就像我们班同学德利坦，夜里沿着海滩走，被开着叔叔的奥迪学驾驶的青年撞死了。或者人间蒸发，就像碧莎她爸爸索克拉特，他是个跛子，靠一条小艇讨生活，每晚偷偷渡人去意大利，回来就睡在自己的床上，可那晚他没回来。还有各种小事故，比如走夜路一头撞上断裂的路灯杆，或者失足跌落窨井里，因为井盖刚被人偷去当废铁卖了；比如在回家的路上，被饥肠辘辘的流浪狗缠上，被醉汉骚扰或被小伙子吹口哨，他们打赌看女孩会有怎样的反应。对我父母而言，这些都不是事。毕竟如今是转型期嘛，有些耐心就是了。况且，这些麻烦总有办法避开，待在家里不出门不就是了。

我真的待在家里了。我把自己锁在卧室里，嗑着葵花子熬过漫长的下午。这种生活用无聊来形容都算抬举，明明是一堆不值一提的事，却还要用笔墨去描述。时间是同样事情的永恒循环。1990年12月，我小时候参加过的各类俱乐部，比如诗歌、戏剧、声乐、数学、自然科学、音乐或象棋，都突然停办了。学校里，学生认真学的只有理科：物理、化学、数学。至于文科，要么引入了新课程，比如"市场经济"替代了"辩证唯物主义"，可我们根本就没有教材；要么像历史、地理材料中那样，仍然称我们国家为"世界反帝斗争的灯塔"。三下两下写完作业后，我开始琢磨该如何打发余下的时间。家里如今装了座机，我同朋友聊天，然后躺床上读小说，头顶上方点着根蜡烛，常常缩在毯子下瑟瑟发抖。电还是经常停，某些冬夜里，寒冷比悲伤更噬人骨髓。

每隔四十五分钟，奶奶会不敲门就进来，手里端着一杯牛奶或一块水果。"你还好吗？"她会问我，我会点点头。她听说从西方传来一种新的病，叫作"厌食症"，专找少女麻烦。至于它是如何传播的、为何会传播，她一无所知。但她认定，只要定时逼我吃东西，我就会没事。我跟她协商，希望能不吃她拿来的餐点，只吃自己的葵花子。她说行，但一定要看我的瓜子壳。她来的间隔延长到了九十分钟。离开房间时，她会没头没脑地跟自己说："我们真是幸运啊。"我猜她说的是牛奶，因为买牛奶不再需要排队了。

几家酒馆和夜店陆续开业了。老板大多是人贩子、毒贩子或拐骗女性卖淫的家伙。大家提起这几个行当，都说是正当职业，就像过去跟人介绍某某是合作社员工、工厂雇员、公交车司机或医院护士一样。不同时代的标签常常会被贴到同一个人身上。"那个人，坐黑色玻璃的宝马的，是哈菲兹的儿子，"邻居们坐在阳台上喝咖啡时会议论，"他以前在饼干厂干活，厂子倒闭前就下岗了，后来想办法越境去了瑞士，如今在做买卖，进出口什么的，大麻、可卡因那类东西。"

家人只许我白天去夜店参加派对。我们会拉下窗帘，就当天色已黑。有人会偷偷带潘趣酒与香烟进去，同龄孩子会玩一种刚从国外传来的游戏，叫作"转瓶子"。我也会跟着玩，每当瓶口指向我时，我就假装没留意男孩们扭曲的脸；或者当亲吻他们的机会终于到来时，我就假装没听见他们的哀号。"我不跟男人接吻，"他们说，"我又不是同性恋。"

那时我还不知道，"同性恋"是谁或者是什么东西，但又不好意思问。我外表像男孩，这毫无疑问。校方不再要求我们穿校服，做什么都完全自由。别的姑娘都偷带化妆品到学校盥洗室，还把裙子裁短，我却相反，超爱肥大的裤子和爸爸的社会主义格子衫。她们开始将头发拉直、染成金色的时候，我却让理发师给我剪短。她们模仿唱《物质女孩》的麦当娜，借以向家庭表达叛逆；我则将自己打扮成招贴画中的女孩模样，借以抵制家人强行让我用的丝带与花边。我的昵称从"布里嘉蒂斯塔"变成了"加夫罗契"。在学校，我的称呼则从"小姐"变成了"花瓶"（因为"花瓶"与"乌皮"①押韵），这不仅

---

① 在阿尔巴尼亚语中，"花瓶"（Qypi）与作者的姓氏"乌皮"（Ypi）押韵。

因为我一向体态纤弱,还因为我的衣服肥大到可以在里面游泳。

我常常想,如果伊洛娜还在,一切会不会不一样。有时我会看见她爸爸和续弦的妻子及两人生的孩子在一起,而他则会装作没认出我。或许伊洛娜也会喜欢浓妆、假指甲和迷你裙。或许她也将原本就是金色的头发染得更金了,或许太阳落山后她是被允许外出的。或许她最近发现了《罪与罚》和《卡拉马佐夫兄弟》。

1996年冬天,我遇到了阿里安。那个曾住在这条街上的男孩如今已是个青年,当年伊洛娜就是跟他私奔的。他父母买下了隔壁玛西达家的房子,做了扩建;玛西达家则搬离了这里,去别处租了栋小点的房子。孩提时,我和玛西达只要看到阿里安到街上来,便会跑到一扇门边躲起来;如今见他就立在那门边,我心中泛起一种怪异的感觉。他留着披肩长发,戴着条粗粗的金链子,黑色皮夹克背后印着骷髅头,穿着黑色皮裤,脚蹬一双坠着银链子的黑靴。他开着辆大奔驰,是从意大利弄回来送给父母的。那车发动时会发出刺耳的轰鸣声。如今街上玩耍的孩子少了,但他们只要听到汽车声,便会跑回家,当年阿里安出现时,孩子们也总是这样。我没有看见伊洛娜,也不敢问。

我很想念这位朋友。我想告诉她,学校附近卖葵花子的女人不见了,换成了一个十岁左右、卖香蕉香烟的小帅哥；想告诉她，外汇商店关门了，不过她中意的红色胸罩到处都有卖，二手市场上，花两根香蕉或五杯瓜子的钱就买得到；想告诉她，就连我现在也要戴胸罩了，就像奶奶曾经告诫的，说很快了，我们的身体会变，就像我们的想法会变一样。奶奶还说，也许我们会与人产生"浪漫友谊"①。我想问问伊洛娜，如果她与阿里安之间是"浪漫友谊"，那她搞清楚了它究竟是什么吗？她是否听说过一种更为强烈、更为孤寂、更为痛苦、书本上称为的爱情的东西。

夏天学校放假后，生活少了约束，却不减阴郁。1995年6月，我们家照例去海边一周。我早上去海边，然后回家吃午饭，下午睡觉，六七点的时候，沿着海边步行，履行义务一般去看朋友。她们会一边八卦，一边炫耀新买的夏裙。回来后，灾难就发生了。奶奶警告过我，任何情况下都不能爱上一种男孩，就是前情报局特工的儿子。那年夏天，这样的事却发生了，而且是两次。我深感愧疚，便决定多去清真寺。我考虑要戴上面纱，可家人也严令禁止我这样做。尼尼说，宗教不同于狂热行径。因为越来越多的女孩戴面纱进清真寺，而我不想显得像个异类，便改信了佛教。没书可读的时候，我会翻看爷爷的那本旧《拉鲁斯词典》②，在里面认识了这门宗

---

① 此处原文为法语"des amitiés amoureuses"，意为爱情。
② 著名的法语词典。

教。我将冥想添加到日常安排中，可没有一次冥想时不掉泪。家人遭特务迫害的事噩梦般纠缠着我，可这件事非但不能让我憎恶他们的儿子，反而让我爱得更加绝望。

"我们家小太阳变成少女维特了。"爸爸打趣道，对我为何流泪毫不知情。"别哭，"奶奶责备道，"哭从来都没用。要是我只知道哭，就活不到今天了，早就去卧轨了，再不就是同表亲、堂亲一样进了疯人院。做点什么，比如读本书、学门语言。找点事做。"

于是我开始去红十字会做志愿者，参与了本地孤儿院的一个项目。每天早上，我们会领着孩子们去海滩，同保育员一起，看着他们玩沙子、在海水里扑腾。奶奶鼓励我说："这有助于你明白自己的处境。你意识不到自己有多幸运，这世上遭罪的人太多了。"

第一天去红十字会的时候，妈妈跟我讲："孤儿院不是以前的孤儿院了，那栋老楼已经归还给主人了。"

妈妈提到的"主人"，指的是原主人。对她而言，国家从来不是任何东西的主人，而只是暴力褫夺他人辛劳成果的犯罪组织。她家的地产边界图曾胡乱放在我家地板上，我还记得上面的业主姓氏。"这些地图把屋里搞得一团糟，"奶奶常常边清理边抱怨，"扎弗的哮喘都加重了，他对灰尘过敏。我跟多丽说过一百遍了，都一百遍了。她从土地登记处拿回地图，摆得到处都是。想把它们拿去法庭，行！可这些地产是回不来的，不过是纸上画的一些线罢了。"

孤儿院却不只是纸上画的线。原主人成功从政府手里收回了那栋楼，转手卖给了某个教会。孤儿院搬去了新地址：一栋破旧二层楼里的三个房间。那里采光很差，还飘着变质牛奶特有的气味。午休时间，除了一楼老鼠发出的啃咬声，整栋楼都静得出奇。最近几年，弃儿数量有所增加，有新生儿，也有学龄前儿童，都来自本地。满六岁还未被领养的话，父母愿意接回家就接回家，否则便会被送去北方收容大孩子的孤儿院。

以前我同伊洛娜也去过孤儿院，如今，当时认识的保育员很多都下岗了，或者去了国外。这次我只认出一个来，她叫泰塔·阿斯帕西娅，是个快活热情的中年女人，以前负责婴儿室。我们去探望伊洛娜的妹妹时，她会冲糖水款待我们。"你长大了，"她欢叫道，"咪咪小宝宝也长大了很多，现在在另一家孤儿院，在北边的斯库台。她爸一直没露面，倒是爷爷奶奶时不时会来看看。他们原本同意让一对加拿大夫妇收养她。可那对夫妇改了主意，决定要那对吉卜赛双胞胎了。还记得婴儿室里的小吉卜赛人吗，就是父母蹲监狱的那两个？1990年遇到大赦，夫妇俩出来了。可是出来没多久，又遭到指控，说是企图卖掉双胞胎，又给关了进去。吉卜赛孩子没什么机会，很难给他们找人家，谁要啊。来领养的人会说：

'我可不要吉卜赛孩子，他们太难管了，什么都偷。'没想到双胞胎中的一个有残疾，是脑子问题，具体是什么我不记得了。残疾孩子就更难安置了。那两个加拿大人当时来看咪咪，我们就问他们要不要那对双胞胎。来的人我们都问过，就是没人要。他们两个居然同意了，真是难以置信。大概他们是虔诚的教徒吧。院长觉得咪咪容易找人家，可如今她还在斯库台。你那个朋友，就是她姐姐，过去也常来信的……"

"伊洛娜？"我失声叫道，"你晓得她在哪儿吗？在做什么？"

"有段时间没接到她的信了，"她说，"如今即便能收到信，也要等上很久。她来过几次电话。没错，我知道她在做什么。有个保育员如今住在米兰，在火车站附近认出了她。她在工作，在人行道上走来走去。懂我的意思吧？那年她同一个男孩随一大批人出了国。他也在工作，参与了某种贩卖活动，我猜是贩卖妇女，很可能第一个就卖了她……亲爱的，你得走了，红十字会的车到楼下了，在等你们呢。那车像是新的，是法国人捐的。小不点们都乐坏了，他们从来没见过海。可怜的小家伙，这栋楼也没个花园，他们连太阳都很少晒。你得小心，别让他们给晒伤了。我从家里带了些橄榄油。别马上给他们脱衣服，等上几天再说。来，抱着伊利尔，他都收拾停当了。德丽塔会同你一道去，"她指了指一位同事,"伊利尔是早上那一拨,挺可爱的一个孩子,你会喜欢的。他妈妈同你的老朋友一样,长得都有点像,也干同样的工作。伊利尔,快过来见见莱亚,她这就带你去海边。"

我还在消化关于伊洛娜的消息,但没时间细问。伊利尔躲在门外,听到叫自己的名字便走进屋,一开始还挺羞涩的,后来自信了些。他大约两岁,胖乎乎的,一头鬈发,长着双棕色的大眼睛。"妈妈。"他一边靠近,一边喃喃道,仿佛就要同我分享他最深的秘密。他精神一振,瞳孔大了许多。"妈妈来了……妈妈——"

"不,不是妈妈,"阿斯帕西娅打断了他,"不是妈妈,亲爱的。妈妈还在希腊呢。这是莱亚,她这就带你去海边。"她转向我:"很奇怪,他还记得妈妈,他只见过一次,就在去年。有一周多,她每天都来看他。不过她也寄过照片来,我们都会拿给他看。你长得不像她,也许是年龄相仿吧。你多大了?再说一下。十五了,对,那我就没记错,他妈妈比你大一点,约莫十七吧。跟你朋友一般大。跟伊洛娜干同样的营生,不过不在意大利,而在希腊。"

那天晚些时候,我也把伊利尔妈妈的事完全了解清楚了,以前她都跟保育员们讲过。她先是遭到男友强暴,接着又被他的狐朋狗友轮奸。孩子出生后,她死活不肯送走,可没多久,自己便跟人偷渡去了希腊。那会儿伊利尔才三周大,她用毯子将他裹好,放到孤儿院楼梯下,边上放了盒衣服和几瓶奶,还有一封信,信中保证等他长到六岁就来接。她常打电话写信,还寄钱来给孩子买礼物。保育员们都相信,她会来接孩子的,所以伊利尔也没上收养名单。他自己也知道,有一天妈妈会回来接他的。这会儿见到我,他一定以为那一天终于来了。

"伊利尔走,妈妈,"他继续说,"伊利尔走,妈妈,海滩。"

"不是妈妈,亲爱的,你是跟莱亚去海滩。这是莱亚,不是妈妈,妈妈在希腊,很快会来的。"阿斯帕西娅再次纠正他,然后转向我说:"你可不能松口啊。跟他说你不是妈妈,只是个保育员,好吗?他们有时会这样,叫我们妈妈。没办法,这点得死死把关。否则,他们就会黏上你,该下班也不让你回家,那就难整了。试着跟他解释解释,行吗?说妈妈在希腊,她留下了钱,生日和新年都会给他买礼物,这他懂的。"

可伊利尔压根就听不懂,或是完全不接受。每次去,我都会陪他玩,给他讲故事,再不就是带他去海滩。几次之后,他更肯定了,每次看见我都嚷嚷:"妈妈来了!去,妈妈,海滩。"我要走的时候,他会死死抱着我的腿,伏在地板上,踢蹬着保育员,非要我留下来,否则就带他走。他哭着说:"带伊利尔回家啊,妈妈带上伊利尔吧。"我在身边的时候,他变得越来越难控制了:去沙滩时不肯从水里出来，不肯吃饭，也不肯躺下午睡。我要离开时，不是包不见了，就是凉鞋没了踪影。两岁多的孩子有这种行为本也正常。不过，孤儿院的小宝宝从来都不哭，学步的孩子也从不乱发脾气。保育员们解释说，问题的关键在我，我在他身边，他又很依恋我。伊利尔平时不会那么痛苦，见不到我的时候其实挺好的。他们叫我少去学步孩子的房间，换到楼里别的地方，那里的小孩年纪小一些，不那么记人。

夏天行将结束，天气起了变化，项目资金枯竭，我也不再去了。我不知道伊利尔后来怎么样了，也没再听说过伊洛娜或她妹妹的消息。有时我会想，伊洛娜还在街头做生意吗？咪咪找到愿意收养她的加拿大夫妇了吗？我回到了自己的卧室，每隔九十分钟，奶奶会不敲门就进来，手里端着牛奶或水果。"我们真是幸运啊。"每次离开时，她都不忘喃喃自语。

第 20 章

像欧洲其他地方一样

最初，是我妈妈打算参加 1996 年的国会议员选举。建党第一天她就加入了。党内各个圈子的人她都熟，党成立时，连宣言都是她朗读的。即便它不是那个党，我们也称它为党，阿尔巴尼亚民主党，前共产党在大选中的主要对手。大家也知道我们指的是哪个党。

那时，妈妈在政坛已经活跃五年了。她完全支持党的核心口号："愿阿尔巴尼亚像欧洲其他地方一样"。这口号虽简单得不能再简单，却隐含着几十年来屡遭挫败的祈愿。有人问"欧洲其他地方"代表什么，妈妈便用几个词组概括：打击腐败、推进自由贸易、尊重私有财产、鼓励个人主动性。简言之：自由。

然而，很快她便意识到，光凭阐释口号，尚不足以令她成为出色的议员候选人。她还需具备其他优秀素质。台上的她极具政治家风度，可到了会场上，却常常缺乏耐心。她拥有先知般的热忱；短时间内她的演说会令听者热血沸腾，但听久了，却会让人心生畏惧。对待自己的使命，她极为严肃，这让她不愿妥协。看她那副做派，依旧是个严厉的数学老师。

她提出由爸爸来替代她出马。"他是男的，这可是加分项，"力荐他时，她这样摆出理由，"而且，他和女人一样广受欢迎，这也是加分项。"总而言之，爸爸人气比妈妈旺得多。没几个候选人能像他那样：拼命想保住工作的吉卜赛港口工人爱戴他，竭力要讨回祖产的前异见分子家庭也认可他。甚至连社会党阵营里的敌手都对他敬重有加，因为他辩论时从不打断别人，发表的观点即便言辞激烈，也是对事不对人。"需要的时候，他也能战斗，"妈妈忙不迭补充，好像才想到爸爸太温和了，也许会对他不利。"他会打击腐败。到处都有腐败，我们需要诚实的政治家。"

"腐败"是最新的流行词。一切邪恶，无论是如今的还是过去的，个人的还是政治的，人性问题还是制度缺陷，都可以用"腐败"一词来解释。当经济自由化遇到政治改革时，它们没有像某些人承诺的那样和谐相融，反而滋生出了腐败。有人说这是道德义务的沦丧，有人说是公权的滥用，但更多人认为是人性的缺陷，虽然国家曾试图对人性实施社会主义改造。此外，腐败极难对付。它就像海德拉[①]，砍掉一个头，会生出两个来。腐败自有其运作逻辑，但无人乐意索解，更别说挑战它的前提。这个词本身便足以说明问题。

起初，爸爸不大愿意参选。此前他从来没有入过党，担心自己的观点过于模糊，甚至会引发争议。他不确定该不该搞私有化与自由市场，也不确定该不该加入北约，甚至不确定腐败是不是我们的心腹大患。他不知道自己的观点该归属哪边，是左还是右。他觉得论正义是"左派"，论自由则是"右派"。

妈妈纠正了他的想法，说前共产主义国家里没有左右之分，只有"怀念共产者"与"希冀自由者"。他也不完全算希冀自由者，却对官僚生活越来越感到挫败。他每天从港口回家，变得越来越焦虑，越来越愤恨，谈的不是一次次努力都失败了，就是一份份文件不该签却签了。就像妈妈做的那样，要劝他其实挺容易，只消说如果真在乎，想做些好事，或者至少是限制恶行，就不该消极无为。他应该拿出行动来，而行动意味着投身政治。她说政治很重要，因为你不应该只是贯彻他人的决定，更要自己做决定。这就是民主的真谛。

然而，没有哪个党能够阻止结构性改革。这种改革本质上与现在所谓"融入欧洲大家庭的进程"息息相关。

[①] 希腊神话中的九头蛇。

这个口号喊得真挚，有股自我感觉良好的味道。在这个国家的历史上，也许在某些时代或某些地方，政治带来过真正的变革；作为投身政治的活动家而非体制中的官僚，你能够通过在立法而非实施层面进行干预，努力改变规则。然而，这次改革不属于上述情况。结构性改革一如气候，不以人的意志为转移。它以同样的方式在各个领域实施，因为过去失败了，我们从未学会如何塑造未来。如今，政治荡然无存，剩下的仅有政策。而政策的目的是令国家做好准备迎接新的自由时代，让人民感觉自己属于"欧洲其他地方"。

那些年，"欧洲其他地方"不只是个竞选口号。它代表着特定的生活方式，与其说我们理解了它，不如说只是在模仿它；与其说我们认可它，不如说仅仅是接纳了它。欧洲像一条长长的隧道，入口处灯火通明、标识闪亮，内部却是一片黑暗，起初什么也看不见。旅程开始时，无人想过要去问隧道止于何处，灯光是否会灭，隧道那边是何情形。无人想到要带上火把，画出地图，询问是否有人走出去过，出口是一个还是多个，大家是不是走同一条路出去的。我们只是一味大步朝前，希冀隧道里会一直灯火明亮，心里认定我们只要足够努力、等得足够长久，就能走出去，一如过去站在社会主义的队列里，而不去管时间的流逝，也从不对此失去希望。

5月一个温煦的下午,我们去拜访本地阿訇穆拉特,问一问在即将到来的选举中,爸爸能否得到他的支持。他重复了我们的口号:"像欧洲其他地方一样。""当然,我们当然会支持你,扎弗,"穆拉特说,"不过呢,你这事得花钱,竞选没钱可不行。"

把房子卖给阿里安的父母后,穆拉特一家就搬离了这条街,在一座墓园附近租了套小公寓。里面很逼仄,家具挤在一起像是街垒。我认出了那条印着花和蝴蝶的绿色涤纶窗帘。书架移走了,得给彩电腾出位置。地板上凌乱地放着不同语言版本的《古兰经》,还有用报纸裹着的几双鞋,看来闲暇时间穆拉特还在搞老本行。

"头两天我看了贝卢斯科尼的一个访谈,"他接着说,"你们知道贝卢斯科尼吧。真是个人物啊,看上去真健康,就像二十多岁的人,脸上总是带着笑意。访谈里他讲了自己的故事。起初他在建筑工地干,后来到船上演奏音乐,再后来就买下一个私人电视频道。一个人什么事情都得试试,否则永远不知道能干成什么。他就是这么说的。他是生意人,如今生意交给别人管,自己去从政了。他知道怎么赚钱,当然就知道怎么赢得大选。当然他树敌很多,人家都嫉妒他,人呢,本来就这样嘛。不过他可以直接无视,他有好多家电视台,还有好多家报纸。你想获选,就得有钱。人总要有钱才成。自己都没钱,怎么能给别人钱呢。你的钱在哪儿啊?"

"在我父亲外套口袋里。"爸爸打趣道。

穆拉特咯咯笑起来。

"你需要很多钱,扎弗,一大笔钱,"他继续道,"我懂这类事情怎么才能办成。阿拉伯人给清真寺捐钱时,我见识过。"他停下来点了根烟。"弗洛图拉的厂子黄了的时候,"他看了一眼妻子,"我就想,这下该怎么办呀?不得都饿死啊。可我想,安拉是最最慷慨的。不过话说回来,安拉只帮衬那些帮自己的人。然后幸运的是,事情有了转机。各种公司开了起来。你明白我的意思。那些个公司……"

"穆拉特叔叔,我有个问题,"我插话道,"每天早上和下午,你是真的在宣礼塔上高颂'真主伟大',还是在放录音?我们还在学校打赌呢。有人讲你天天都唱,我说是录音。"

"是录音,小太阳,"他答道,"就是录音。这下你欠我一万列克了。"他挤挤眼睛,又面色凝重地看向我爸爸:"苏德[①]、人民、坎博瑞、威法。就这类公司。你得投钱进去,才能拿更多钱出来。我们一点钱都没有,怎么

[①] 由阿尔巴尼亚前鞋厂工人马克苏德·卡德纳(Maksude Kadena)创立的公司,承诺高回报率,大量吸收民间资金,后倒闭。这类公司倒闭后,摧毁了一代人的希望,引发了1997年的暴乱,让阿尔巴尼亚走向内战的深渊。类似的公司还有后面的人民(Populli)、坎博瑞(Kamberi)、威法(Vefa)等。

投？只能想办法跑到国外去。还记得吗？我们上了'发罗拉号'。可除了身上的几块淤青，那趟意大利之旅啥都没有落着。就是那会儿，我们商量着把房子卖了。要离开那条街，孩子们都很难过。我们也难过，邻居们多好啊。那房子可是我亲手盖起来的。靠的就是这双做了你们所有鞋的手。"他顿了顿，抬起手，仿佛捧着所有做过的鞋。

"该舍弃就得舍弃。我们邻居巴基一家买下房子，付的是现金。有了这笔钱，想做什么都行。可以花掉，也可以……"他想了想，"那个词叫什么来着？对了，投资。就把那钱投了，一分都没留。你知道欧洲其他地方拿钱做什么吗？投资啊，钱投进去才能生钱啊。"

爸爸一直在思索，脸上隐隐透出愧疚。最近在家我们也聊过那些新公司。叫苏德、人民、坎博瑞、威法的公司开始涌现，承诺储蓄能有高回报。生意最火的时候，三分之二的国人都踩了进去，投的钱高达国内生产总值的一半。有几家公司还建了酒店、餐厅、俱乐部和购物中心。可我们不大情愿把家里的现金投进去。

穆拉特吐了口烟，摁灭了指间的烟头，又点上一根。

"扎弗，听我说，"他一本正经地说，"可不能把所有积蓄都放在外套口袋里。世道变了，你得把钱投出去，像欧洲其他地方的人一样。还等什么呢？我们把所有钱都投进了坎博瑞，可利息每月只有十个点，于是就转投了人民，人家给三十个点啊。后来我们又注意到苏德，在他们那儿，我们的钱每月都翻倍，甚至更多。当然，我们没把钱都取出来，留在那儿会增值的呀。你得存钱去投资，先存钱，再投资，钱才能生钱。"

爸爸笑着点点头。每次在家讨论这些公司，爸妈总会起争执。妈妈说外套口袋就算了吧，钱应该存进公司里。爸爸和奶奶则不大愿意。"投十万列克进去，两三个月后便能翻倍，就这么简单？这操作我是不明白，听起来跟赌博似的。"

"我们可以先存一点试试嘛，"妈妈回答道，"看看是什么情况，可以慢慢来。我又没说要卖房子什么的。"

"我就纳闷了，那些赚到的钱是从哪里冒出来的？"爸爸死盯着这点，"工厂都倒闭了，什么都不生产。"

"不能因为你转不过弯来，就说里面有猫腻，"妈妈争辩道，"那些公司也在投资。他们经营餐厅、俱乐部和酒店。钱是在流通的。人们从意大利、希腊寄钱回来，许多移民都在帮衬父母。那钱大多都是正道来的。人家寄钱给父母，父母再把钱存进公司，公司把钱妥妥地集中起来拿去投资，再付给人家利息。需要钱买什么东西的时候，公司就还给你，或者借给你。这又不高深。你是有大学文凭的人，这很难搞懂吗？"

"我不明白的是，"尼尼发言了，"大家同时撤资的话，会发生什么。公司如何给每个人兑付？"最后这一问显然令妈妈尤为恼火。"怎么就会同时要钱呢?"她反问道,"干吗要撤出所有的钱?不可能把钱一下子花光吧。你们怎么想的,宁可把钱压在床垫下,也不肯投进公司?"

"为什么要把钱放在你父亲的口袋里?"穆拉特也问爸爸同样的问题,"瞧瞧我们家,现在不挺好的。说不定哪天还能把老房子买回来。心态要积极,"他用英语说,"要像欧洲其他地方一样。从来没人教过我们心态要积极。跟你说吧,这就是我们的问题所在。"

最终,积极的心态获胜了。我家虽然没有卖房子,但将大部分积蓄"投资"给了一家公司,就是"人民",全名叫"人民民主"。奶奶始终没习惯这个名字,总是与"民主阵线"搞混。"民主阵线"是地方党委会的下属单位,1990年之前,我们从那儿领取食品券。头三个月到期时,爸爸从"人民"的办事处领到投入积蓄所得的利息回来,奶奶问:"拿到民主阵线发的利息了吗?""拿到了,"爸爸答道,"都放进口袋里了。"

在爸爸当选国会议员这件事上,积极的心态再次获胜。他获得了超过百分之六十的选票。这是他短暂议员生涯中仅有的胜利。随后的几个月,他在议会的经历堪称灾难。很快他便认识到,领导应当天生无畏,顾问应当精明耐心,两种素质他都缺乏。而且,他也缺乏党性纪律。决策时他举棋不定,又不肯为他人的决定背书。

他既无引领的雄心，也无跟从的意愿。

那年月，当议员就是遭罪。当年的选举是阿尔巴尼亚历史上竞争最激烈的一届。反对派指责现任政府舞弊，拒绝承认选举结果，当选的议员统统没有就职。大批国际观察员、外交调解人和政治顾问涌入这里。

大量涌入的还有金融专家。他们认为某些问题亟须解决，擅长将英文术语套在其上，譬如"emerging market"（新兴市场）、"investor confidence"（投资者信心）、"governance structure"（治理结构）、"transparency to fight corruption"（反腐透明度）、"transitional reform"（过渡性改革）。唯一没能推广的术语是"pyramid scheme"（金字塔式骗局），也就是大多数国人托付其积蓄的所谓"公司"。90年代初，靠着亲情纽带，移民汇款盛行，民间信贷市场非常发达，这些"公司"应运而生，弥补了我们国家金融业不发达的短板。1995年联合国取消了对前南斯拉夫的禁运之后，走私的机会减少，更多的人手握现金，让金字塔公司更敢用越来越高的利息来吸引投资。1996年的选举起到了推波助澜的作用：几家这类公司为执政的民主党捐资助选，不仅提高了他们的知名度，更助长了这波"像欧洲其他地方一样"投资赚钱热潮。

几个月后，这些金字塔式骗局渐渐无力兑现其所承诺的高利息回报，个个以破产告终。包括我们家在内的一半国民失去了积蓄。人们指责政府与公司勾结，为讨回自己的钱走上了街头。南方是社会党坚实的传统大本营，抗议之火便从那儿燃起，迅速席卷了全国。抢掠、平民袭击军营事件、史无前例的移民潮接踵而至。动乱导致两千余人丧生。这些事件写进了历史，称为阿尔巴尼亚内战。对阿尔巴尼亚人自己而言，只需说"1997"就足够了。

第 21 章

1997

一个人如何书写内战？下面是 1997 年 1 月至 4 月间我写的日记。

1997 年 1 月 1 日

不明白为什么总有人想让我相信新年会有新气象。即便树上的灯仍是旧款，即便烟花一如前一年。

1 月 9 日

今天考电工学①。我得了十分②。

---

① 中学必修课，主要涉及机械和工程，是以苏联为导向的课程设置的残余。——作者注
② 按照阿尔巴尼亚学校的评分制，十分为满分。

1月14日

上学没什么用。上学不开心。不过到期末了,而今年又是最后一年。我得努力提高分数。我今天一整天都在啃数学和物理。

1月27日

苏德倒了。政府已经冻结了所有其他此类公司的账户。南方爆发了抗议活动。我想念 K。我想我爱上他了,虽然他不理睬我。

2月7日

屋里很黑,我躺在床上听金属乐队[1]的新专辑。我敢打赌,肯定会有人来抱怨声音太大。

2月10日

哲利萨[2]倒了。人们要求归还自己的钱。发罗拉[3]局部发生了动乱。示威者希望政府下台。

2月13日

为了庆祝情人节,我们在学校跟着骡子搞了一场活

---

[1] 著名的美国重金属乐队。
[2] 另一个金字塔式骗局,盛行于阿尔巴尼亚南方。——作者注
[3] 具有左倾传统的阿尔巴尼亚南方城市。——作者注

动。法国使馆派人来参观，也不知道是为什么。K穿着一件运动服，似乎根本不在乎。他问起我爸爸对政治局势怎么看。我跟他讲，爸爸在议会某份要求政府下台的动议上签了名。K的爸爸去世了，是在90年代中期，死得不明不白。他曾是西谷里密的特务。真烦人！

2月14日

（一封写给K的长长的情书，他永远不会收到，永远不会知道它的存在。）

2月15日

我们获得了全国索罗斯辩论赛的冠军。辩论题目是"开放的社会要求开放的边境"。

2月24日

今天我去参加了奥林匹克物理竞赛。我看了题目，在考场里坐了三个小时，然后写了一首关于"无聊"的诗。

2月25日

政治形势依旧紧张。发罗拉的大学生在绝食抗议。爸比[①]的提案得到其他十三位议员共同签署，各大报纸都

---

① 原文为"Babi"，阿尔巴尼亚语中对"爸爸"的昵称。——作者注

刊登了，激起了轩然大波。党指责他们为"红色机会主义者"。

3月9日，议会将表决，确认萨利·贝里沙[1]当选国家总统。欧盟昨天举行了会议，宣布支持贝里沙。爸比说，提案的签署者曾以书面形式表达其亲欧立场，这下尴尬了。既然欧盟支持贝里沙，就会认为公开反对他会"引发动荡"。我对爸爸说，他要是投贝里沙的票，就是个懦夫。他说政治很复杂。我认为，人应该做自己认为正确的事情，而不受环境支配。

2月26日

今天我什么作业都没做。明天我们要罢课，声援发罗拉的绝食者。每个人都很兴奋，不用上课了！

2月27日

校长不反对罢课，但他说，为了避免纪律处分落到他个人头上，我们全体学生必须签署请愿书提交。请愿书是这样写的："为了支持发罗拉的大学生，避免遭遇过去几周的暴力行为，我们宣布将实施无限期罢课。"

---

[1] 萨利·贝里沙（Sali Berisha，1944— ），心脏病专家，前共产党员，20世纪90年代推翻社会主义的学生运动的领袖之一。他是阿尔巴尼亚民主党领袖，我父亲是这个党的议员。我所记录的事件发生时，该党是执政党。——作者注

下午回到家，民主党青年团秘书打来电话，问我是否知道，谁是这次罢课行动的组织者。我说自己什么都不知道，这次行动纯属自发，没有任何人带头。他说，如果我们想多放假，他们可以安排，但我们的所作所为很不应该。我回答说，这么做不是为了多一天假。他问我知不知道哪个带头者的名字。我说大家都是带头者。他又问，有没有其他像我这样靠近组织的人，可以劝同学们复课。我说，我不打算劝任何人回学校。他说，你怎么就这么想闹事呢，你妈妈是党员，你爸爸是议员，你们家的党是执政党，要是总理辞职了，你们吃什么，吃自己的屎吗？我没有透露名字。我看起来像密探什么的吗？

2月28日

关于罢课的那篇文章刊登在《我们的时代》①第五版，K很恼火，说应该登在第二版。他平时都不理我，今天却聊得挺投机。他戏谑地说，上学的人当中，百分之八十说不好阿尔巴尼亚语，百分之十会说却不读报，百分之五读是读，却读不懂。他当朋友挺不错，要谈恋爱不大行。这人太怪了。

---

① 《我们的时代》（*Koha Jonë*）是一份批评政府的左翼报纸。——作者注

青年团的人又打来很多电话对我施压，要我在学校支持党。这有意义吗？党的权力已经丧失了，死抓着几根头发就能留住？

3月1日

发罗拉的平民与警察发生了冲突，导致九人死亡。昨夜一点钟，爸比接到电话，要他今早到议会开特别会议。其他城市的骚乱已经升级。通往南方的多条道路被街垒堵塞。他们说即将爆发"内战"。我不明白谁要跟谁打仗，大家的钱不都没了吗？我们家还算明智，没卖掉房子。妈咪说去学校外面站着可以，但得闭上嘴，别挑动抗议行为。我看到K了，还碰到了碧莎，她正要去别人家参加派对。整个罢课真挺酷的，能有大把时间胡混闲逛。

3月2日

晚八点

真是奇怪。总理辞职了，贝里沙召集所有党派举行了圆桌会议。昨天，社会党同意由民主党牵头组建新政府。今天他们就反悔了。南方陷入混乱。萨兰达和希马拉[①]有五座军火库遭到袭击，一座海军仓库被炸毁。所有犯谋杀罪的囚徒都逃出了监狱。

---

① 萨兰达（Saranda）和希马拉（Himarë）是南方传统上的左翼城市。——作者注

晚十点

我刚才停下笔去看电视新闻。爸比从议会回来,接着又走了。在赶赴地拉那的途中,他打来电话,告诫我不要离开家,说不安全,要是有人对他不满,也许会拿我来报复。总统已经宣布实施紧急状态,权力已经移交给军方。军管听起来可真糟糕!出行不得超过四人;夜里实行宵禁;不允许有组织的活动,文化活动也不行;一旦发现有人违法,士兵有权开火。发罗拉的人朝地拉那进发,志在推翻政府。周围的人都在小声议论。今天接到几个以前在学校认识的意大利记者的电话。除了"事态很严重"外,我说不出别的。我很害怕,虽然这里很平静。也许就是怕那些字眼,"军管""紧急状态",听上去就很恐怖。

3月3日

今天早上在电视上看到了总统选举的闹剧。一百一十八个民主党议员中,一百一十三人投赞成票,一人投反对票,四人弃权,其中就有爸比。今早在地拉那,《我们的时代》编辑部被付之一炬,一名记者失踪。我觉得军队拿不下叛乱者。昨夜两点钟,发罗拉的学生放弃了绝食。他们不知道该与谁谈判。许多团伙在持续袭击军营、偷盗武器、抢劫商店。我们的坦克老掉牙了,不知道开不开得起来。

我吓坏了。爸比叫我绝对不要离开家，一旦找到路子，就送我去意大利。他听说成绩好的话，能向大学申请奖学金。军管负责人巴什金·加迪德将军[①]今天宣布关闭学校，看起来也是束手无策了。晚八点到早七点施行宵禁。商店下午三点就关门。都拉斯很平静。离开也行吧，但我会想念这儿的。一切都破碎了。我不想离开。

3月4日
下午一点四十

妈咪刚开完党会回到家。她说他们正登记姓名，准备给大家发枪，必要时就能自卫。爸比说他不希望家里有枪，反正他不会用。妈咪说枪能起到威慑作用，该用时她会用的。今天都拉斯出现了发罗拉牌照的汽车。政府派遣坦克部队赶赴南方。显然，坦克还能用。抗议者逃入山区，直升机疏散了所有记者。抗议之火如果蔓延到都拉斯，我们不知道该怎么办。现在这里还好。我在家下棋、打牌。我不想走，我想高中毕业。

3月5日

我想K了，想在离开前见他一面。我不想走。离开会让你忘记，让你忘记某些人。

[①] 巴什金·加迪德（Bashkim Gazidede，1952—2008），阿尔巴尼亚数学家、作家、政治家、国家情报部门首脑。

3月7日
中午十二点半

总统说，如果人民交出武器，就会在四十八小时内组建联合政府，并宣布大赦。昨天，各党派参加了圆桌会议。我认为议会气氛还算文明。我仍然不许离开家。只有我，其他人都可以出去。学校同学在非宵禁时间依旧会见面，不知道为什么就我不行。实在搞不懂。

晚上八点四十

欧洲专家建议起草新宪法，举行新选举。至于政府能否采用任何必要手段镇压叛乱，他们什么都没讲。

3月8日

达成了四十八小时休战协议。叛乱者占领了吉罗卡斯特[①]。许多代表团来了又去了。

3月9日

形势有所好转。昨天再次召开圆桌会议，各党派赞成组建联合政府，6月份举行新选举，一周内上缴武器者将得到豁免。也许我不用离开了。今天下午允许我外出了。紧急状态应该会很快取消，又能回学校了。好高兴

---

① 阿尔巴尼亚南方的左翼城市，是恩维尔·霍查的出生地。

啊！这样的日子真难受！我们差一丁点就陷入战争。我想K了。希望各门考试都能顺利。我盼望重新开始。爸比状态糟透了，没法跟他讲话。很遗憾他的政治生涯如此短暂。不知道他会不会参加新选举。我想这要看那个党会不会改组。

3月10日

无聊透了！我没有见到K。十天了，都十天了！

3月11日

尽管各党派达成一致意见，尽管以社会党人为总理的政府实际上是技术政府①，尽管"双方"竭尽全力试图解决危机，抗议活动仍在持续。刚刚听说，几个北方城镇，譬如斯库台、库克斯②、特罗波亚③，已被叛乱者拿下。议会批准对上缴武器者施行大赦。在我看来，这根本没能阻止劫掠行为。

3月13日

我看不清，眼泪蒙住了眼睛。我在卧室里，除了自己的啜泣，只能听见机枪雷鸣般的射击声，甚至不知道

---

① 由不正式隶属于任何政党或政治联盟的专家组成的内阁。
② 位于阿尔巴尼亚北部，是库克斯州的首府。
③ 阿尔巴尼亚城市，位于北部库克斯州的特罗波亚区。

枪声来自何处，就好像来自四面八方。没人料到，如此的混乱会光顾我们。昨天，我们听到四下里的爆炸声与直升机的轰鸣，但没怎么在意。有传闻说地拉那也有麻烦了，我们以为那些声音只是回响。然后我走进厨房，坐到窗边，看到人们在匆忙奔跑。这条街上的所有男人都往山上走，手持各类武器，有的端着卡拉什尼科夫步枪，有的握着手枪，有的拿着桶装炸弹。我看见邻居伊斯梅尔，他老态龙钟，一手拄着棍子，另一只手费力地拖着辆木制独轮车，车上装着个大大的金属物体，他说那是枚 RS-82[1] 中程火箭弹。那东西发出了刮擦声。人们都夸他：伊斯梅尔，这家伙看上去够酷的，发射台你也有吗？他说没有，不过也许有人能找到。你不知道什么时候火箭弹能派上用场，他说。

再后来，听人说又可以逃出国了。消息传开来，说港口的船只会送人去意大利。有人成功跳上了亚得里亚海旅客渡轮，鸣枪逼迫船长开船。我跑进卧室，看到尼尼浑身发着抖。她说爸比困在议会里了，大概率那里已经开打了，议会大厦火光冲天。电话打不通了。她脸色煞白。

妈咪和拉尼还在海边，他们一早就去了，当时事态还未失控。他们还没回来。我哭了起来，接着碧莎来了，说要和她妈妈去港口瞧瞧，看能不能找条船。她妈妈问

---

[1] 第二次世界大战期间苏联军队使用的非制导火箭弹。

尼尼，能不能让我一起去，奶奶说不行。我哭得更凶了，然后开口说要去，却发不出声音。我又试了试，还是发不出。我讲不出话了。

我失声了。我没有再试。我不知道自己能否再出声说话。我不想再试，万一声音出不来，那可怎么办？周围一片嘈杂，但我只能听见卡拉什尼科夫的枪声。多尼卡跑过来陪尼尼。我不明白，为什么大家一直要我说话，用我自己的声音。倘若发不出，那该怎么办？我不愿试。尼尼说等爸比回来，就送我去瞧医生。他们一说你讲话呀，我就哭，泪水止都止不住，就那么往下淌。我想制止他们，但说不出来。我说不了话了，不知道该怎么办。这会儿我一个人待着，我想试试，可要是说不出来，那可怎么办？要是再也说不了话了，那可怎么办？也许哭能让声音回来。

3 月 14 日
上午九点五十

我只能听见机枪的嗒嗒声。妈咪和拉尼昨天就去了意大利，是个男人来告诉我们的。他们当时在海边，瞧见一艘船靠在码头边，就跳了上去。通知我们的那个人同他家人也在码头，但他决定留下来。船上的人有卡拉什尼科夫步枪，他们在开火。妈咪劝那个人说，四下里都在打枪，最好还是去意大利，但他说家人都怕极了。

他说妈咪和弟弟这会儿应该在巴里的难民营。然而我并不知道他们是否出逃成功，因为没来电话。他们身上没带钱，不知道是怎么付船资的。很可能他们都不许出难民营，在里面给关上两周，再给遣送回来。电话后来又能用了，继而又断了。我想这会儿应该能用，但没人打来。街道都被阻断了，但我觉得如果议会上有人死了，电视上会报道的，所以爸比应该没事。

可我还是不能说话。我觉得声音还没恢复，不知道最终能不能恢复。尼尼说你就试着说说，要不爸比回来肯定会吓一跳。她给我服了安定，说会有帮助，可什么用都没有。她就又给了我一粒。我没有试，如果试了，发现声音永远离我而去了怎么办？尼尼说情况还未糟透。她说我要坚强，要振作。我不知道要到什么时候她才会觉得情况糟糕到底。我失去了声音，我觉得好困。

下午三点半

卡拉什尼科夫步枪的射击声密集起来，像新年夜燃放的爆竹，就那么不停地响啊响啊，日夜不停。谁能料到呢，紧急状态居然适得其反。有人说得请北约出兵了。我担心这样局势反而会恶化，引发大规模流血冲突，当年的波斯尼亚维和行动便是前车之鉴。那就等吧。尼尼是对的，或许我该让自己习惯。我努力试着习惯。想到昨天人们四处奔跑，街道上汽车全速狂飙，枪声不绝，我就后脊背发凉。今天情况缓和些了，我觉得自己也比较适应了。就好像所有人一下子都疯了，见什么毁什么。

爸比从地拉那逃了回来。他说港口都给毁了，所有办公大楼都烧了。幸免于难的商铺寥寥无几，店主们用卡拉什尼科夫步枪保卫自己。我只能听见枪声。整个国家陷入了暴徒的手中，陷入了无政府混乱，甚至再也无人谈及政治解决方案。这无关乎两党的对决。当下，所有政治力量都束手无策。没人明白这一切。就像整个国家在自杀。看似迎来了转机时，事态又急转直下。我们都一头栽下悬崖了，也没了回头路。情况比1990年糟糕多了，至少那时还有实现民主的希望。现在一切荡然无存，只剩下诅咒。

下午五点

我受不了了，宁愿出去挨一枪，也不愿坐在这儿。找不到人说话。以前总想，就算发生战争，我也会坚强，从没料到自己只会哭。最糟糕的是等待，等待让我窒息。

尼尼说要把我的床从窗边移开。窗台上落了很多卡拉什尼科夫步枪弹，不明白是哪儿来的。如果开枪的地方离这儿近，飞到窗前时速度应该依然很快，会打死人的。奶奶就是这么说的。把床移开。

下午六点

这些枪声,就像在我脑中炸裂。我根本无法止住泪水。每次想说话,只是双眼垂泪。

3月15日

睡觉前,尼尼给我吃了更多安眠药,这才刚醒,感觉好点了。我不知道事态是否真的很糟,还是我的想象让它变糟了。碧莎也走了,我更没个说话的人了,反正我也说不出话。今天枪声稀疏了些。显然会有一支国际警察武装介入。我想回学校了。

中午十二点半

我想自杀,但觉得尼尼会很可怜。这个念头只持续了十五分钟。我得找本没读过的书来看。

晚上八点五十

下午还好。妈咪先前打来电话,这是头一次。他们住在巴里的难民营。爸比很生她的气,说她不该不打招呼就走。尼尼跟她讲完电话,把话筒递给了爸比,他一句话没说就递给了我,可我说不出话。我没试,但觉得自己说不出。我觉得自己的声音还没恢复。妈咪说她看到一艘船就上去了。她想救拉尼。尼尼说,那也不能带走一个,撇下另一个吧。爸比发誓再也不同她讲话了。

3月16日

今天我出门了。趁尼尼睡觉的时候,我离开了家。我再也受不了了。我想,即使被杀了又怎样?我跑到小山顶上去看老皇宫。那儿什么都没剩下,栏杆断了,瓦给偷了,花儿都给拔了,枝形吊灯都不见了,天花板就好像随时会掉下来砸到头上。在那里的时候,我试着大声叫喊,嗓音居然出来了。我知道它一直在,我只是不想用罢了。皇宫里空空荡荡,一无所有。一件家具都没幸免。

我开始读《战争与和平》,书里人物可真多,感觉自己在慢慢熟悉他们。与虚构人物相处,大约总比想念无法再见的人要好。我不再想念学校,不再想念K。

3月17日

弗拉穆尔死在了自己手里。当时他在玩一把托卡列夫TT-33手枪[①],误以为枪没上膛。他妈妈就在旁边。他扣动了扳机,可巧枪膛里还剩一发子弹。就一发。街上的人说听到一声枪响,可我什么都没听见,毕竟到处都有枪响。我只听到施普莱萨发出尖叫,是那种干哑的嘶吼,像野兽的叫声。她跑到街上,撕扯着头发,人疯掉了。她不停地说得有人进去把他盖好,反反复复只说一

---

① 苏联制造的半自动手枪之一,于1930年定型,由费迪·华西列维奇·托卡列夫设计。

件事。进去把他盖好。

3月18日

同爸比出去逛街可真开心。今天我们一道去了商店。不过，他讲了很多话，也遇到了太多的人，耗了很久。今天街上人不少，情况似乎略有好转。我觉得一切都会好起来。我所需要的就是勇气。尼尼就很勇敢，也不知道她是怎么做到的。我家飞进了一只布谷鸟，给困住了。我们一直在找它，但还没找到，不过能听到它叫，声音很响亮。尼尼说这种鸟会招灾的。

3月19日

今天与妈咪通了话。她说很快就会离开难民营了。她找了份工作，在罗马，照顾一个瘫痪的老人。妈咪说她会申请政治避难。他们给了她食物和住处，还有五十万里拉，而且她可以把拉尼带在身边。她说也许过一阵会去找个辅导数学的活，然后就可以申请入籍，家庭团聚。她真是没概念。她不看电视，而我看过关于阿尔巴尼亚人在意大利的节目。入籍就别想了，更有可能是找个男人。爸比依旧不跟她讲话。

3月20日

昨晚没法写日记，下午五点就停电了，到今早才恢复。后来又停了，好在我刚刚找到一根蜡烛。昨天街上空无一人，港口却挤满了试图离开的人群。今天风刮得极凶，好像要将房屋拔起，远远抛出去。我不知道，看风这么猛，他们有没有想过自己会给刮去哪里。我看完了《战争与和平》。屠格涅夫似乎写过，这本书某些内容令人无法忍受，而其他部分却精彩绝伦，且精彩占主导。但我不觉得书中哪里令人难以忍受。读到结尾时，我都不愿放下书。爸比说妈咪要是哪天回来了，就带她去法院。他说绝不会原谅她。战斗还在持续。我的头要炸了，就好像里面有什么东西。可究竟是什么，我还没弄清。我脑子里很嘈杂。外面也很嘈杂。街上虽没人，却着实很嘈杂。枪声从未停歇过。

3月25日

我觉得今年学校复课无望。至于毕业考怎么办，我一无所知，对上大学也同样茫然，甚至还未决定学什么专业。很快外国士兵就会进驻，意大利人、希腊人、西班牙人、波兰人。还有国际维和部队。我想这对经济有利，对卖淫有利。

3月29日

昨晚，一艘由发罗拉驶往意大利的轮船在奥特朗托[①]附近海域沉没。是意大利海上巡逻军舰撞沉的,当时船上有一百人左右。军舰掉转,试图逼停那船,结果船倾覆了。海面上东一具西一具地漂浮着约八十具尸体。他们还在搜寻,死者大多是妇女和儿童,有的不过三个月大。就在前一天,我国总理与普罗迪[②]签署协议,同意对方使用武力,包括在海上撞击船只迫其返航,以确保意大利的领海控制权。我不再服用安定,换成了缬草,据说性质温和些。

4月6日

教育部部长想出了个荒唐主意,叫作"电视课堂"。他们不会重启学校,太不安全了。他们将通过电视教学,这样就"没人会落下课"。我不知道毕业考怎么搞。或许也在电视上吧。

[①] 意大利东南部普利亚大区莱切省的一个市镇。奥特朗托海峡以该市命名,隔海与阿尔巴尼亚相望,位处意大利最东端。
[②] 罗马诺·普罗迪(Romano Prodi, 1939—),时任意大利总理,是中左派。——作者注

第 22 章

哲学家们只解释世界，而问题在于改变世界

　　学校一直关到 1997 年 6 月底，只短暂开放了几天，让我们这届毕业生参加毕业考。国际维和部队几周前已抵达，努力稳定这个国家，但主要是帮助政府重新全面掌控局面，而不是制止暴力行为。外国士兵分散各处，穿同样的绿色军装、戴同样的灰色钢盔，区别他们的唯有缝在袖口的国旗的颜色。"阿尔巴"（意即"黎明"）行动由意大利领导。第二次世界大战后，这是意大利军队为履行"开化"使命第二次踏上阿尔巴尼亚的土地。

　　很快便会举行新的选举，还会举行全民公投决定这个国家是要维持共和制，还是恢复王室。国王索古一世的后裔回来了，试图挽救濒临崩毁的国家。1939 年，国王索古一世曾将统治权曾短暂移交给我曾祖父，让这个国家成为法西斯的保护国。王室出逃时从国家银行带走

了不少黄金。这次回来，他们在电视上买下一个广告时段，大力呼吁人们投票支持王室。每天晚上，电视屏幕上都会出现对比照片，一边是烈焰中的阿尔巴尼亚，另一边是奥斯陆、哥本哈根和斯德哥尔摩地标性建筑。图片下方有蓝色的字："挪威：君主立宪制""丹麦：君主立宪制""瑞典：君主立宪制"。

这则广告能在一瞬之间毁掉奶奶的心情，比窗外卡拉什尼科夫步枪雷鸣般的枪声还厉害。"索古！"她哼道，"别跟我说索古。我参加了他的婚礼。索古！这是发什么疯啊？真是难以置信！"

每次播这条广告时，爸爸也会说上两句，不过没有那么激动。他对自己的话并不做解释，所以同样令人困惑。"瑞典，"他会说，"奥洛夫·帕尔梅[①]。小太阳，有没有听说过奥洛夫·帕尔梅？他真是个好人。你应该读读关于他的书。他是社会民主党，真正的社会民主党。你应该会喜欢他的。奥洛夫·帕尔梅是个好人。"多年后，我对奥洛夫·帕尔梅有了更多了解，比如他既严词抨击美国，也激烈批评苏联，他支持非殖民化，并遇刺身亡。直到那时我才意识到，爸爸终其一生，只敬仰那些已经死去的政治家。

---

① 奥洛夫·帕尔梅（Olof Palme，1927—1986），是1969—1976年、1982—1986年的瑞典总理，他在任内被枪手刺杀身亡。

考最后一门物理的前夜,我坐在地图前,努力去记住世界各国首都的名字。我感到很难提起劲来再过一遍物理书。我累极了。几个月来,每天夜里我都不停地学习。要是学校复课了,白天我也会这样用功。夜里,卡拉什尼科夫的枪声变得稀疏,依旧可以听到狗叫声,偶尔甚至能听到园子里蟋蟀的鸣叫。电停得越来越有规律了,要么通晚都有电,要么通晚都没有,到午夜就能知道了。黑暗中,生活几乎回到了正轨,只不过奶奶会在睡梦中辗转反侧,接着便会醒来提醒我,说太用功会生病的。这有些反常,以前她从来没跟我说过别看书了。

在学校,我听人说,毕业考无论成绩如何都没什么用了。极有可能会按照预估分给出最终成绩。可我不敢冒这个险。我想充分准备,以防万一。没人能保证,所有考试能如期举行,或者我们得到的消息会一成不变。或许我得重读一年。或者就这么毕业了,连世界各国首都的名字都还没认全。

最后一门考试那天,我们的老师库蒂姆打开了装着教育部寄来的试题的信封。学校体育馆内安静肃穆,单人课桌隔一米摆开,防止有人作弊。他大声念出我们所说的"考试论题",用的是正常情况下该有的严肃语气。那语气让我觉得,虽然现在是特殊时期,我认真备考还是对的。他读道:"以速度 V 飞向地球的航天飞机朝飞行方向发出光信号。光子……"

试题还未读完，就见校长走进体育馆。库蒂姆摘下眼镜，等校长走过来。校长对库蒂姆耳语了些什么，库蒂姆轻声回了几句，校长点点头便转身离去。库蒂姆看向窗外，咳嗽了几下，喉头动了动，没戴回眼镜便重新读道："以速度 V 飞向地球的航天飞机朝飞行方向发出光信号。光子相对于地球的速度是多少？"

读完试题后，他转身面对黑板开始画图表、写公式，左右两边都写得满满的，然后回身面对我们，拿起一张 A4 纸贴近脸，像举着块盾牌。"这是答案，"笼罩在粉笔灰中的他说，"没人会不及格。预估分是六分的，只能抄两道题的答案；是八分的，得抄三道；如果是十分，四道题的答案都得抄。别想着自己解出答案。校长接到一个匿名电话，说学校里可能安放了炸弹，也许两小时后会爆炸。那人跟他说是两小时。警察已经搜过了，什么也没发现。也许是你们谁的朋友搞的恶作剧。大家别慌，但动作得快。"

这就是我的最后一场考试。虚惊一场，学校没有炸。回到家后我说了这事，爸爸大笑起来，笑得发癫，一只巴掌不断拍打着桌面，另一只手则擦拭着流下双颊的眼泪。"炸弹！"他尖叫道，"炸弹！跟你说了安心睡觉吧，小太阳！我都跟你说了这就是走走过场！炸弹！太有才了吧！炸弹！他们还让你们继续考试！大师啊！天才啊！"

下午，我挺烦的，买来准备在毕业派对上穿的青绿色真丝裙太长了，一时间也找不到裁缝给改短。"已经在膝盖上面很多了，"我试穿时奶奶说，"我眼睛里有窗帘，"她抱歉地补充道，窗帘指的是白内障，"帮不上什么忙。"

这种小改动妈妈最擅长了。可恶，要是她在该多好！在学校我一直都穿长裤，但这个场合特殊，我尤为重视。爸爸和往常一样翻翻眼珠，意思是爱莫能助，同时脸上掠过一丝不易察觉的愧疚。至少他还识相，没有暗示裙子已经很短了。

第二天，毕业派对在海边的"加州旅馆"举行。这是家充满浪漫气息的酒店，是本地最大帮派的产业，就是他们将我妈妈偷渡到意大利的，劫掠来的武器也大多在其掌控中。酒店四周枪手环卫，他们会定时对空放枪：一来为警告竞争对手，酒店固若金汤；二来为酒店主厅内的活动增添欢乐气氛，因为巴尔干有婚礼上鸣枪的古老传统。这场派对确实颇似婚礼：男孩都西装领带，除我之外的女孩都身着晚礼服长裙。侍者不断端上点心，排舞一直在跳，直到下午四点枪手们进来说宵禁就要开始了才停。乐队最后奏响《加州旅馆》。收拾好东西离开大厅时，我们唱道："欢迎光临加州旅馆／这么美妙的地方／这么美丽的面庞！"一旁的枪口指向我们。当我们走出酒店大门时，班上一个女生说："真可恶，太热了！瞧瞧我的妆都成什么样了，脸上一道道的，像个浑身泥污的死人。"

回想起毕业时，我记得自己心里一下子松了口气，考试这么容易就过了，可又满是恨意，那么多晚的备考都白费了。尽管身边发生着那一切，我仍努力在生活的这个维度上维持秩序，如今看来似乎是我特有的病症。

那几个月，我渐渐接受了很多东西。我接受了父亲常常会被困在议会上，不知何时才能回家，也不知究竟能不能平安回家。我接受了母亲兴奋地告诉我她申请意大利工作许可的进展如何，还有她夸张地保证自己根本不在乎干一段打扫厕所的活，说这能让她不去想政治。我接受了自己失声的事实。我接受了也许从今往后，表达想法只能诉诸笔端。我接受了儿时的朋友，那个曾当着我的面杀猫的弗拉穆尔，又玩托卡列夫TT-33手枪，当着他妈妈的面将自己打死了。我接受了卡拉什尼科夫的子弹坠落在窗台上的当当脆响。我习惯了这响声伴我入眠。我接受了考试时遭遇炸弹袭击，毕业舞会上要面对枪口。

我习惯了带着朝不保夕之感生活。我接受了不知道明天能否依旧，却还是每天照常吃饭、读书、睡觉的无意义。眼前展开的所有悲剧都无可名状，突然间，弄清楚邻居或亲戚是如何死亡的——是有人加害还是纯属意外，是孤独死去还是有家人陪伴，是死于非命还是安然长逝,是死得滑稽还是带着尊严——变得毫无意义,这些我也接受了。

我接受了对事情是这样或那样发生南辕北辙的解释,从国际社会对某某决定提出警告,巴尔干的历史为何经年剧变,到想了解世界的这个角落,就必须将这里的种族、宗教分歧,以及社会主义的遗产考虑进来。我接受了自己听来的外国媒体的叙事:阿尔巴尼亚内战的根本原因,不是有缺陷的金融体系崩溃了,而是北方的盖格人与南方的托斯克人之间的宿怨。尽管这个说法荒诞不经,尽管我不知道"我"算哪一族——两边都算,抑或哪边都不是,尽管妈妈是盖格人,爸爸是托斯克人,他们的婚姻中,只有政治与阶级差别要紧,口音不同不重要,我还是接受了这种说法,就像其他人一样,就像我们将自由主义"路线图"奉为天命照走;就像我们接受自由主义计划会失败,只是由于外部因素,比如我们自身的社会规范太过落后,而不是因为自由主义的内在矛盾。

我接受了历史总是循环重复。我记得自己曾想:这就是我父母经历过的吗?这就是他们曾希望我经历的吗?这就是丧失希望,对分门别类,对细微的差别,对区分鉴别,对估判不同阐释的可信度,对真理都漠不关心的样子吗?

这就好似回到了1990年。同样的混乱无序,同样的惴惴不安,同样的政府崩坏,还有同样的经济灾难。但有一点区别。1990年,我们虽然一无所有,但仍心怀希望。到1997年,我们连希望都丧失了。未来一片灰暗。然而,我还得装作仍有未来的样子,还得为未来的自己做决定。我得决定自己长大后想成为什么,选择大学的专业方向。我发现,这种选择非常困难,痛苦至极。我发现,评估不同的选项,想象自己过这种而非那种生活,思考自己在每种生活中会是什么样子,这些都很困难。我发现自己无法独立评判某一学科,比如法律、医学、经济学、物理、工程,无法想象它们研究什么,或如何才能成为该领域的一名专家。我不断思考它们的共有价值,它们有何相同之处,为什么共同目的而服务。我思考这些学科如何帮助我们理解我们称之为历史的东西;我们觉得,历史不只是一系列混乱无序的人与事,我们还会向它投射意义和方向感,觉得自己可以去了解过去,从而塑造未来。我不知道该选什么。我心中只有疑惑。

但疑惑却帮我做了决定。一天晚餐时,正同爸爸、奶奶吃橄榄的我宣布了最终决定。爸爸很是诧异。

"哲学,"他说,"哲学,就像骡子那样?"

"骡子?"我问道,他居然提到了那位老师,这令我很吃惊。

"哲学就是马克思主义，"他不依不饶地说，"不就是骡子学的东西吗？一回事。连马克思都觉得这玩意儿不值得学。知道他说过什么吗？他说，哲学家们只解释世界，而问题在于改变世界。他是在《关于费尔巴哈的提纲》第十一条中说这话的。你想变成骡子那样吗？马克思嘴里没道出多少真理，但这很可能是一条。"

爸爸背诵了《关于费尔巴哈的提纲》第十一条，好似背诵《古兰经》或《圣经》中的句子。你不应该贪图①。你不应该学哲学②。

"我没听过这句话，"我回道，"不管怎样吧，学哲学是能改变世界的。"我嚼着橄榄继续说。

"哲学已经死了，"他说，"这就是马克思要说的。哲学家们提出理论，一种接一种，但他们的理论相互矛盾。真没办法分得清谁对谁错。你该挑一门严谨的科学，能够证实，也能证伪，比如化学或物理；或者学个专业，掌握某种技能，帮助人们改善生活，比如学医，比如法律。真的，什么都行。"

"当然是有办法的。"我争辩道，还在思索爸爸引用的那句话。

他一脸困惑。

---

① 此语源自《圣经·出埃及记》中的《摩西十诫》之第十诫。
② 作者模仿《圣经》笔法，暗示父亲严禁她学习哲学。

"你说问题不在于解释世界,而是改变世界。马克思也许在说,让世界朝正确方向改变的哲学理论才是正确的理论。"我费力地说,舌头拨弄着嘴里那颗橄榄,试图将核弄出来。

"你这副腔调,已经像个马克思主义分子了,"他说,"他们自以为知道哪个方向是正确的。"

他提到的第二个马克思,比第一个更令我心惊。每当爸妈说"某某是马克思主义分子"或"某某仍是个马克思主义分子"时,他们的意思不外乎"某某很蠢""某某不能信任"或"某某是犯罪分子"。被称为"马克思主义分子"从来就不是恭维。

"哲学家就不是什么职业!"他嚷道,"到头来顶多做个中学老师,对着一群毫无兴趣的十六岁孩子讲党史。"

"哪个党啊?"我一边说,一边嚼着刚扔进嘴里的橄榄,"党都没了,我们已经不学党史了。"

"反正是骡子如今教的那些东西。"他知道错了,便改口道。

"我又没提马克思,"我渐渐提高了嗓音,"是你说到他的。关于哲学,你就知道这么点,满脑子都是马克思主义。也许马克思主义已经死了。"就在这一刻,我的声音开始发颤,"可是哲学的世界要宽广得多。我对马克思主义一无所知,但我看到它如何毁了你们的生活。不过……"

"生活本来就被毁得够呛了,马克思主义不会让它变得更糟。"

奶奶起身收拾盘子,然后面冲我爸,仿佛改变了主意。"当年在大学你没能学自己喜欢的专业,"她平静地说,"如今为何要逼女儿遭同样的罪?为什么要对自己的孩子做自己一辈子痛恨的事呢?这意义何在?"

她语气和缓,但言辞犀利。她说得平心静气,仿佛是在帮人诊病,而不是讨论要选择怎样的未来。我决定保持沉默。

"我就不明白了,"他紧张地说,"他们在学校根本就没学过哲学,连马克思都没学过。你叫我怎么向人借钱送她上大学?去学什么?PHILOSOPHY(哲学)。人家会觉得我们都疯了。她知道什么哲学?"他的声音充满了愤怒。

那晚,我们达成了协议。他们答应让我学哲学,我答应他们会远离马克思。爸爸放我走了。我离开了阿尔巴尼亚,跨越了亚得里亚海。我向站在岸上的爸爸、奶奶挥手告别,乘船前往意大利。船驶过之处,下面沉着成千上万溺毙的尸身,它们曾经承载着灵魂,那些灵魂曾经充满希望,比我心中的希望要多,但他们遭遇了厄运。我一去不返。

后　记

　　每年开学，我都会在伦敦政治经济学院教授马克思主义的第一堂课上告诉学生，许多人以为社会主义是关于物质关系、阶级斗争或经济正义的学说，但实际上，赋予它生命力的是某种更为根本的东西。我告诉他们，社会主义首先是关于人类自由、如何思考历史进步、如何适应环境并试图超越它的学说。自由的丧失，不仅仅发生在当你说什么、去哪里、如何做都得听命于人的时候。一个自称能助人实现潜能，结构上却不能使每个人得到充分发展，并且又无法改变这种结构的社会，仍然算压迫性的社会。尽管存在诸多制约因素，我们从未丧失做正确之事的内在自由。

　　爸爸和奶奶没能活着看到学业让我成了什么样的人。辞去议员职务后，爸爸从一家私企换到另一家私企，每次遭到解雇都会怪罪于自己英语不好，后来则越来越多地归咎于自己的电脑水平太差。为了方便他找工作，我们家搬到了首都的一套公寓里，靠近老植物园，如今是全国数一数二的污染严重的地区。他的哮喘越来越重。一个夏日傍晚，就在他六十岁生日后没几天，他哮喘剧烈发作。他冲到窗边，推开窗大口呼吸，却给二氧化碳和灰尘包裹住。救护车赶到时，他已经去世了。

此事发生时，妈妈人在意大利。此前爸爸妈妈已经和解，但她每年都会去意大利做一段时间护理或清洁工，帮家里偿还新欠下的债务；而她在阿尔巴尼亚的兄弟姐妹则在讨要老一辈被没收的财产。爸爸去世后不久，奶奶也撒手人寰。奶奶一直认为，讨要财产是"白费工夫"。可就在她去世死后几个月，这事居然有了结果。之后，妈妈家族在海边的一大块地被卖给了阿拉伯开发商，一夜之间，我们家的命运彻底改变了。

我再也不必数着仅剩的硬币过日子，要熬到下次发奖学金。我可以外出用餐，在酒吧里同新结识的大学朋友喝酒讨论政治到深夜。这些朋友中很多自诩为社会主义者，也就是西方社会主义者。他们把罗莎·卢森堡、列夫·托洛茨基、萨尔瓦多·阿连德和切·格瓦拉当作俗世圣徒来谈论，认为只有遭到杀害的革命者才值得称颂。我突然觉得，在这一点上他们与我爸爸很像。这些偶像出现在招贴画、T恤衫和咖啡杯上，很像我小时候恩维尔·霍查的照片出现在人们的卧室里。我只要指出这一点，朋友们便想多了解我的国家。但他们并不认为，我在80年代遭遇的那些事与他们的政治理念有什么关系。有时候，我既会用社会主义的标签来描述自己的经历，也会用来描绘他们的信仰，他们会觉得这种做法是危险的挑衅。每年我们5月1日去参加罗马的大型露天音乐会，我总会想起儿时的劳动节游行。"你们那种根本就不是社会主义。"他们说，几乎不遮掩心中的怒意。

不论是我讲述阿尔巴尼亚社会主义的故事，还是拿我们国家社会主义和其他社会主义国家做比较，朋友们顶多会认为这不过是外国人在学习融入群体时的尴尬发言。那几国也都跟社会主义不沾边，而是一场历史斗争中名副其实的失败者，真正当得起"社会主义"之名的国家尚未加入这场战斗。朋友们的社会主义清晰、明亮，属于未来；我的社会主义混乱、血腥，已是过去。

然而，他们所追寻的未来与社会主义国家曾代表的未来，都曾受到过同样一批书籍、同样的社会批判，以及同样的历史人物的启迪。然而，令我诧异的是，他们视之为不幸的偶然。我这一侧的世界中，任何错误都可以归因于领导人的残暴行径，或者极端落后的体制。他认为没有什么可以从中学习的。没有重蹈覆辙的危险，因而没有必要去思考我们取得了什么成就，又为何垮台了。他们的社会主义是自由和公正的胜利，我的则是二者的失败。他们的社会主义将由正确的人，以正确的动机，在适当的条件下，将理论与实践正确结合来实现；而我的社会主义只有一件事可做，那就是忘却。

但我不愿忘却，不是因为怀旧，也不是我想美化自己的童年，更不是因为成长过程中学到的某些观念根深蒂固，使得我不可能将自己解脱出来。然而，如果说能从我的家庭和国家的历史中吸取什么教训，那就是人类从来不是在自己选择的境况下创造历史。描述社会主义或自由主义，或任何理念与现实的复杂混合体时，说"你们曾经拥有的是假的"很容易。这种说法可以让我们摆脱责任的重负。我们不再是以伟大理念之名而制造的道德悲剧的同谋，也不必反思、道歉和学习。

一天，有朋友对我说："我们有个《资本论》研读小组，你加入进来就会学到什么是真正的社会主义。"于是我加入了。我读前言开篇的几页，有点像在听法语；这种外语打小家里人就教给我，但我却极少运用。我记得其中很多关键词，譬如资本家、工人、地主、价值、利润，但它们在我脑海里唤起的却是诺拉老师的声音，是她为了说给小学生听的简化版本。马克思在开篇几页中写道："不过这里涉及的人，只是经济范畴的人格化，体现了特定的阶级关系和利益。"然而，对我而言，所有人格化的经济范畴背后，都是有血有肉的真实个体。"资本家"和"地主"背后站着我的曾祖父辈；"工人"背后有在港口工作的吉卜赛人；"农民"背后有爷爷入狱后同我奶奶劳作于田间的人。说起那些农人,她总是一副屈尊俯就的口吻。叫我读完之后,生活还是该怎样就怎样,我做不到。

我教授马克思,研究马克思,撰写有关无产阶级专政的书籍文章,妈妈对此感到费解。她有时会读我的文章,可读得很困惑。她已能坦然面对亲戚们令人尴尬的质问。我真的认为马克思的观点令人信服吗?它们真的可行吗?怎么可能呢?大多数时候,她并不吐露自己的意见。只有一次她跟我讲起有位表亲说:我爷爷十五年的大狱算是白蹲了,瞧瞧这个孙女,离开阿尔巴尼亚去为社会主义辩护了。我们俩都尴尬地笑了,沉默片刻后,聊起了别的话题。这让我觉得自己就像谋杀者的帮凶,仿佛只是和那套毁了我家太多人的思想体系有关联,就足以让我成为扣下扳机的人。内心深处,我知道妈妈就是这样想的。我一直想解释,却不知从何说起。我认为,应该用一本书来作答。

于是有了现在这本书。最初我计划写一本哲学书,谈的是"自由"观念在自由主义和社会主义两种传统下的交叠。然而动笔之后,就像当初开始阅读《资本论》那样,观念就转化为具体的人,那些使我成为我的人。他们相爱相斗,对自我有着不同的认识,对彼此该承担的义务有着不同的理解。如马克思所写,他们是社会关系的产物。他们虽然无法决定这些社会关系,却还是努力超越，并且觉得自己成功了。然而，当他们的祈愿变为现实时，他们的梦想却化为我的幻灭。我们生活在同一个地方，却属于不同的世界。这两个世界只短暂地交叠过，交叠时，我们仍以不同的眼光看待事物。我的家人将社会主义等同于拒绝：拒绝让他们成为想成为的人，拒绝让他们犯错误并从错误中吸取教训，拒绝让他们以自己的方式探索世界。我将自由主义等同于失信、破坏团结、继承特权，以及对不公视而不见。

在某种意义上，我什么都经历了一遍。曾经目睹一个制度改变，就不难相信它会再次改变。对某些人来说，对战犬儒主义与政治冷漠已成为道德责任；对我而言，它更像是还债，债权人是过去那些牺牲了一切的人。因为他们不冷漠，他们不犬儒，他们从不相信如果令世界自行其是，一切都会井然有序。如果我无所作为，他们的努力将会白费，他们的一生将会显得毫无意义。

我的世界与我父母试图逃离的世界一样，都离自由很遥远。两个世界都没实现自由的理想，但二者的失败有着截然不同的形式。如果不能明白这一点，我们将永远分裂。我写下自己的故事，为了解释，为了和解，为了继续这场斗争。

致　谢

本书大部分是我于新冠疫情期间在柏林的一间储藏室内完成的。没想到,这间储藏室居然是个绝佳的地点,不但可以躲开我本该为其居家授课的孩子(我自己的),而且可以默想奶奶的话:"难以看清未来时,就想想能从过去中汲取什么。"感谢我妈妈多丽和弟弟拉尼,乐意陪我回顾往昔,允许我用我的词句分享他们的故事,而且始终尊重事实。

感谢我的编辑卡西阿娜·爱奥尼塔,因为是她第一个问我是否考虑过将学术写作带给更多读者的人;感谢我的文学经纪人萨拉·查尔凡特,是她给我信心,去做一件最终结果与最初规划迥然不同的事。没有她们在各个阶段上的智慧、问题、点评、耐心和好脾气,这本书不会问世。

感谢诺顿出版公司的阿兰·梅森和企鹅出版公司的爱

德华·柯克，他们对整部手稿提出了高质量的编辑建议；感谢具有非凡才能和高昂热情的各个团队，是他们令此书变成现实：韦利经纪公司的萨拉·查尔凡特、艾玛·史密斯和丽贝卡·纳格尔；企鹅出版公司的卡西阿娜·爱奥尼塔、爱德华·柯克、萨拉·戴、理查德·杜吉德、氏庭、阿尼亚·戈登、奥尔加·阔米尼克、英格丽德·马茨和科瑞娜·罗蒙蒂；诺顿出版公司的阿兰·梅森、莫·克里斯特、伯尼·汤普森、贝丝·史泰德、杰西卡·墨菲和萨拉美·威尔金森。

感谢克里斯·阿姆斯特朗、莱纳·弗斯特、鲍勃·古丁、斯特凡·戈泽帕特、钱德朗·库卡萨斯、塔玛拉·于哥夫、凯瑟琳·卢、瓦伦蒂娜·尼科里尼、克劳斯·奥菲、大卫·欧文、马里奥·雷亚莱、保拉·罗达诺和大卫·朗西曼对本书最初几稿提出极具价值的意见，感谢他们不懈的支持和友情。

感谢我的阿尔巴尼亚朋友们，以及铁幕"另一侧"的所有朋友，他们与我分享了自己的童年故事，帮助我重构事件与印象，并给予我同等量的赞美和批评。特别感谢乌兰·费里齐和什基波亚·特尔哈伊（我的非正式编辑！），奥德特·巴布卢西、米格娜·卜雷谷、埃里斯·杜若、博拉纳·卢沙吉、乔安娜·帕帕康斯坦丁尼以及秘密先驱，他们对手稿提出了极具见地的意见，提供了极为宝贵的地理与政治的比较视角。

此外，还要感谢卓尼·巴博奇、茨维蒂·乔治艾娃、阿尼拉·卡迪亚、布莱达尔·柯尔蒂、维利姆·库尔图拉吉、朱泽·马格里尼、阿德莱·皮奇、罗兰·卡霍库、法托斯·罗莎、弗洛拉·苏拉和内里坦·塞贾米尼对此项目不同方面的帮助，其中几位在我临时急需的情况下，尽管处于疫情管控状态，依旧将材料从地拉那及时寄来。

感谢伦敦政治经济学院大力支持我的同事，以及我优秀的学生们，与他们数次讨论自由问题，给了我很多启发；感谢法兰克福大学规范秩序研讨会的全体成员，在此书构思之初，便受益于他们精彩的讨论；感谢勒伍豪信托基金会和洪堡基金会，是他们出资，使我获得研究性休假以创作本书。

感谢我的家人乔纳森（另一位非正式编辑）、阿比恩、鲁宾、哈娜、多丽、拉尼和诺阿娜，他们与我共历了这本书带来的折磨和欢愉，感谢他们所做的一切。

父亲扎弗和奶奶尼尼一直陪伴着我。此刻，扎弗大概会笑我一边声称是马克思主义者，一边不停地说"谢了、谢了"。尼尼教会我如何生活，如何思考生活。我每天都在想念她。谨以此书献给她，以表达我深深的怀念。

FREE
Copyright © 2021, Lea Ypi
All Rights Reserved

著作权合同登记图字：09-2023-0681 号

图书在版编目（CIP）数据

在阿尔巴尼亚长大 /（英）莱亚·乌皮著；吴文权译. -- 上海：上海三联书店，2024.7（2025.4 重印）
ISBN 978-7-5426-8437-0

Ⅰ.①在… Ⅱ.①莱…②吴… Ⅲ.①回忆录—英国—现代 Ⅳ.①I561.55

中国国家版本馆 CIP 数据核字 (2024) 第 065003 号

在阿尔巴尼亚长大

［英］莱亚·乌皮 著　吴文权 译

责任编辑 / 宋寅悦　徐心童
策划编辑 / 刘　君
特约编辑 / 刘　君
装帧设计 / 曾艺豪
内文制作 / 文明娟
责任校对 / 张大伟
责任印制 / 姚　军

出版发行 / 上海三联书店
　　　　　（200041）中国上海市静安区威海路 755 号 30 楼
邮　　箱 / sdxsanlian@sina.com
联系电话 / 编辑部：021-22895517
　　　　　发行部：021-22895559
印　　刷 / 嘉业印刷（天津）有限公司
版　　次 / 2024 年 7 月第 1 版
印　　次 / 2025 年 4 月第 3 次印刷
开　　本 / 880mm×1194mm　1/32
字　　数 / 190 千字
印　　张 / 10.75
书　　号 / ISBN 978-7-5426-8437-0/I·1870
定　　价 / 58.00 元

如发现印装质量问题，影响阅读，请与印刷厂联系：0534-2671216